“十三五”国家重点图书、音像、电子出版物出版规划项目；
2017年度国家出版基金资助项目；
广州市人文社会科学重点研究基地“广州与中外文化交流研究中心”项目；
中山大学西学东渐文献馆项目。

辜苏历程

〔英〕笛福／著
〔英〕英为霖　沈祖芬等／译
陈思行／校注

南方日报出版社
NANFANG DAILY PRESS
中国·广州

晚清西学丛书
主编：周伟驰　姚达兑

图书在版编目（CIP）数据

辜苏历程 /（英）笛福著；（英）英为霖等译；陈思行校注.
— 广州：南方日报出版社，2018.6
（晚清西学丛书 / 周伟驰，姚达兑主编）
ISBN 978-7-5491-1838-0

Ⅰ.①辜… Ⅱ.①笛… ②英… ③陈… Ⅲ.①长篇小说－英国－近代 Ⅳ.①I561.44
中国版本图书馆CIP数据核字（2018）第165453号

GUSU LICHENG
辜苏历程

著　　者：（英）笛福
译　　者：（英）英为霖等
校　　注：陈思行
出版发行：南方日报出版社
地　　址：广州市广州大道中289号
出 版 人：周洪威
出版统筹：谭庭浩
策划编辑：黎　衡
责任编辑：郭海珊
装帧设计：邓晓童
责任校对：阮昌汉
责任技编：王　兰
经　　销：全国新华书店
印　　刷：广州市岭美彩印有限公司
开　　本：889mm×1194mm　1/32
印　　张：12.5
字　　数：229千字
版　　次：2018年6月第1版
印　　次：2018年6月第1次印刷
定　　价：58.00元

投稿热线：（020）87373998-0503　读者热线：（020）87373998-0502

总　序

周伟驰

一、晚清西学东渐的译述时期与转译时期

历史上发生过几次大规模的知识传播运动，表现为大规模的翻译运动，如希腊经典被译为阿拉伯语（百年翻译运动），阿拉伯语的希腊经典被译为拉丁语，印度佛典被译为汉文，日本明治维新后对于西方著作的翻译等。明清之际，西方知识开始向中国传播，虽然中间有过停顿，但西学东渐规模越来越大，在晚清呈现上升趋势，到民国达到一个高潮。改革开放后，更是以前所未有的速度快速进行，目前的态势用“方兴未艾”来形容也不为过。“西学东渐”作为一个过程，跟“中学西传”是一体两面。就西学东渐本身来说，在这个过程中，虽然也有少量著作是撰写的，但主要还是以翻译著作居多，可以说西学东渐是一个翻译的过程。

在明末以来这个生机勃勃的“400年翻译运动”中，晚清占有特殊地位。晚清译介者[1]来源是多种多样的，既有西方传教士也有中国学者，既有教会组织也有政府机构。翻译内容五花八门，从宗教知识到世俗知识，呈现出阶段性的特征。我们可以根据翻译活动的方式是直接翻译还是转译，是合作翻译还是独自翻译，概括地将晚清西学翻译分为两个时期，时间上大致以甲午战争至维新变法为界。甲午战争前是“译述时期”，维新变法失败后是“转译时期”。

[1]本文所说的“西学东渐”是指西方知识在中国的传播，它们有些是通过直接翻译实现的，有些则是由一些人撰写著作实现的。本文重视翻译，但也重视介绍西方知识的著作。一般模糊地称为“译撰”或“译介”，如林乐知、花之安，既翻译又自己撰写、介绍西方的知识。再如一些中国学者，可能在不懂外文或仅是略懂外文的情况下，也编写一些西学著作，如王韬、王炳耀都可以放在西学东渐传播西学范围之下。

从马礼逊来华到甲午战争，翻译者主要是西方传教士及其中国助手，一般情况下是传教士“口译”，中国助手“笔述”。当然，这时期不是没有个别人士可以单独地进行翻译（如颜永京），但总体来说这样的人凤毛麟角，因此，我们可以把这一时期（1807—1898年）称为“译述时期”。这一时期的翻译者如果受雇于教会，则其翻译内容多为宗教类著作；如果受雇于清政府（如江南制造局翻译馆），则其翻译多为军事科技类著作；如果是自立的学会（如广学会），则人文社科类著作会多一些。

“译述时期”大致可分成三个阶段。从1807年马礼逊来华学习中文翻译《圣经》到第一次鸦片战争，为第一个阶段，翻译的主体为传教士及其中国助手，他们主要在中国的广州、澳门以及东南亚一带，翻译的内容主要是宗教书籍，也有一些地理、历史、科技的著作，还办了一些中文杂志。

第一次鸦片战争到第二次鸦片战争，为第二个阶段。这时香港被割让，广州之外，福州、厦门、宁波、上海成为通商口岸，太平天国使得帝国南部陷入战乱。以上海为中心，传教士在各大口岸与其中国助手翻译了一些宗教著作与文化著作，创办了一些中文杂志[1]。

在这两个阶段中，著名的译撰者有马礼逊、米怜、郭士立、麦都思、合信、俾士、湛约翰、罗孝全、艾约瑟、慕维廉、玛高温、伟烈亚力等，与之合作的中国人有李善兰、王韬、管嗣复、张福僖等人。这些传教士所出中文书

[1]第一、二个阶段的主要译著，可参考熊月之：《西学东渐与晚清社会》，北京：中国人民大学出版社2011年版，第105—109页及第三章。其出版数据主要依据伟烈亚力《基督教在华传教士纪念录》及苏精《马礼逊与中文印刷出版》。

刊对林则徐、梁廷楠、徐继畬、魏源都有影响，使他们成为第一批睁眼看世界的中国人。较出名的出版中心有宁波华花圣经书房（1860年迁到上海后改名美华书馆）、上海墨海书馆等。

第二次鸦片战争到甲午战争和维新变法期间，为第三个阶段。这一阶段，太平天国被镇压，同光中兴，洋务运动兴起，以传教士为主的西方人士有一些服务于北京、上海、广州、福州、天津等地的清政府机构，与中国助手翻译了大量军事、科技、史地类著作。一些为教会服务的翻译了一些宗教著作。一些有“文化传教”情怀的传教士则创办了广学会这类文化机构，他们办刊、出书，译述了一些社会科学类的著作。西学翻译的中心，在教会方面主要有广学会、益智书会、美华书馆、博济医局、上海土山湾印书馆、金陵汇文书院、福州美华书局，在官方和中国知识分子方面则主要有同文馆、江南制造局翻译馆、天津机器局、天津武备学堂、上海译书公会、农学报社、申报馆等[1]。活跃的口译者有嘉约翰、傅兰雅、金楷理、林乐知、李提摩太、艾约瑟、慕维廉、花之安、韦廉臣、舒高第[2]等人，著名的笔述者则有中国的王韬、沈毓桂、蔡尔康、徐寿、徐建寅、华蘅芳、钟天纬、瞿昂来、李凤苞、任廷旭、范祎等人，能从事独立翻译的有李问渔、颜永京等

[1]熊月之列出了主要出版中心书目、京师同文馆译著书目，见熊月之：《西学东渐与晚清社会》，北京：中国人民大学出版社2011年版，第253—254页；江南制造局翻译馆译书目录，见第423—432页；广学会出版西书目录（1900年以前），见第446—447页。

[2]舒高第是中国人，在美国学习过很长时间，中文笔译能力似不甚佳，翻译时尚需助手笔述。

少数几人[1]。他们译介的西方知识对洋务派、维新派、革命派，如李鸿章、张之洞、康有为、梁启超、谭嗣同等人都有影响，西方知识传播者的影响力在维新变法中达到顶峰。

甲午战争的战败意味着洋务运动的失败。向西方学习几乎成了朝野上下的共识，日本因为“同文同种”、路近学费低、现代化成绩较好而获得了梁启超、张之洞等人的青睐，他们认为留学日本学习西学是一个捷径。在他们的提倡下，清政府自1896年开始向日本派出留学生，人数逐年增多[2]。在废除科举的1905年和次年，留日人数达到顶峰，分别是8000人和1.2万人。1898年维新变法失败后逃亡日本的梁启超[3]，加上留日学生，使得从日文“转译西学”大为兴盛，翻译数量快速地超过了“译述时期”[4]，我们可将这一时期（1898—1911年）称为“转译时期”。这不是说在此阶段已没有“译述”和单独直译，广学会、

[1]有些学者认为，晚清条约口岸围绕着当时传教士和清政府的翻译活动，出现了一批了解西学、倾向西学的中国知识分子，参考段怀清：《传教士与晚清口岸文人》，广州：广东人民出版社2007年版；王立群：《中国早期口岸知识分子形成的文化特征：王韬研究》，北京：北京大学出版社2009年版。

[2]黄福庆：《清末留日学生》，台北：“中央研究院”近代史研究所1975年版，第2—3页。

[3]梁启超在去日本之前的西学知识主要来源于译述，流亡日本后他凭借自创的“和文汉读法”，能够阅读日文著作。关于梁启超与明治思想界的关系，可参考狭间直树编：《梁启超·明治日本·西方》，北京：社会科学文献出版社2012年版；狭间直树主讲：《东亚近代文明史上的梁启超》，上海：上海人民出版社2016年版；郑匡民：《梁启超启蒙思想的东学背景》，上海：上海书店出版社2009年版。与梁启超相关的近代中日之间西学概念的翻译与传播，可参考狭间直树、石川祯浩主编，袁广泉等译：《近代东亚翻译概念的发生与传播》，北京：社会科学文献出版社2015年版；石川祯浩：《中国近代历史的表与里》，北京：北京大学出版社2015年版。

[4]实滕惠秀：《中国人留学日本史》，北京：北京大学出版社2012年版，第167—207页。

严复、林纾亦仍在翻译，而只是说，在规模和影响上，这一阶段是以从日文“转译”过来的西学为主。民国后才进入对于西学大规模的“独立直译”阶段。

这一时期译介西学的机构有商务印书馆、译书汇编社、南洋公学译书院、广智书局、作新社、文明书局、会文学社（会文堂书局）、金粟斋译书处、教育世界出版社、新学会社、中国医学会等，翻译的内容侧重于社会科学和史地书籍，而应用科学与自然科学比重减少。译介者大多是留日者，如樊炳清、蔡元培、王国维、范迪吉等。

在“转译时期”，明治时期由日本学者创制的对译西方名词的“和制汉词”大量进入中文，有很多取代了“译述时期”的译法，成为今天我们仍然在应用的主流译词。这可能是自佛教词汇之后最大规模的“外来词”群体。像“哲学”“社会”“文学”“经济”“政治”“宗教”“自由”这类人文社科名词，都是来自和制汉词。这些词的总量在1000个左右[1]，实际数量可能远不止此。由于“转译”在广度和深度上远超此前的“译述”，和制汉词逐渐占据主流，替代了“译述时期”的许多译法，而使汉语基本词汇实现了“急速现代化”[2]。不过，明治和制汉词本身对于日本来说只是一个历史阶段现象。随着日本减少汉字学习，以及用“和制英语”的人越来越多，汉词

[1]周圣来：《美意识的种子：和制汉词对中国现代文学的影响》，香港：香港练习文化实验室有限公司2016年版，第89—93页；和制汉词总表参见第335—341页。

[2]朗宓榭等著：《新词语新概念：西学译介与晚清汉语词汇之变迁》，济南：山东画报出版社2012年版，引言。

及和语逐渐不用或少用[1]，汉字在日本的使用本身呈萎缩状态。但是，明治和制汉词在中文世界中反而站稳脚根。可以说，今天中文世界的翻译已难以离开和制汉词。虽然里面问题很多，但是约定俗成，即使要改良也只能逐步地进行了。

由“译述”逐渐向“转译”发展，这在书目汇编的变化中体现出来了。晚清新书的编目，除了出版者（如广学会）的年报外，比较集中的有：傅兰雅《译书事略》（江南制造局翻译西书事略），《格致汇编》1880年5—8月连载。孙维新《泰西格致之学与近刻翻译诸书详略得失何者为最要论》，本为上海格致书院作业，对140本西书做出比较评价，后刻印出来。梁启超《西学书目表》[2]，《时务报》报馆1896年版，录通商后西书名352种，附表录通商前西书名86种、近译未印书目88种。沈桐生《东西学书录提要总叙》，读有用书斋1897年出版。黄庆澄编《中西普通书目表》，上海算学报馆1898年刻，里面西学部分多取自梁启超《西学书目表》。徐维则编《东西学书录》，1899年出版。这些书目所录的绝大多数是“译述”著作。沈桐生《东西学书录》后来得到顾燮光帮助，顾燮光补充了从日文译为中文的西书，二人合编《增版东西学书录》，1902年出版。赵惟熙编《西学书目答问》，1901年出版。而上海通雅书局在1903年、1904年出版的《新学

[1]周圣来：《美意识的种子：和制汉词对中国现代文学的影响》，香港：香港练习文化实验室有限公司2016年版，第71—73页。

[2]《西学书目表》，1896年质学会重校本。该本前言《西学书目表序例》，亦载《时务报》（第八册），见《时务报》报馆编：《强学报时务报》（第一卷），北京：中华书局1991年版，第488—494页。

书目提要》，编者可能是一群留日学生。顾燮光《译书经眼录》，杭州金佳石好楼1934年印。这些书目中，最齐全的可以说是《增版东西学书录》和《译书经眼录》[1]。从这两本书可以看出，1900年后从日文转译的西学著作已成为当时翻译书的主流，在社会科学著作中占有绝对地位。据不完全统计，1896—1911年，中国翻译的日文书至少有1014种。这个数字远远超过此前半个世纪以来中国翻译西文书数量的总和，也大大超过同时期中国翻译西文书的数量[2]。而其中社会科学著作达366部，法律图书98部，政治图书96部[3]。

上面所说的西学著作多指图书，但是晚清介绍西学的还有一些中文报刊，不少著作都是先在报刊上登出再出单行本的。近代报刊的一般情况，可以参考戈公振《中国报学史》[4]的第三章“外报创始时期”以及美国白瑞华《中国近代报刊史》等[5]。关于这些报刊的详细目录，可以参考《中国近代期刊篇目汇录》[6]。

---

[1]这两个目录被收入熊月之：《晚清新学书目提要》，上海书店出版社2014年版，前言。该书索引亦很有价值。

[2]熊月之：《西学东渐与晚清社会》，北京：中国人民大学出版社2011年版，第509页。

[3]谭汝谦主编：《中国译日本书综合目录》，香港：香港中文大学出版社1981年版。转自滕超：《权力博弈中的晚清法律翻译》，北京：中国社会科学出版社2014年版，第335页。

[4]戈公振：《中国报学史》，上海：上海书店出版社2013年版。

[5]白瑞华：《中国近代报刊史》，北京：中央编译出版社2013年版；赵晓兰、吴潮：《传教士中文报刊史》，上海：复旦大学出版社2011年版。传教士中文报刊对维新派报刊有影响，可参考徐松荣著：《维新派与近代报刊》，太原：山西古籍出版社1998年版。

[6]上海图书馆编：《中国近代期刊篇目汇录》（一），上海：上海人民出版社1965年版。该书于1980年重印。

《西学书目表》《增版东西学书录》和《译书经眼录》，都侧重于科技类与社会科学类译著，许多书被遗漏，比如新教人士的著作。早期新教来华传教士所译撰的著作，可以参考伟烈亚力1967年出版的《基督新教传教士在华名录》[1]；1860年后的新教译撰著作散落各处，近已有人系统整理，如黎子鹏的《中国基督教文字事业编年史：1860—1911》[2]。

二、译述时期的主要译撰者及其观念

从1807年马礼逊来华并准备翻译《圣经》到1911年清王朝覆灭，晚清可以说是经历了一个“百年翻译”运动。如果说最后15年（1896—1911年）是“转译”由无到有到兴盛的过程，那么，在此之前的近90年（1807—1895年）则是“译述时期”。虽然有不少翻译机构，但如果看最活跃的翻译者，我们会惊讶地发现，他们大多是新教传教

[1]Alexander Wylie, *Memorials of Protestant Missionaries giving a List of Their Publications, and Obituary Notices of the Deceased.* With copious Indexes. Taipei: Ch’Eng-wen Publishing Company, 1967.伟烈亚力著，赵康英译：《基督教新教传教士在华名录》，天津：天津人民出版社2013年版。

[2]黎子鹏编著：《中国基督教文字事业编年史：1860—1911》，香港：基督教文艺出版社有限公司2015年版。

士[1]。译得最多也最有名的，几乎全是传教士[2]，如伟烈亚力[3]、傅兰雅[4]、林乐知[5]、丁韪良[6]、李提摩太[7]、金楷理等人，因为当时愿意来华且愿意从事文化传播的西方人士只有传教士。西方本土的知识分子没有机会、动力和经费来华，中国人也没有主动去请他们。这种局面要等到“五

[1]有的学者将传教士翻译分为三个阶段：1815—1842年，从南洋创办《察世俗每月统记传》至上海墨海书馆建立；1843—1887年，从上海墨海书馆建立至上海广学会成立；1888—1898年，广学会成立至维新变法失败。并列出了各时期的主要非宗教类著作。参考何绍斌：《越界与想象：晚清新教传教士译介史论》，上海：上海三联书店2008年版，第44—45页及第一章。这种分期法过分以上海为中心，而且太细。其实，无论宗教还是非宗教类书籍，晚清译述是多中心的，上海当然最活跃，但北京、广州、宁波、武汉等地也从未中断过。

[2]改革开放后，对作为中国近代史上重要一环的传教士展开了大规模的翻译和研究。翻译中较为重要的系列是周振鹤教授主编并由广西师范大学出版社出版的“来华基督教传教士传记”丛书，黄兴涛、杨念群主编并由中华书局出版的“西方的中国形象”丛书。此外，亦有不少零散出版的传教士传记。

[3]汪晓勤：《伟烈亚力：中西科学交流的功臣》，北京：科学出版社2000年版。

[4]王扬宗：《傅兰雅与近代中国的科学启蒙》，北京：科学出版社2000年版。傅兰雅在加州大学的全部英文档案已收入戴吉礼编：《傅兰雅档案》，桂林：广西师范大学出版社2010年版。

[5]贝奈特：《传教士新闻工作者在中国：林乐知和他的杂志（1860—1883）》，桂林：广西师范大学出版社2014年版；梁元生：《林乐知在华事业与〈万国公报〉》，香港：香港中文大学出版社1978年版；卢明玉：《译与异：林乐知译述与西学传播》，北京：首都经济贸易大学出版社2010年版。单篇论文当然更多，如查时杰：《林乐知的生平与志事》，载林治平主编：《基督教入华百七十年》，台北：台北宇宙光出版社1977年版。

[6]丁韪良：《汉学菁华》，北京：世界图书出版公司2010年版；丁韪良：《中国觉醒》，北京：世界图书出版公司2010年版。目前关于丁韪良最好的研究著作，可参考王文兵：《丁韪良与中国》，北京：外语教学与研究出版社2008年版。

[7]李提摩太：《亲历晚清四十五年——李提摩太在华回忆录》，天津：天津人民出版社2005年版。他人撰写的李提摩太传记，立场差异较大，主要有丁则良：《李提摩太》，上海：开明书店1951年版；苏慧廉著，山西大学外语学院《李提摩太传》翻译组译：《李提摩太传》，香港：香港世华天地出版社2002年版；苏慧廉著，关志远等译：《李提摩太在中国》，桂林：广西师范大学出版社2007年版（按：后两书实为同一书，译者不同而已）。

四”前后杜威、罗素受邀来华方有改变。传教士译撰宗教书籍是其来华的本行和义务，而译介科技、史地、人文社科著作，要么是因为受雇于清政府，要么是被“文化传教”“社会福音”的淑世情怀驱动[1]。如广学会的几位传教士，他们避开了直接传教的做法，也避免只译介实用性的技术，而是通过《万国公报》[2]等报刊和著书立说，对西方文明进行比较全面的介绍，这跟他们背后的一些基本信念有关。

19世纪来华的新教传教士，跟当时的西方人一样，都自觉不自觉地持有西方中心论，认为西方文明要优越于其他文明，西方的政治制度（民主、自由等）要优越于东方。对于他们来说，优越的根本原因是新教优越于别的宗教。这种观点可以称为“新教文明等级观”[3]，主要包括几个信念：从事实来看，西方文明无论在政治、经济、商贸、军事、科技方面都超出非西方文明，非西方文明逐步屈从于西方即真实的证据；追溯西方文明强大的根源，

---

[1]近代传教士创办的中文报刊情况，可参考赵晓兰、吴潮：《传教士中文报刊史》，上海：复旦大学出版社2011年版。由于传教士是中文报纸的先驱，因此，在晚清早期，其办报史跟中国近代报刊史基本是重叠的。大陆较早系统地研究传教士与晚清现代化关系的，可参考王立新：《美国传教士与晚清中国现代化》，天津：天津人民出版社1997年版。该书于2008年出版第二版。

[2]关于《万国公报》，早期有台湾王树槐和香港梁元生的研究，大陆较系统的研究有王林：《西学与变法：〈万国公报〉研究》，济南：齐鲁书社2004年版（该书根据作者1996年博士论文改编）；杨代春：《〈万国公报〉与晚清中西文化交流》，长沙：湖南人民出版社2002年版。

[3]周伟驰：《晚清新教传教士的文明等级观》，《文景》，2012年第9期。亦见周伟驰：《太平天国与启示录》，北京：中国社学科学出版社2013年版，第276—308页。近来，一些学者对19世纪西方的一般文明等级观及其对中国的影响进行了研究，可参考刘禾主编：《世界秩序与文明等级》，北京：生活·读书·新知三联书店2016年版。

在于基督教，它使西方人有道德，有博爱精神，重团结，乐群，有求知精神，追求知识，在教育、慈善等方面都具有宗教精神；当时的国家富强等级是新教国家（英美德）强过天主教国家（法意西），基督教国家强过中国、印度、日本、土耳其等“半文半野”国家，更强过非洲、南太平洋野蛮人国家，这表明新教要优于天主教，基督教要优于异教；像日本这样的国家之所以进步，是因为吸收了西方“教化”（文明）的长处，当然，它现在还没有学到“教道”（新教）。而拒绝学习西方的国家（如中国和土耳其），则往往面临险境。国家想强盛，就要像日本那样学习西方“教化”与“教道”。与启蒙主义思想家从“自由、平等、博爱”及“科学、民主、道德”等世俗价值观来看文明等级不同，传教士是从宗教的角度来看文明的本质和等级的。广学会的几个主要撰稿人如林乐知、李提摩太、韦廉臣、花之安[1]、艾约瑟、慕维廉、沈毓桂[2]都坚持这个观念。从某个角度上看，他们是马克斯·韦伯之前的“马克斯·韦伯”。

新教文明论的论述，在韦廉臣、花之安、李提摩太等人那里都有具体的论述，但在林乐知、沈毓桂的“三伦说”里得到了集中的表达。它认为，人上要面对上帝，下

[1]对花之安的研究，可参考张硕：《汉学家花之安思想研究》，北京：知识产权出版社2014年版。

[2]易惠莉：《西学东渐与中国传统知识分子：沈毓桂个案研究》，长春：吉林人民出版社1993年版。较早的对传教士个体的介绍可参考顾长声：《从马礼逊到司徒雷登：来华新教传教士评传》，上海：上海书店出版社2005年版。至于艾约瑟、慕维廉、韦廉臣，尚未看到相关的研究专著。在对待基督教与中国文化的高低评估上，传教士虽然总体上扬耶抑儒，但个体存在着程度上的差异，如李提摩太和李佳白较为和缓，林乐知则较为严峻。

要处理万物，中间要对待同类，因此而有神伦、物伦和人伦。只有崇拜真神，才能正确地对待他人，以平等、自由、民主处之，才能正确地对待万物，发展科技，利用厚生。如果说神伦是强调基督教排他一神论，物伦则是要引入西方科技观念，以破除中国人的泛灵论和风水迷信之类阻碍现代化的观念（如风水严重阻碍了修铁路和开矿），那么人伦跟中国传统的人伦有什么不一样呢？在《教会新报》阶段，林乐知尚侧重耶儒在仁义礼智、忠孝节义、戒律上的一致，但随着甲午战争严重暴露中国文化的负面因素，林乐知开始强调新教人伦异于且优越于儒教之处，以美国式的自由、民主、平等来反衬儒教的专制、束缚、愚昧，较为系统地揭露并批判了儒教的负面影响。正如在印度的传教士对印度文化的批判促进了印度知识分子的启蒙主义一样，传教士与中国基督徒对中国文化风俗陋习的系统批判（从男尊女卑、缠足到专制），启发了从康有为、梁启超到新文化运动的文化反思与启蒙主义。

今天，如果我们系统地阅读《教会新报》和《万国公报》上中外作者的文章，就会发现，对中国传统宗教的批判，对皇权、族权、夫权、神权的批判，对国民性的批判上，以及提倡白话文、汉字拼音化，在晚清已经全面展开，只不过用词没有那么激烈。他们的这种反思与批判，可以称为近代第一波启蒙主义运动。如果说陈独秀、鲁迅、胡适等人是以现代西方科学民主思想来批判中国传统文化，那么这第一波启蒙主义运动就是以现代新教思想[1]来批判中国传统文化。

西学对晚清各方面，尤其对政治和思想方面，一直持续发挥着影响。从林则徐、魏源、徐继畬到洪仁玕和冯桂芬这样的新式思想家，一步步地向前深化，直到在戊戌运动中达到高潮。康有为、梁启超、谭嗣同[2]等人受李提摩太、林乐知的影响是十分显著的[3]，他们的许多改革建议、新知识和新思想，直接来源于广学会、江南制造局翻译馆的著作[4]。经过义和团运动的反西方文明后，清朝痛定思痛，决定实行君主立宪，不仅西学在“转译”中迎来新一波高潮，连民教关系也在双方的反思和克制下开始缓和，基督教迎来一个平稳增长期。西学不仅对经世派、改良派、洋务派、维新派有影响，对一早一晚以洪秀全和孙中山为代表的反清人士亦有影响。太平天国与基督教的

[1]现代新教思想是在基督教的视野下容纳科学与民主，它跟苏格兰启蒙、英美温和的改良传统有关，它并不认为基督教与科学、民主是矛盾的。这种兼容论的思想视野，在民国初期的赵紫宸那里都还存在。而新文化运动的主导方向则是排除了信仰的科学与民主，近似于法俄无神论与世俗化传统。

[2]张灏：《烈士精神与批判意识：谭嗣同思想的分析》，北京：中央编译出版社2016年版，第45—51页。朱维铮先生在谈到西学对谭嗣同的影响时说：“谭嗣同非但同意彻底西化，甚至像王韬一样，以为西方列强侵略中国是好事，可以加速中国的革新。”参考李天纲编校：《万国公报文选》，上海：中西书局2012年版，第24页。

[3]王树槐：《外人与戊戌变法》，上海：上海书店出版社1998年版（原书于1965年在台湾出版）；梁元生：《林乐知在华事业与〈万国公报〉》，香港：香港中文大学出版社1978年版；房德邻：《〈万国公报〉与戊戌变法》，《北京师范大学学报》，1986年第6期。

[4]强学会办的《万国公报》（与上海《万国公报》同名）和《中外纪闻》，许多内容即直接转自传教士所办刊物。关于维新派所办报刊的一般情况，可参考徐松荣：《维新派与近代报刊》，太原：山西古籍出版社1998年版。

关系甚深，尤其深受《圣经》《劝世良言》的影响[1]。孙中山早年自命“洪秀全第二”，1894年他曾在《万国公报》上发表《上李傅相书》[2]，改良不成后，决定采取革命方式再造中华，其早期追随者与起义人员中多为基督教徒[3]。这是因为他们受到西方现代思想的影响，具有了新的世界观和价值观，不能再忍受清朝的腐败统治。在晚清，香港、广东、上海等沿海地区和海外，中国基督教徒已呈现网络状分布，通过与西方基督教世界的连接，他们中间正酝酿着一些新的思想和人群、改造社会和国家的力量，也酝酿着新世界各行业的领袖[4]。

梁启超在关于明清学术思想史的著作[5]中，对西学的影响和意义做了高度评价。但是，后来者在撰写中国近代史时，由于种种原因，对于晚清西方人士如何译介西学，将新的思想和观念传递给中国知识分子（口岸文人），并通过他们的笔影响到中国思想界，进而影响到中国历史，整体上的研究尚不足。比如，桑兵主编的近800页的巨著

---

[1]可参考周伟驰：《太平天国与启示录》，北京：中国社会科学出版社2013年版。

[2]李天纲编校：《万国公报文选》，上海：中西书局2012年版，第269—279页。

[3]梁寿华：《革命先驱：基督徒与晚清中国革命的起源》，香港：香港宣道出版社2007年版；李志刚：《洪秀全与孙中山对耶儒的认识》，载《基督教与中国近代文化》，香港：香港基督教文艺出版社2009年版；李志刚主编：《辛亥革命与香港基督教》，香港：香港基督教文艺出版社2009年版。

[4]罗元旭：《东成西就：七个华人基督教家族与中西交流百年》，北京：生活·读书·新知三联书店2014年版。讲述了上海互有姻亲关系的七大基督教家族的崛起历史。其实，在香港、广东、福建也有不少这样的基督教世家。

[5]梁启超：《论中国学术思想变迁之大势》，上海：上海古籍出版社2001年版，第135—136页；梁启超：《清代学术概论·儒家哲学》，天津：天津古籍出版社2003年版，第85—87页；梁启超：《中国近三百年学术史》，天津：天津古籍出版社2003年版，第30—31页。

《近代中国的知识与制度转型》[1]，就很少谈到晚清译述带来的知识变化，而直接从日本的影响开始。相比之下，《剑桥中国晚清史》[2]，则用了《1900年以前的基督教传教活动及其影响》一章专门讨论这种影响，显得比较平衡。

在资料上，与明清时期西学东渐重要文献逐渐得到系统出版[3]不同，晚清西学文献（包括宗教文献）一直没有得到系统整理出版，相关著作的出版只能比较孤立而零散地进行。比如，在人文社科书籍方面，上海书店出版社2002年“近代文献丛刊”出版过晚清几本产生过重要影响的西学书，如李提摩太译《泰西新史揽要》、花之安编著《自西徂东》、林乐知译《文学兴国策》、丁韪良译《万国公法》、傅兰雅译《佐治刍言》等。上海科学技术文献出版社2012年出版了《江南制造局译书丛编》，将当年江南制造局翻译馆的译著予以出版，除了工程类书籍外，还选了较有思想性的“政史类”书籍，收入《佐治刍言》《列国岁计政要》《西美战史》《俄国新志》《法国新志》《埏纮外乘》《四裔编年表》《各国交涉公法论》《各国交涉便法论》《公法总论》《美国宪法纂释》《欧

[1]桑兵主编：《近代中国的知识与制度转型》，北京：经济科学出版社2013年版。

[2]费正清编，刘广京译：《剑桥中国晚清史》，北京：中国社会科学出版社2006年版。

[3]最近代表为张西平等主编：《梵蒂冈图书馆藏明清中西文化交流史文献丛刊》（第一辑），郑州：大象出版社2014年版。它基本涵盖了以往相关的出版物。另可参考钟鸣旦等编：《法国国家图书馆明清天主教文献》，台北：台北利氏学社2009年版；周岩编校：《明末清初天主教史文献新编》，北京：国家图书馆出版社2013年版。黄兴涛、王国荣编：《明清之际西学文本》，北京：中华书局2013年版。

洲东方交涉记》《英俄印度交涉书》《东方时局论略》等。2014年，上海书店出版社影印出版了全套《万国公报》，在清晰度上超过了当年曾普惠于学界的台版《万国公报》。在宗教类书籍方面，最近几年，上海大学陶飞亚教授对近代基督教（包括新教）文献的总量和馆藏情况做了一个系统摸底，取得了很大成就，可以作为以后出版的一个路线图。在港台，一些新教传教士的著作开始得到搜集、整理和出版，郭士立、丁韪良、米怜、宾为霖、理雅各、杨格非等人的中文著作选集开始出现[1]。

不过，跟晚清西学的总量相比，这只是沧海一粟。仅仅由广学会出版的著作，当年数千卷著作中，今日有机会重出的也是寥寥无几。

我们出版这套“晚清西学”丛书，是希望能搜集、整理出一些具有代表性的晚清西学译撰著作，填空补缺，为还原晚清思想的全貌做一些添砖加瓦的工作。我们希望能促进对晚清西学的研究和重新评估，将之作为明末清初至今完整的“西学东渐”上的重要一环，予以独立的突显。

三、广东在晚清西学东渐中的地位

鸦片战争之前，广州是清朝对外开放的唯一港口，也因此是西学东渐的唯一口岸。以新教传教士为代表的

[1]周联华主持，曾庆豹、吴昶兴主编的“汉语基督教经典文库集成”系列，在香港橄榄出版有限公司出版，已出版的晚清传教士文献有黎子鹏编注：《晚清基督教叙事文学选粹》（2012年）、《赎罪之道传：郭实猎基督教小说集》（2013年）、《天道溯源：丁韪良基督教作品选粹》（2013年）。

具有现代知识的西方人士，都是先到广州[1]，如马礼逊、裨治文、卫三畏等人；鸦片战争后，香港被割让，上海、厦门、福州、宁波开放后，西方人士才逐渐分头奔向这些沿海城市。在很长一个时期内，广州在西学东渐中占有优势，但后来逐渐被上海赶超。关于广州为何被上海赶超[2]，以及何时被上海超过，曾经有过讨论。一个主要的可能原因是，鸦片战争后，按《南京条约》的规定广州应对英国人开放，但广州人抗拒，前前后后拖了十五年[3]，正是在这一时期，一些西方人士开始从广州迁往上海，广州西学人才外流。虽然如此，广州也仍旧是近代文化中一个极其重要的中心点。广东人容易接受新的生活方式和思想观念。反观一下中国近现代史就能知道，从太平天国起，“南风北吹”跟“西学东渐”几乎是同步的。这种态势甚至持续到改革开放的今天。

在近代报刊创办上，广州领先一步。广州原为清朝唯一通商口岸，早期来华西方人士为让西方人了解中国而创办了一些英文期刊，同时又创办了一些中文报刊，一是为了向中国人传教，二是为了让中国人了解西方，促进文化交流，增加西方文明对中国人的影响。中文报刊中，较为

[1]梁碧莹教授介绍了跟广州关系密切的20多位美国人，其中有一小半是传教士。参考梁碧莹：《美国人在广州：1784—1912》，广州：广东人民出版社2014年版。雷雨田主编：《近代来粤传教士评传》，上海：上海百家出版社2004年版。晚清来华传教士介绍了马礼逊、郭士立、米怜、麦都思、裨治文、卫三畏、伯驾、嘉约翰、罗孝全、理雅各、合信、明稽章。

[2]熊月之：《西学东渐与晚清社会》，北京：中国人民大学出版社2011年版，第167—168页。

[3]王毅：《皇家亚洲文会北中国支会研究》，上海：上海书店出版社2005年版，第4—5页。

连贯且有影响的，包括《东西洋考每月统记传》《察世俗每月统记传》《遐迩贯珍》，都是在广州、香港与南洋创办的。后来，上海和北京的发展速度超过广州，《六合丛谈》《格致汇编》《万国公报》均在上海创办，《中西闻见录》则在北京创办。维新时期京沪涌现了一些报刊，如《中外纪闻》《强学报》《时务报》等。同一时期在广州也有一些新的报刊，但是影响力主要在南方和南洋一带。

西方知识也以著作的形式在广东出现。1834年，西方人士在广州成立了“在华实用知识传播会”（Society for the Diffusion of Useful Knowledge in China），裨治文和郭士立（郭实腊）是其中主力。该会出版的著作包括：郭士立《大英国统志》（1834年）、郭士立《古今万国纲鉴录》（1838年）、《犹太国史》（1839年）、《贸易通志》（1840年）、《万国地理全集》（1838年）、郭士立主编《东西洋考每月统记传》（1837—1838年）、裨治文《美理哥合省国志略》（1838年）、罗伯聃《意拾喻言》（1838年）、裨治文《广东方言撮要》（*Chinese Chrestomathy in Canton Dialect*）[1]。1843—1860年之间，西方人士在广州出版的中文书刊，除了《圣经》、传教小册子、词典和年鉴外，还主要有裨治文《亚墨理格合众国志略》（1844年）、合信《天文略论》（1849年）、合信《全体新论》（1851年）、哈巴安德《耶稣教要理问答》（1851年）和《耶稣正教问答》（1852年）、合信《博物新编》

[1]沈国威：《打造专业术语：以19世纪的英汉词典为中心》，载朗宓榭等著：《新词语新概念：西学译介与晚清汉语词汇之变迁》，济南：山东画报出版社2012年版，第299页。

（1855年）、湛约翰《上帝总论》（1856年）、俾士《地理略论》（1859年）、纪好弼《醒世要言》（1859年）和《真教问答》（1859年）、嘉约翰《经验奇症略述》（1860年）等[1]。鸦片战争后，原在广州的一些西方人士逐渐转移到上海。1857年，裨治文、卫三畏、艾约瑟、雒魏林等18人决定成立“上海文理学会”，后来它成为皇家亚洲文会北中国支会[2]。上海的西方人士办报著书的越来越多，使上海成为传播西学的最大中心，但广东仍有叶纳清（1864年去世）、花之安（1839—1899）等人在从事译撰活动。花之安于1886年去上海，但其主要著作是在广东时完成的。

广州作为晚清最重要的西学中心之一，其西学传播从来就没有停止过。上文显示，在广州及广东的西学著作以宗教类和医学类为突出，马礼逊、梁发、合信、嘉约翰都是显著者。一些用粤语翻译的文学著作，如《天路历程》、《人灵战纪》、《辜苏历程》（即《鲁滨孙漂流记》），在粤语文学中有一席之地，可视为《虾球传》的先驱。即便在近代国际公法方面，也是广州的伯驾节译瓦泰尔《国际法》在前[3]，丁韪良翻译惠顿《万国公法》在后。

由于开放最早，广东得风气之先，其西学视野领先内地一步，不少广东人从事西学的介绍或引进。如鸦片战

[1]熊月之：《西学东渐与晚清社会》，北京：中国人民大学出版社2011年版，第129—130页。

[2]王毅：《皇家亚洲文会北中国支会研究》，上海：上海书店出版社2005年版，第11—13页。

[3]谭树林：《美国传教士伯驾在华活动研究：1834—1857》，北京：群言出版社2010年版，第179页。

争前，对西方最了解的中国人是梁廷楠，他著有《海国四说》《夷氛纪闻》等。跟随马礼逊和米怜学习的梁发，其《劝世良言》直接影响了太平天国运动。洪仁玕在香港与传教士韩山文、理雅各等人交往，阅读他们出版的中文著作，使他能够写出中国近代第一个现代化纲领《资政新篇》。再如跟德国人关系密切的东莞世族王家，第一代王元琛是郭士立的弟子，王元琛之子王炳耀和王炳堃跟叶纳清、花之安等人有师承关系，交往密切，王炳耀与孙中山也有深厚友情，其子王宠惠后来成为民国外交部长和总理，他们都有西学著译问世。再如南海人何进善（福堂），他是理雅各在马六甲任教于英华书院时的学生，著有宗教书多部，其子何启是维新派思想家，女婿伍廷芳曾任清廷驻美公使和民国外交总长。像王元琛、何进善这样的世家尚有不少。至于郑观应、康有为、梁启超、黄遵宪等思想家，张荫桓、何如璋等具有新思想的官员就不多说了。甚至康有为的弟子、创办孔教会的高要人陈焕章，也到美国拿了一个博士学位（1911年），其英文著作《孔门理财学》还被马克斯·韦伯引用过。其对儒教的认识已经是在全球化的视野中，含有与西学比较的问题意识，跟传统的儒家大为不同。广东人久在西学熏染中，自觉不自觉地以西学促中学，以中学解西学，融会贯通，创立新学。康有为之参照基督教创立孔教就是一例。

四、编选说明

我们这套丛书，选取了晚清西学中较重要的一部分进行校注。在“西学”范围上，我们不做严格限定，而大致指跟泛称“西方”有关的知识和思想。在时间方面，我们所说的“晚清”，限定在1807—1911年之间，若有个别作品或作者实在重要而延伸至明末清初或民国，也可做灵活的处理。比如，某些译者或作者的选集文章发表时代横跨清朝、民国两个时期。在地域方面，凡是以汉文译撰的著作，不管它们是在南洋、港澳或内地产生的，都可以入选。在作者方面，不管是西方人还是中国人，是直接翻译还是借鉴后独创，都可以入选。由于是立足于广州和广东，我们会侧重广东的西学传统。

我们选书的考虑，大致有如下几个方面：

第一，对晚清思想界和社会产生过影响的西学著作，比如，影响过晚清经世派、洋务派、维新派、革命派甚至保守派的著作。产生影响的译撰著作不一定是在西方本身重要的著作，但在当时晚清的形势下，它们影响了很多中国人，甚至改变了中国的历史进程。如《佐治刍言》《泰西新史揽要》《百年一觉》《大同学》《中东战纪本末》《中西关系略论》《治心免病法》《西学略述》《列国变通兴盛记》《时事新论》《西学考略》《格物探原》等。

第二，有些书的影响较小或几乎没什么影响，但它们在西方本身有重要的历史地位，也有永久的价值，因此是值得重视的，如哲学名著培根的《格致新机》（即《新工具》）[1]，以及一些文学名著，如《天路历程》《鲁滨孙漂流记》等。这些名著在民国还有不同的译本，甚至直到

[1]邹振环：《影响中国近代社会的一百种译作》，北京：中国对外翻译出版公司1996年版，第80—87页。该书较详细地介绍了《谈天》《重学》《佐治刍言》《心灵学》《泰西新史揽要》《治心免病法》《文学兴国策》《百年一觉》等书。

今天还在产生新的译本。回过头去看晚清的译本，一些词语和概念的不同译法，显得别有一番风味。

第三，还有些是因为晚清译本提供了另一种翻译的可能性，具有语言考古价值。晚清译述出现在日语转译之前，译撰者尚未受到和制汉词的影响，而根据汉语自身的规则与历史进行翻译，因此为今日西学的翻译提供了另外的可能性。比如颜永京、丁韪良关于心理学的著译，艾约瑟、傅兰雅关于政治经济学的著译，里面很多关键词语的译法跟现代汉语译法（大部分为和制汉词）颇为不同，值得玩味。这就如同在文学上，新文化运动掀起白话文革命之初，涌现了很多种白话文的可能性，在今天语言越来越趋于统一和相同的情况下，回过头去考察白话文革命之初的种种表达方式，有可能敞开新的空间一样。在一种语言的构成中，词语是基本细胞，作为思想的直接现实，语言意味着思想的界限，重新审视汉语革命的历史，也就是对现代思想史的一种反省。近年来，学界对中国哲学史、思想史有过反思和争论，如现代中国人用“现代汉语”来研究中国古代“哲学”等，是否等于“汉话胡说”，是否在“以西解中”？对于近代以来学科的分类、变迁，基本词语和概念的巨大变革，我们可以借由对这些处于变革前夜的晚清西学译著典籍的“渐变”所进行的微观考察，来重新把握和理解现代中国人思维内容与方式变革的过程，也对诸如“自由”“哲学”这类重要译词是否能准确表达西文原词展开反思和探讨。与此相关，对于一些在和制汉词中传过程中起到了重要作用但今天很少被人提起的转译本，我们也会予以注意。比如王国维翻译桑木严翼的《哲学概论》、元良勇次郎的《心理学》及《伦理学》等等，就既对王国维本人的思想发展起过作用[1]，也对哲学类和制汉词进入中文世界有所影响。在译述和转译之间，相对来说，我们会侧重于译述时期的译撰著作。

第四，虽然我们所理解的“西学”是广义的西学，但由于出版数量有限，我们会侧重于考虑各领域的代表作。比如天文学，晚清相关著译是相当多的，我们可能只选最早也最具代表性的伟烈亚力和李善兰译述本《谈天》，以及他们两人译述的《几何原本》和《代数学》，艾约瑟和李善兰译述的《重学》，合信编译的《博物新编》。当时有开创性的植物学、动物学等自然科学著译也将酌情选入，当然，如果今天其他出版社已有出版，我们会尽量避免重复[2]。晚清历史、地理的著译相当多[3]，我们也只选有代表性的。在人文社会科学方面，可以考虑比较中英法律、详细介绍英美陪审团制度的哲美森《华英谳案定章考》，中国人介绍英法政治制度的刘启彤《英政概》《法政概》，徐建寅《德国议院章程》，李佳白比较各国政治制度的《列国政治异同考》，详细介绍美国宪法的林乐知《环游地球略述》，以及舒高第、郑昌棪译述的《美国宪法纂释》（1907年）等。在西方思想的译介上，虽然只是到了“转译时期”才大盛，但译述中也有不少，比如李提摩太和马林对社会主义的介绍，尤其是马林发表在《万国

[1]可参考佛雏：《王国维哲学译稿研究》，北京：社会科学文献出版社2006年版。

[2]韦廉臣、艾约瑟口译，李善兰笔述：《植物学》，上海：上海交通大学出版社2014年版。该书原于1858年由上海墨海书馆出版，拟定了许多专有名词，对后世有影响。该书此次是作为刘华杰主编的“博物学文化”丛书中的一本出版的。

[3]艾约瑟译的《希腊志略》《罗马校略》得到出版，参考陈德正、韩薛兵校注：《〈希腊志略〉〈罗马志略〉校注》，北京：商务印书馆2014年版。

公报》上含有基督教社会主义成分的关于地租、公正、平等的文章，对孙中山等人产生过影响。在宗教方面，宣教著作我们不会选，但比较有特色或者有历史价值，或者在今天仍有比较宗教、比较经学和比较神学意义的少量译撰著作，会适当选入。韦廉臣、艾约瑟对古埃及、波斯、希腊、罗马的宗教情况做了较多的介绍。在哲学思想等方面，艾约瑟、林乐知等人介绍了古希腊、古罗马和中世纪哲学，林乐知的包含十四本书的《自历明证》丛书，就详细介绍了基督教八大教父中的两位即奥古斯丁和金口约翰的生平与学说，以及日本明治维新时期同志社大学的创办人新岛襄的传记，其篇幅在中文世界里都是前无古人的。在文学方面，比如艾约瑟对弥尔顿、库柏诗歌的译介，都堪称最早。

第五，如前所说，广州在晚清西学东渐中有特殊地位，西学对广东敢为天下先的近现代文化有着潜移默化的影响，并随着广东人走向全国而在全国产生影响。我们将选择有广东特色的译撰著作，包括方言作品，以呈现一个鲜活的广东近代西学传统。

第六，虽然晚清西学著译不少，但我们侧重于以往不太受重视和整理的那些著作，而对于已得到很好整理、校注或市面上易得的著作，如严译、容闳的《西学东渐》等，则尽量避免重复，因此我们的选择含有一种“补遗”的意味，以呈现一个更丰富、更立体、更多面的历史。

五、致谢

在倪梁康教授的主持下，中山大学在2006年成立西学东渐文献馆，搜集、整理西学东渐文献与资料，并定期出版《西学东渐研究》，目前主要有法国籍的梅谦立教授做明清天主教文献研究，倪教授本人做唯识学和现象学的比较研究。我本科毕业于中山大学哲学系，中山大学是我的母校，我跟中山大学有特殊的情谊。近些年我在做晚清新教研究，涵盖的范围从太平天国到广学会和康有为、梁启超维新派之关系，正属于“晚清西学东渐”范围。因我父母在广东，每次我回家探亲，都会去看望在中山大学的师友，如哲学系的陈立胜老师和中文系的新进学者姚达兑。姚达兑是80后学者，他对近代西方文学的中译颇有研究，对出版晚清西学很有兴趣。2015年夏天，我与陈立胜老师拜见倪梁康教授，谈起西学东渐，说起我和姚达兑约了几个海内外同人想做晚清西学校注，只是出版资金一时遇到困难。倪教授听闻后，觉得此事有益于西学东渐研究，也有益于社会和学界，乐意促进此事，于是决定将这套丛书置于西学东渐文献馆的项目当中，通过广州市人文社会科学重点研究基地“广州与中外文化交流研究中心”及广州市科创委“西学东渐与广州21世纪海上丝绸之路”专项基金的经费予以资助。我们决心放眼长远，编出一套有参考价值的丛书。

晚清西学的校注与普通古籍的校注尚有不同，在文言之外，尚有外语（英法德日）及西学知识的问题，校注起来有额外的难度，相关人员寻找起来非常不容易。为找到这套丛书每本书的校注者，姚达兑和我可没有少在网上和微信上讨论。最后，对丛书第一辑的校注，我们找到了几位学贯中西、学养上佳的年轻学者，他们都是海内外名校毕业的博士，有的长期从事中西文化比较的工作，堪称

“合适的人做合适的事”。

此项计划的完成，有赖于一些机构和个人的帮助。尤其是以下机构：中山大学西学东渐文献馆、广州与中外文化交流研究中心、“十三五”国家重点图书出版规划、国家出版基金和“西学东渐与广州21世纪海上丝绸之路”专项基金；以下个人：中山大学哲学系教授倪梁康，南方日报出版社编辑黎衡，以及加盟本项目校注工作的学者肖清和、马永康、赵璐、张洪彬、李彬、王雨、龚昊、孙若圣、韩晓、葛小辉、窦新光、杨汤琛、叶杨曦和陈思行等。姚达兑在联系校注者和出版社方面付出了大量劳动，很多实际的工作也是他在做，在此我要特别感谢他。希望我们的丛书能够有益于读者与学术界，越做越好。

2017年6月26日

《辜苏历程》导读

陈思行

一、引言

Robinson Crusoe系列小说是英国作家笛福（Daniel Defoe，1660—1731）最负盛名的著作。大多数读者较为熟知的是该系列的第一部《鲁滨孙漂流记》（*The Life and Strange Surprising Adventures of Robinson Crusoe*）。它以苏格兰水手亚历山大·塞尔柯克的传奇经历为蓝本，讲述了渴望航海冒险的英国人鲁滨孙在遭遇海难后，独自在荒岛劳作求生，后又拯救黑人星期五，帮助船主平定叛乱，终于重返国土的故事。该系列还出版了《鲁滨孙漂流续记》（*The Farther Adventures of Robinson Crusoe*）、《鲁滨孙宗教沉思录》（*Serious Reflections During the Life and Surprising Adventures of Robinson Crusoe*：*With His Vision of the Angelick World*）两部续集[1]。笛福倡导的"经济个人主义"[2]暗合资本主义兴起的需求，故而此系列一经出版，立即风靡欧洲。鲁滨孙也成为航海冒险、拓土开荒的代言人。

随着鲁滨孙形象的深入人心，该系列小说也被译为各种语言，走向世界。时至晚清，中国文坛掀起了《鲁滨孙漂流记》译介的第一个高潮。据崔文东、姚达兑等学者考证，在20世纪的前十年间，《鲁滨孙漂流记》骤然出现至

[1]《鲁滨孙漂流续记》（以下简称《续记》）讲述了鲁滨孙因与船员不和，改赴中国南京、北京等地的见闻。《鲁滨孙宗教沉思录》以第一人称方式，阐述隐居后的鲁滨孙的各种宗教深思，已非小说性质。

[2]参见伊恩·P.瓦特著，高原、董红钧译：《小说的兴起：笛福、理查逊、菲尔丁研究》，北京：生活·读书·新知三联书店1992年版。

少八种中译本[1]。现将诸译本列表如下：

时间	书名	译者	出版机构	备注
1902年	《绝岛漂流记》	沈祖芬	上海开明书店	
1902年	《辜苏历程》	英为霖	羊城真宝堂书局	粤译本
1902—1903年	《鲁宾孙漂流记》	秦力山[2]	《大陆报》第1—4及第7—12期	
1905—1906年	《鲁滨孙漂流记》《鲁滨孙漂流续记》	林纾、曾宗巩	上海商务印书馆	文言本
1909年	《绝岛漂流》	孙毓修	上海商务印书馆	
1909年	《无人岛大王》	汤红绂	《民呼日报》第30—44号图画版	转译自日译本
1909年	《荒岛英雄》	袁妙娟		未见刊行
1910年	《绝岛日记》	周砥	上海群益书社	

民国时期最受欢迎的《鲁滨孙漂流记》译本是由著名翻译家徐霞村译就的，该译本也被认为是第一个最忠实于原著的汉译版本。徐氏谈及之前的译本，“但是这些尝试多半都是根据节本译出，而且文字过于意译，过于修炼，有失原文的朴直”[3]。实际上，晚清诸译本不仅在语言上有“意译”的问题，在内容上也或多或少改造了鲁滨孙的形象，使之符合译者的特定目的。这些译本为何不忠实于原著？又在何种程度上改造了鲁滨孙的形象？其背后的动机如

[1]参见崔文东：《晚清Robinson Crusoe中译本考略》，《清末小说から》，2010年第98期，第19—25页；姚达兑：《Robinson Crusoe粤语译本〈辜苏历程〉考略》，《清末小说から》，2011年第100期，第10—13页。

[2]原著并未标明译者，据崔文东考证，译者极有可能是时任《大陆报》主笔且精通英文的秦力山。

[3]笛福著，徐霞村译：《鲁滨孙飘流记》，上海：商务印书馆1930年版，序言第16页。

何？这一系列问题，恐怕都要重回晚清语境中去探究。

李鸿章曾感慨："我办了一辈子的事，练兵也，海军也，都是纸糊的老虎，何尝能实在放手办理？不过勉强涂饰，虚有其表，不揭破犹可敷衍一时。如一间破屋，由裱糊匠东补西贴，居然成一净室……自然真相破露，不可收拾。"[1]晚清局势正如李鸿章的"裱糊破屋"之喻，危如累卵。晚清的有识之士需要面对的，绝不仅是简单的朝代更迭。西方列强用舰船枪炮轰开了帝国的大门，带来全新的近代科技和社会思潮。面对此种"数千年未有之大变局"，他们急迫地寻找救国保种的方式，尽管他们也不知什么样的改变才是正确的，这些改变又会将中国带向何方。与此同时，大规模进入中国的西方人，也带着自己的想象去改造这个垂暮的帝国。

勒菲弗尔在其著作《翻译、改写以及对文学名声的控制》（*Translation，Rewriting and the Manipulation of Literary Fame*）中提出了"操控理论"，即文学翻译的研究必然会涉及权力、意识形态、机构和操纵等问题。他认为，翻译行为主要受到三种因素或隐或现的操控或制约：意识形态（ideology）、赞助人（patronage）和诗学（poetics）[2]。本书收录的晚清三种《鲁滨孙漂流记》中译本，其"意译"背后反映的也是特定历史时期下，不同赞助人希望通过文学文本阐发不同的意识形态。其中，《绝岛漂流记》和《鲁宾孙漂流记》是由国人所译的官话本，

[1]吴永口述，刘治襄笔记：《庚子西狩丛谈》，长沙：岳麓书社1985年版，第107页。

[2]参见安德烈·勒菲弗尔：《翻译、改写以及对文学名声的控制》，上海：上海外语教育出版社2004年版。

《辜苏历程》是由传教士所译的方言本。根据译者的不同身份，我们可以看出译本背后“救国”和“传教”两个迥异的翻译动机。

1902年，《绝岛漂流记》由上海开明书店发行，杭州兰慧学堂承印。该书是目前已知Robinson Crusoe系列小说最早的中译本。据高凤谦之序可知，译者“钱唐跛少年”即沈祖芬。沈祖芬（1879—1910）乃浙江钱唐人士，字子渊，号诵先，三岁患足疾，故自称钱唐跛少年。沈氏自幼深受儒学熏陶，甲午战后，自觉西学之必要，转攻英文。除《绝岛漂流记》外，他还译有《华盛顿传》《戈登传》《希腊罗马史》等介绍西方名人与历史的书。沈氏的亲友多是投身民主革命的新式知识分子。长兄沈祖绵以公费留日，颇受康梁改良主义思想影响，返国后在上海创办时宜学塾，宣传救亡思想。后不满于康梁保皇的目的，沈祖绵放弃改良主义的幻想，立志反清，遂与陶成章、黄兴等人筹备光复会，后又加入同盟会[1]。在这样的家庭氛围下，沈祖芬在译著中也不可避免地寄寓了济世救国的愿景。

《绝岛漂流记》是沈祖芬沿用高桥雄峰日译本的书名。全书总二十章，前十二章为《鲁滨孙漂流记》内容，后八章为《续记》内容，共计约三万字。该书将笛福译为“狄福”，将鲁滨孙译为“劳卞生克罗沙”，将星期五音译为“勿赖代”。沈氏保留了航海遇难、解救星期五等主要情节，但删去了荒岛求生的劳动细节和鲁滨孙的心理活动，大刀阔斧地删减了篇幅。林纾对此颇有微词，“惜浑

[1]沈延国：《沈瓞民先生传略》，载苏州市地方志编纂委员会办公室、苏州市档案局编：《苏州史志资料选辑》（第3辑），1984年版，第24—39页。

译大意，不及全书十分之二”[1]。为该书润色的夏子弹八可能是沈祖芬的日本友人，但更可能的是与沈祖绵一道留学日本的化名为此的革命党人。因而，此书理所当然地沾染了救国保种的爱国话语。沈祖芬译书时未及弱冠，目的是“用以激励少年”[2]，将该书定位为爱国启蒙教科书。

1902年11月[3]，《大陆报》第1期开始连载《冒险小说鲁宾孙漂流记演义》的译本，未署译者名。从第2期起，目录页在译名前加了“警世奇话”的标题。《大陆报》分别在第1—4期和第7—12期连载了该译本，每期连载两回。每回均有回目，作内容提要。第一至十六回是《鲁滨孙漂流记》内容，第十七至二十回是《鲁滨孙漂流续记》内容。但《鲁滨孙漂流续记》连载到1903年10月的第12期就被《俄罗斯国事犯》取代，中止连载。1904—1905年，该译本曾被《广益从报》转载。

该译本虽未署译者名，但我们可以从《大陆报》的性质和执笔群体去推敲译者的动机。《大陆报》是一份着重介绍西方资产阶级学说，关注中外局势，宣传民主革命和民族独立的报纸。创办《大陆报》的是留日学生戢翼翚，主持发行的是戢翼翚与日本女教育家下田歌子创办的作新社。戢翼翚延请曾在东京主办《国民报》的原留日学生秦

[1]《“商务印书馆最新小说四种出版”广告》，《新闻报》，光绪三十二年（1906年）二月初七日。转引自崔文东：《政治与文学之间：晚清Robinson Crusoe中译本研究》，香港大学硕士学位论文，2011年，第24页。

[2]狄福撰，沈祖芬译：《绝岛漂流记》，上海：开明书店1902年版，译者志。

[3]笔者赴上海图书馆查阅《大陆报》，第1期封面业已亡佚，无法确切查知出版日期。但第1期所附广告《文塾添招新斑》一则，内有“自本年十一月初十起至十二月十五日截止，报名者请至四马路开明书店取阅章程”。据文塾报名日期推知，第1期出版时间可能在十一月初。

力山、杨廷栋、雷奋、杨荫杭等人担任主笔[1]。该报“以欧洲大陆为师，以非洲大陆为戒”，“特为大声疾呼，以觉我大陆者也”[2]，鼓吹民族主义，倡导反清排满之革命。故而，《鲁宾孙漂流记》很大程度上是作为政治宣传的工具，传递这群留日学生的革命主张。晚清形势的紧迫使得译者忽略了《鲁宾孙漂流记》的文学价值，而将其作为鼓吹中国革命的工具，在翻译中时常插入大段的政治话语。《大陆报》译本虽然保留了原著的主要情节，却宣称主人公的行为完全出于爱国爱种的心理，彻底扭曲了鲁滨孙的形象。该书将鲁滨孙译为“鲁宾孙”，又沿用沈祖芬的译法将星期五译为“勿赖代”。但是，译者特意将笛福译为“德富”，不免让人产生了寻求富强、重塑新道德的联想。并且，书中大量讽刺现实政治的话语，也使得译本更像是政治小说而非文学译本。

1902年，英国教士英为霖在羊城真宝堂书局出版了Robinson Crusoe系列小说的粤译本《辜苏历程》。《辜苏历程》分为上、下两册，总共四十三章，中有插图三十二幅，共计六万余字，仅翻译了《鲁滨孙漂流记》的内容。英为霖将笛福音译为“地科”，将鲁滨孙音译为“辜苏”，而将星期五译为“亚五”。“亚五”并非音译，而是采用了广东地区对晚辈后生的昵称。从目前已有的资料

[1] 1902年12月，《大陆报》于上海创刊，第1、2卷为月刊，从第3卷起改为半月刊。分言论、学术、史传、军事、工商、教育、时事批评、杂录、文苑、小说、外论等栏。封面及书脊均题“大陆”，版权页及目录题“大陆报”。共出47期，约于1906年1月停刊。参见上海图书馆编：《中国近代期刊篇目汇录上》（第2卷），上海：上海人民出版社1979年版，第699—762页。

[2] 《发刊辞》，见《大陆报》，1902年第1期，第1—3页。

来看，译者英为霖的生平事迹已无从考证，且《辜苏历程》的相关信息也难寻踪迹。但从文本上看，《辜苏历程》与同时期的多个译本相比，呈现出截然不同的面貌。

《辜苏历程》应是英为霖根据英文本对译而出，较为完整地翻译了原著内容。并且，它通篇使用粤语，呈现出高度通俗化、口语化的特点，在语言词汇方面极具特色。更难能可贵的是，在晚清语境下，《辜苏历程》没有落入“救亡图存”“爱国保种”等窠臼之中，呈现出别样的汉译面貌。

二、家国之内：鲁滨孙与新国民

徐霞村认为《鲁滨孙漂流记》最大的长处就是，“它里面的人物虽然不是人人有个性，却至少都是近乎人情的，不大带理想的痕迹”[1]。但《绝岛漂流记》和《鲁宾孙漂流记》中的主人公却带有极强的理想主义色彩，呈现出几近完美的新国民形象。这种理想化改造是晚清知识分子寻求救国之道的一种映射。

最早将“进取冒险”与“救亡图存”联系在一起的是梁启超。1902年4月，梁启超在《论进取冒险》中说：“欧洲民族所以优强于中国者，原因非一，而其富于进取冒险之精神，殆其尤要者也。”[2]他认为中国国民素无冒险性质，而今更是每况愈下，暮气沉沉，以致国运不振。其

[1]笛福著，徐霞村译：《鲁滨孙飘流记》，上海：商务印书馆1930年版，序言第16页。

[2]梁启超著，宋志明选注：《新民说》，沈阳：辽宁人民出版社1994年版，第32页。

中，他便提及中国少年当效仿哥伦布之流，不畏艰险，敢于开疆拓土。不久，梁启超在横滨创办《新小说》杂志，其中就有冒险小说一栏。一时之间，《海外天》《水底渡劫》《金银岛》《环瀛志险》等翻译的冒险小说纷纷面世，且大多以鼓励少年“开辟荒陬新日月，安排绝岛旧山川。欧洲第二哥仑布，冒险成名万口传”[1]为旨趣。1902年7月，《新民丛报》刊登《中国唯一之文学报〈新小说〉》广告，解说《新小说》栏目内容。其中，冒险小说以《鲁敏逊漂流记》为例，扬其“以激厉国民远游冒险精神为主”的旨要[2]。这表明梁启超及其同人应有翻译《鲁滨孙漂流记》的计划。

1898年冬，在梁启超还未发起小说界革命之时，沈祖芬就尝试通过译介《绝岛漂流记》以“激励少年”，“实施教育”[3]。沈氏笔耕不辍，致力于翻译西学以启蒙国民，很大程度上和他的家庭环境有关。16岁时，沈祖芬曾听父亲的朋友将甲午战败归咎于“不知外情”[4]，便“愤国耻，尽弃所学，肆力于英文”[5]。长兄沈祖绵“痛祖国之陆沉，哀百姓的困迫”，八次东渡日本，“阴结光复

[1]徐兆玮：《读译本小说诗》，载徐兆玮著：《徐兆玮杂著七种》，南京：凤凰出版社2014年版，第426页。

[2]新小说报社：《中国唯一之文学报〈新小说〉》，《新民丛报》第14号，1902年7月15日。

[3]狄福撰，沈祖芬译：《绝岛漂流记》，上海：开明书店1902年版，译者志。

[4]洪铨：《沈先生传》，载沈绍勋辑，沈祖绵增辑：《钱塘沈氏家乘》（卷二），杭州：西泠印社1919年版，第42页。

[5]包梦华：《沈跛公传》，载沈绍勋辑，沈祖绵增辑：《钱塘沈氏家乘》（卷二），杭州：西泠印社1919年版，第40页。

会，参加同盟会，誓必反清，外御列强”[1]，投身革命。故而，沈祖芬在译介之初就将劳卞生的形象与自强救国的新国民形象联系在一起。这实际上奠定了晚清国人译介《鲁滨孙漂流记》的家国情怀。

高凤谦为《绝岛漂流记》作序曰：“余惟狄福忘其縶囚之身，著为文章，激发其国人冒险进取之志气。”[2]虽然沈祖芬以“药吾国民”为目的，但他翻译此书时还较为注重文学性，没有大段插入宣传救国的话语。不过，我们还是可以从中看出一二。

> 余侄之船不日将赴东印度及支那。余知该处无事，颇不愿道途仆仆。譬如人皆有自主之权，无论至何处，均可自适。乃反自投巴力门议院而监禁之，不亦左乎？是以甚愿此船由勃腊西尔回英国，再经该岛，在岛整顿一番，使岛中诸务兴盛，为英国外府。余得拟可伦布之列，亦不愧为开创之人。（《绝岛漂流记》第十五章）
>
> 邻近有一大国，名支那，人民繁衍，货物山积，如至彼处，贸易可获厚利。倘君出银千磅，余亦出千磅，合租一船，君为船主，余作商客，驶至支那，何如？天下事皆可为，我与君何必死守此土耶？（《绝岛漂流记》第十五章）

---

[1]沈飏民：《高山忆旧录》（序），载政协江苏省苏州市委员会文史资料研究委员会编：《文史资料选辑》（第10辑），政协江苏省苏州市委员会文史资料研究委员会1983年版，第39页。

[2]狄福撰，沈祖芬译：《绝岛漂流记》，上海：开明书店1902年版，序言。

以上两个选段指出了劳卞生“冒险进取”精神的两个指向：其一是自主。在第一段中，劳卞生特别强调了“自主”的重要性，只有“自主”方可“自适”。虽“由勃腊西尔回英国，再经该岛，在岛整顿一番”颇费周折，然早归故土，安居家中，终非他愿。他视居家为身陷囹圄，厌恶碌碌无为的生活，渴望开拓新世界。开篇劳卞生辞家远行，也是因“游历之志”甚切，故“恝置远游”。所以，沈祖芬笔下的劳卞生突破了唯父母是从、安土重迁的传统形象，成为敢于冲破家族和地缘的束缚，能够自主决定未来，敢于追求广阔天地的新国民形象。“天下事皆可为，我与君何必死守此土耶？”更是道出了沈祖芬鼓励少年同胞开眼看世界，不要抱残守缺、偏安一隅的愿望。

其二是开辟外府，创造文明。“余得拟可伦布之列，亦不愧为开创之人。”沈祖芬显然是将劳卞生视为发现新大陆的哥伦布。哥伦布、麦哲伦等航海家一直被晚清知识分子视为勇武的英雄豪杰，能够开疆拓土，促进商贸，显扬国威。黄遵宪有诗云：“或言可伦坡，索地始未获。匝月粮惧罄，磨刀咸欲杀。天神忽下降，指引示玉牒……即今牛货洲，利尽西人夺。”[1]但是，沈祖芬笔下的劳卞生除了像哥伦布有发现荒岛之功，还有经世致用之才，能使荒岛变为有新文明之国。他“使岛中诸务兴盛”，是为了经营“英国外府”，是有益国计民生之举。从这点上看，劳卞生的冒险已从经济个人主义转向兴国的家国情怀。

如果说《绝岛漂流记》的家国情怀还较为含蓄，那

[1]黄遵宪：《春夜招乡人饮》，载陈铮编：《黄遵宪全集》（上），北京：中华书局2005年版，第113页。

么《大陆报》译本《鲁宾孙漂流记》则直抒胸臆，几乎将其改译为宣传革命的政治小说。《鲁宾孙漂流记》的激进话语与《大陆报》译本背后的意识形态和赞助人密切相关。《鲁宾孙漂流记》和《大陆报》的其他文章一样，都没有标明作者或译者，只署名为笛福的译名“德富”。但不管译者是谁，他的目标必定符合报刊“开进我国民之思想”[1]之宗旨。为了切合这一宗旨，译者对鲁宾孙的形象进行了大刀阔斧的改造。

萨义德认为帝国利益和民族文化是一致的，“伟大的欧洲现实主义小说达到了它的主要目的之一——几乎无人察觉地维持了社会对向海外扩张的赞同”[2]。《鲁滨孙漂流记》很大程度上体现的是英国的海外扩张，构成了奴隶主和奴隶、白种人和非白种人、基督教和部落原始宗教等一系列二元对立的殖民话语体系。然而，《大陆报》译本《鲁宾孙漂流记》却有意消解这样的殖民话语。

> 秀丽道：“想主人翁肚子已饿了，我去把兔子蒸熟，与你吃好么？”我应道：“好，好，但我有一句话告诉你。我是最好说平等的，我不比那专制国的人民，个个都好自大的，你以后不要叫我做主人翁，只叫我做Mister（先生）便罢。”（《鲁宾孙漂流记》第五回）

---

[1]《敬告读者诸君》，载《大陆报》，1903年第5期，第10页。

[2]爱德华·W.萨义德著，李琨译：《文化与帝国主义》，北京：生活·读书·新知三联书店2003年版，第14页。

在原著中，鲁滨孙教给星期五的第一个英文单词就是master（主人），以此确定他们之间不平等的阶级关系。《绝岛漂流记》也保留了这个情节。但在《大陆报》译本中，鲁宾孙不仅没有让勿赖代称他为主人，在此之前也不许黑童秀丽唤他为主人翁。这就使得原著的殖民秩序变为平等秩序，突出了个体的平等与独立。自甲午战败以来，维新党人以《时务报》等报刊为舆论阵地，积极译介和宣传天赋人权论等西方学说，以此抨击封建君主专制。康有为曾在《实理公法全书》中提出“天地生人，本来平等”[1]。译者有意破坏鲁宾孙与秀丽间的等级秩序，正是在践行康梁等维新党人所提倡的平等人权之西方学说。

瓦特认为，鲁滨孙代表的经济个人主义消解了传统的群体关系，冒险行为本身也是脱离群体生活的一种设置。“经济动机的本质，按照逻辑需要其他思想、感觉、行为的模式贬值：各种传统形式的群体关系、家庭、行会、村庄、民族感，这一切都要被削弱，包括从精神拯救到消遣取乐等方面的非经济因素的个人成就和享乐的竞争性要求，也需如此。”[2]但在《大陆报》译本中，译者反倒删减鲁宾孙独自在荒岛求生的场景，而增加群体生活的描写。在《大陆报》译本仅有的二十回中，描写鲁宾孙独自在荒岛生活的只有第七至九回，篇幅大幅减少。不仅鲁宾孙自诩“我生平以爱群为志，凡有益于国民之事，即把我这斗大的头颅送他，也是甘愿的”（第五回），连原著没

[1]康有为：《实理公法全书》，载康有为编，朱维铮编校：《康有为大同论二种》，上海：中西书局2012年版，第18页。

[2]伊恩·P. 瓦特著，高原、董红钧译：《小说的兴起：笛福、理查逊、菲尔丁研究》，北京：生活·读书·新知三联书店1992年版，第66页。

有对白的配角也纷纷道出“爱群”的心声。

> 秀丽看我这样光景，便对我说道：“我们束手待毙，总不成功。不如我到船主家中工作，你取我的身价去做些小经纪，尚可养活，岂不好么？”我再三不依。秀丽道：“我自愿当苦工，只因你能爱群。若你饿死，便是世界上少一个爱群的人了。”我见伊至诚恳切，不得已遂与秀丽同到船主家中商量。（《鲁宾孙漂流记》第五回）

这样明显的改变，当然是为了宣扬“爱群”的思想。梁启超在《新民说·论公德》中明确提出“爱群”的道德革命，要求“人人相善其群”，“故报群报国之义务，有血气者同其也”[1]。主笔《大陆报》的留日学生虽然与康梁党人在改良与革命之间有所分歧，但早期大多受二人思想影响，对其学说的精华部分亦持赞赏态度。主笔之一的秦力山曾提出“公奴隶”的概念以响应康门弟子麦孟华的《说奴隶》一文，秦氏也曾以“公奴隶力山”为笔名。“公奴隶”分“公之自上者”和“公之自下者”两种，“恒视其境地而尽其责任”。“公之自上者”是在民主之国，“以一人而服从于亿兆姓”；“公之自下者”在腐败之国，“辄复起而抵抗之”，如华盛顿者[2]。两者皆遵从国家伦理，为国民服务。然而保种救国并非一人之功，

[1]梁启超著，宋志明选注：《新民说》，沈阳：辽宁人民出版社1994年版，第16—22页。

[2]秦力山：《说奴隶》，载中华书局编辑部编：《秦力山集》（外二种），北京：中华书局2015年版，第62页。

“彼国民自为其身家，其始也，不知几千百华盛顿、拿破仑忘生死、掷头颅，以争一日之命”[1]。单单鲁宾孙一人爱群是不够的，他需要周边的人一起构建爱群的国家伦理。所以，秀丽主动要求卖身做苦工以成全鲁宾孙爱群之志向。并且，在译者的笔下，“爱群”与“保种”是相辅相成的，国家伦理是通过种族主义的激进方式表达的。这与《大陆报》宣传排满革命不无联系。故而，在第十一回“扫旧洞沿途谈保种　驾小舟入海救同胞”中，译者通过鲁宾孙与西班牙人的对话，影射清政府割地求和与义和团反清之事，以此抨击满族是异种。

在《大陆报》译本中，鲁宾孙不仅自身是有知识的，还汲汲于教育事业，乐于启蒙他人。他择偶的要求也是“有学问”和“开化”。可见，在译者的新国民形象中，思想开化是很重要的标准。

> 我道：“读书原是很好的事，但是现今的人，往往读我英国的书，不上二三年，便想谋一个馆地。谋了一个馆地，他的什么亲戚什么朋友，也不问他是做奴隶，是做牛马，便都称赞他的本事高强了。汝欲读书，切不可做这没脸面的事，辜负我的教育精神。”（《鲁宾孙漂流记》第九回）
>
> 又向着来人说道：“……所以我也注意过桩事，但是当求一个有学问的女子。倘是遇着未开化的妇人，生不生，灭不灭，真是不得了哩！”……我道：

[1]秦力山：《亡国篇》，载中华书局编辑部编：《秦力山集》（外二种），北京：中华书局2015年版，第92页。

“自从相别之后，回乡开一个蒙学塾，即因无人帮助。附近适有一个女子，极有学问。他愿嫁我，我愿娶他，由是成了亲，相帮料理，那蒙学塾大兴旺起来。”（《鲁宾孙漂流记》第十七回）

在第九回中，鲁宾孙告诫勿赖代读书不是为了谋名利，否则有辱斯文。那么，读书的意义究竟为何？译者在第十七回通过鲁宾孙的婚事给了回答。鲁宾孙与“极有学问”的妻子成婚后合办了一个蒙学塾，这是有益于国计民生之幸事。《大陆报》的主笔们都是晚清留日学生，亲身体验到中日两国教育的差距、思想开化之差距，故深知教育之重要性。戢翼翚就曾加入蔡元培等人在上海发起的“中国教育会”，以“编订教科书，改良教育，以为恢复同权之基础”为宗旨。《大陆报》刊登过不少教育方面的论说，其中有篇名为《教育主义之变迁》的文章。文末总结道：“要之今之学说，谓人类非孤立而能生活，必相依相集组为社会，成完全有机体之国家，庶可争存于种竞最烈之境。故儿童教育之终期，在使入其所属之国家社会，营共同生活，以继续其国家社会，且使进步焉。故今之教育，既使儿童为个人，又使为国家社会之一员，而俾为完美之道德生活，盖合个人之见解与社会之见解而一之，其说即现代最崇拜者也。”[1]在译者看来，教育的重点不在于能使个体独善其身，而是让其成为国家社会中有用的一员，使个人意志与国家命运统一。这也正是《大陆报》主笔们办报办学的初衷。

[1]佚名：《教育主义之变迁》，《大陆报》，1902年第2期，第20—21页。

要成为新国民，除了以上三点外，还有很重要的一点是尚武。原著也有讽刺中国人性格懦弱的语句，但是《大陆报》译本尖锐地指出了中国人的奴性，并借用了“军国民”的概念。

我道：“这等事还是后论。你看他的人民，个个懦弱，并无军国民的资格。他反借口为文献之邦，应该是斯文的。如今土地被邻国夺去，他也情愿做奴隶，动也不动，愿愿的服从他。若要希望他的人民，能弄出如我英国一千六百八十八年的事（英国第二之革命），就是待到二三百年，尚不能够哩！”（《鲁宾孙漂流记》第二十回）

“军国民主义”最先是由蔡锷于1902年2月提出的。“中国之病，昔在神经昏迷，罔知痛痒；今日之病，在国力孱弱，生气消沉，扶之不能止其颠，肩之不能止其坠。奋翮生曰：居今日而不以军国民主义普及四万万，则中国其真亡矣。”[1]蔡锷认为军国民主义是帝国主义的基础，故提倡尚武精神，一扫国人体魄羸弱、思想陈旧之弊病，使华夏九州不为异族所践踏。尚武精神是晚清重要的革命概念之一。《大陆报》主笔之一杨荫杭就曾翻译日本人加藤弘一的《强者之权利之竞争》为《物竞论》，后又在《大陆报》发表《说权利》，强调天赋人权乃是无稽之谈，权利只能由暴力来保证。译者借鲁宾孙之口讽刺国人性格之懦弱亦是如此，若无勇武精神，谈何推翻清朝君主

[1]奋翮生：《军国民篇》，《新民丛报》，1902年第1期，第80页。

专制，实现民主革命。

总而言之，从《绝岛漂流记》开始，晚清国人译介鲁滨孙尤为突出其游历世界之志向与冒险进取之精神，故原著篇幅最多的劳作部分反倒被删减殆尽。而《鲁宾孙漂流记》则将鲁滨孙大刀阔斧地改造为贴合革命理念的新国民，进一步脱离原著形象，成为追求平等自由、倡言爱群保种、具有尚武进取精神的政治启蒙者。

三、家国之外：鲁滨孙与传教

对比《绝岛漂流记》和《鲁宾孙漂流记》等晚清其他译本来看，粤译本《辜苏历程》似乎游离于主流话语之外，没有体现"救亡图存"的启蒙要求。究其原因，还是要回到翻译者背后的赞助人身上。译者英为霖是赴华传教的英国教士，代表的是伦敦会、浸信会等想要发展远东信徒的基督教差会。"传教"才是《辜苏历程》的核心。粤译本也因此成为晚清诸译本中保存宗教元素最多的一个版本。

《鲁滨孙漂流记》的宗教背景应是英为霖选择翻译它的重要原因。瓦特认为鲁滨孙从一开始就是有罪的，他的原罪源于强烈的经济个人主义思想，"他把这种缺乏'对欲望的限制'，这种对'上帝和大自然把他安置在那里的那种状况'的不满，看成是他的'原罪'"[1]。从这个意义上说，整本《鲁滨孙漂流记》就像是《鲁滨孙皈依

[1]伊恩·P.瓦特著，高原、董红钧译：《小说的兴起：笛福、理查逊、菲尔丁研究》，北京：生活·读书·新知三联书店1992年版，第67页。

记》，遵循着“赎罪—得救”的小说模式。原著序言有这样一段话：“这个故事以一种谦逊严肃的态度，且像智者常做的那样，用宗教观点去阐释一些事情，以自己的例子去开导他人，并且在任何情况下都要承认和敬重上帝的荣耀和智慧。”[1]笛福在书中也时常借鲁滨孙之口来阐述宗教思考，没有脱离那个时代清教小说的宗教色彩。

对于《辜苏历程》这样带有传教目的的宗教出版物来说，最重要的有两点：第一，传播上帝的荣耀；第二，尽可能迅速、大范围地传播上帝的荣耀。所以，英为霖在翻译《辜苏历程》时，也相应地采取了两个措施：第一，简洁明了地展现《辜苏历程》中的基督教色彩；第二，通篇使用粤语写作，使老幼妇孺均可阅读，大大拓展读者群。

《鲁滨孙漂流记》直接引用《圣经》原文共10处，间接化用有9处。但是，中国民众对《圣经》并不熟悉，原著中的基督教义对他们而言都较为陌生隐晦。英为霖为了使《辜苏历程》中的基督教内容更加通俗易懂，而不是枯燥乏味的大段说教，便将这些内容进行了删减和转换。英为霖的改动主要有四种情况，下面将归类分析。

第一种是为基督教义寻求本土的宗教渊源，消除普通民众的陌生感。

> 前时我以为神刻薄待我，丢弃我喺呢处。如今反转俾各样福过我，实系发梦都唔发得到，重话得神

---

[1]Daniel Defoe. *The life and Strange Surprising Adventures of Robinson Crusoe*. London and Cambridge：Macmillan and CO.，1866，preface to part 1. 本文英文版引用均出于此版本，为简洁起见，后文引用直接标注页码。

唔救我咩？试想吓，同船嘅人，如今喺边处呢？古人有话，知足不辱。呢的说话真系嘅咯。《圣经》话：“虚心嘅人有福。”但系心虚，就必冇骄傲。大概人心至怕唔知足，故此白白愁苦。若想自己知足，必定要求神嘅圣灵感动，嚟做基址。我自睇《圣经》以来，知到救灵魂嘅道理，常时祈祷。蒙神恩典感动，除去我不知足嘅心，自然得倒好快乐，故此常时有多谢神嘅心呀。（《辜苏历程》第二十二章）

“知足不辱”出自《道德经》第四十四章，“名与身孰亲？身与货孰多？得与亡孰病？甚爱必大费；多藏必厚亡。故知足不辱，知止不殆，可以长久”。意为人不要汲汲于名利，懂得满足，适可而止，才能长久平安。“虚心嘅人有福”出自《马太福音》第5章“登山宝训”第一条，“虚心的人有福了，因为天国是他们的”。其意为心怀谦卑，全心全意依赖上帝，让神灵充满内心的人，就有福气，能进入天国。原著并没有引用这两句话，这是英为霖有意为传教而添加的。乍一看来，两句话意义相差较大，似有牵强附会之嫌。但是，英为霖点出两者的共通之处在于知足常乐、不骄不躁，引导读者向上帝靠拢。即内心摒弃了功名利禄之后，虚心谦卑地接受神灵的充盈。这种将基督教义比附于中国经典的做法，继承了利玛窦（Matteo Ricci，1552—1610）开创的“引儒证耶”的传教策略。这种策略能让中国民众以为基督教与中国的儒家、道家在本质上是相通的，从而消除陌生感。故而，德国传教士花之安（Ernst Faber，1839—1899）在《性海渊源·自序》中说道：“只以中外经籍不同，语言各异，思欲有以助人，必就人之能通我意者以引诱之，而后可传福音于中国，必摭采中国圣贤之籍以引喻而申说，曲证而旁通。”[1]

第二种是省略原著中化用《圣经》的典故，在简短篇幅的同时，增强故事的可读性。上文为原著，下文为粤译本，对比如下：

> 如果当时我能觉悟并去了赫尔，再从那儿回家，那就是我的福分了。而我的父亲也会像耶稣所说寓言中的那位父亲一样，宰了肥牛犊来欢迎我；因为在听说我搭乘的船沉没在大雅茅斯锚地之后，过了很久很久他才得到确讯，知道我没有淹死在那里。（《鲁滨孙历险记》第12页）[2]
>
> 我得倒唔使沉死，系多谢神恩。今应当番去归，怕父母听闻沉船嘅事，唔知我生死，必定好闭翳咯。但系我心好硬，唔多想番去归，仍然上伦敦城。（《辜苏历程》第二章）

原著片段化用了《路加福音》中“浪子回头”的寓言。一位父亲的小儿子要求分家，拿到财产后就到远方挥霍，资财耗尽后只能以替人放猪为生，后来幡然醒悟，回去认错。父亲动了慈悲之心，认为他是“死而复得”的儿子，故宰杀肥牛犊庆贺他归来（路15：11—24）。读过《路加福音》的人，应该都会对这个寓言有印象。然而，

[1]花之安：《性海渊源》，上海：广学会1898年版，自序。

[2]笛福著，黄杲炘译：《鲁滨孙历险记》，上海：上海译文出版社2010年版。后文引用《鲁滨孙历险记》都出自此版本，为简洁起见，仅标识页码。

晚清广东地区的普通民众大多没有读过《圣经》，也不了解这个典故。如果直接翻译过来，无疑会给读者增加困惑。并且，这则寓言对宣扬上帝神威，从而劝人入教没有太大效果。考虑到这点，英为霖就没有将这些类似化用《圣经》的典故翻译出来。此外，英为霖在翻译时也非常注重故事的可读性，故而他在后句介入了辜苏的矛盾心理，以情动人。原著在叙述鲁滨孙的选择时，直接陈述了父亲很久才得知他未死的事实，较为冷静客观。但是，译文中的辜苏从儿子的角度，想到垂暮的父亲担心生死未卜的游子，认为自己“心好硬”。“硬”这个字为辜苏的形象平添了几分感情色彩，使得他更具人情味，更贴近生活。这也体现出传教读物与世俗化阅读的结合，一方面去除宗教神秘色彩，另一方面调整策略以贴近真实的生活状态。

第三种是缩短冗长的内心独白，更集中地表现上帝的仁慈和救恩。

有时，我也自问：上帝造了人，为什么却这样糟蹋人，让他们极端不幸，孤苦无援，万劫不复，让他们找不到像样的理由来为这种生活感恩戴德……这时，理智却同样来反问我了：“对，你的处境确实孤寂凄凉，可是请你不要忘记，你们中间其他的人如今在哪儿呢？你们不是有十一个人进了舢板吗？其他十个人呢？为什么不是他们活下来而你死掉呢？为什么独独让你活了下来？是待在这个地方好呢，还是待在他们那地方好？”（《鲁滨孙历险记》第57页）

正在打算，忽然想起，我喺呢个荒僻嘅海岛，总有别人，比较犯罪嘅人重苦楚。呢处嘅地，离开成千里咁远致有人。我今举目无亲，天上嘅神，做乜咁刻薄待我呢？又想吓我比较船中众人，系点样呢？佢哋死哓好耐，我就独自己得生，都话得神刻薄待我咩？况且大船唔即时沉，亦系神恩。若唔系嗽，就我日中所用嘅都有咯。点好侮慢神，嚟加多自己嘅罪呢？（《辜苏历程》第九章）

同样是描写鲁滨孙流落荒岛之初的宗教思考，英为霖的译本就比笛福的原著要简洁得多。笛福在描写鲁滨孙的心理活动时，常常使用多枝蔓、少停顿的长句子，读来有繁复冗长之感。这不仅有碍小说的文学性，还会使得传教效果大打折扣。英为霖删减了原著中反复的铺陈部分，重点突出上帝对辜苏的拯救和施恩。他使用了简短有力的设问句，明确点出“于海难中独活”“船不立即沉没”“船中尚有日用余物”都是神恩。并且，在英为霖的笔下，辜苏几乎是一念之间就变为虔诚的信徒，甚至是引人归主的“点着的明灯”（约5：35）。《旧约》有言：“当止住怒气，离弃忿怒；不要心怀不平，以致作恶。”（诗37：8）“点好侮慢神，嚟加多自己嘅罪呢？”这句话看似是辜苏在警戒自己，实际上也是英为霖借辜苏之口来告诫读者不可将生活的不顺都归咎于上帝，不然就会像以色列人因抱怨耶和华而无法进入迦南地一样，增添自己的罪孽。

第四种是删减原著中鲁滨孙对宗教的怀疑，以及笛福影射的宗教争端。例如：

由此，我有时走得很远，居然到了藐视上帝的权威，甚至可说是对上帝的公正提出疑问的地步；因为我觉得他让有些人看到他圣灵的光辉，却不让另一些人看见，同时又要求这两种人承担相同的义务，这种处理方式过于专横。（《鲁滨孙历险记》第198—199页）

在宗教问题上，人世间有着种种的争议、争论、争吵、争斗，这中间有的发生在教义的细微精妙之处，有的发生在教会行政体制上，但不管怎样，这些同我们毫不相关，而且依我看来，同世界上所有其他的人也是一无关系的。在通往天堂的路上，我们有着可靠的向导，这就是《圣经》，而且，要赞美上帝的是，我们满可以指望上帝的圣灵通过《圣经》教导我们，指引我们明白一切的真理，使我们心甘情愿地接受上帝在《圣经》中的教导；在宗教问题上的种种互不相容的观点，已在世界上引起了相当的混乱。（《鲁滨孙历险记》第210页）

以上两段话都很能代表笛福的宗教思考和清教徒立场，但是英为霖却将其完全删除。在第一段中，鲁滨孙这番话显然是在挑战上帝的权威，质疑上帝的公正。《马太福音》训示道："耶稣对他说，你要尽心，尽性，尽意，爱主你的神。"（太22：37）对于虔诚的传教士而言，他们将基督教义奉为至高无上的信仰，上帝的教导不容置疑。鲁滨孙的质疑也许会给有意入教或者刚刚入教的读者带来不良影响，引导他们怀疑上帝。这与英为霖的传教意图有所抵牾，故而必须删去。

第二段影射的是18世纪初托利党迫害非国教教徒的事

件。笛福所处的时代是英国宗教环境最复杂的年代，国教和非国教间的斗争日趋白热化，但中国普通百姓对这段历史毫无了解。尽管笛福认为教会纷争毫无意义，只有《圣经》才是唯一的真理，但是英为霖出于传教的考虑，还是删去了这些内容。若是保留这些内容，不仅会给读者造成理解上的困惑，还会给教会带来负面影响。据相关资料统计，华南地区是民教冲突尤为严重的地区。1884年8、9月间，仅广东一省就发生大大小小30起民教纠纷事件[1]。这些教会纷争的影射无疑会给传教工作雪上加霜，造成百姓对基督教的不良印象，这显然是译者所不愿看到的。

除了在内容上增减转换，《辜苏历程》在语言上也相应地采用了粤语方言。《绝岛漂流记》和《鲁宾孙漂流记》都是浅白的官话译本，说明它们所设定的读者群十分广泛，故而语言应有范围越广越好。但《辜苏历程》通篇使用粤语，这就说明英为霖将传教目标局限在粤语方言区，较有针对性。近代来华传教士能接触到的中国民众和发展的中国信徒，大多是下层民众。“不管是天主教还是基督新教，不管是基要派还是社会福音派，目光主要注视下层百姓。只有少数人，如李提摩太、林乐知等，注重结交达官贵人，主张实行自上而下的传教路线。”[2]如此一来，英为霖选择了“下里巴人”的羊城土白翻译，并使用了许多高度口语化的俚语词，这与他的传教定位是十分相称的。

虽然粤语文学是难登大雅的“鄙俚”之书，但它也并

---

[1]陈银昆：《清季民教冲突的量化分析（1860—1899）》，台北：商务印书馆1991年版，第24页。

[2]郑永福、吕美颐主编：《近代中国妇女与社会》，郑州：大象出版社2013年版，第204页。

不罕见，创作者不在少数，譬如热衷于创作方言诗与新粤讴的廖恩焘，又如翻译羊城土白版《天路历程》的宾为霖（William Chalemers Burns，1815—1868）。值得注意的是，像《辜苏历程》这样通篇使用粤语、大量使用俚语、高度口语化的粤语小说是非常罕见的。程美宝指出，清末的广府地区流行一种被称为“三及第”的写作方法，即粤语、北方白话和文言的混合使用。广东文人仍旧囿于“文言才是正统”的束缚，故其独立写作的粤语文学往往文白并陈[1]。不仅广府文人的创作如此，同是以羊城土白译就的《天路历程》在文辞上也比《辜苏历程》要讲究得多，许多章节中间还穿插着文言诗，概括主题思想。可以推测，英为霖日常接触到的民众文化程度较为低下，故而在译文言辞上也较迁就他们，方便传教。当然，《辜苏历程》文辞不雅的直接原因，也很可能是英为霖的粤语水平有限，抑或是协助他的广东本土文人的文学素养不高。

《辜苏历程》的序乃是流利的文言，而非正文的粤语。这也许还是和当时中国文人根深蒂固的“文言正统”观念有关。序称地科为“英国先儒”，明显是国人对文人的尊称。此外，该书有许多中国化处理的痕迹。例如，译者将原著的公元纪年法变为中国惯用的农历。又如，在正文第三章中，辜苏和苏理逃离摩尔人的岛后，遇到欧洲来的商船时，在沟通上有障碍。“及埋到去，佢用西洋、西班牙、法国三处嘅话嚟问我，我总唔晓。”（《辜苏历

[1]程美宝：《地域文化与国家认同：晚清以来“广东文化”观的形成》，北京：生活·读书·新知三联书店2006年版，第143、157页。

程》第三章）这里使用“西洋”来代指原著的葡萄牙是不准确的，这说明译者对欧洲国家并不熟悉。在晚清，“西洋”用来统称欧美等西方国家，而身为英国人的英为霖不太可能将葡萄牙笼统地称为“西洋”。种种细节表明，英为霖在译《辜苏历程》时，应有广府文人相助。但是，英为霖在翻译时占据了主要话语权，使得中国文人很大程度上能挣脱“文言正统”的藩篱，所以才成就了这样一部高度口语化的粤语小说。

综上所述，因为社会文化身份的不同，传教士不像晚清知识分子那样抱有爱群爱种的家国情怀。即便他们也参与到西学东渐这一历史进程中来，其目的却是传播基督教义，希冀中华归主。故而，英为霖将辜苏塑造为一个虔诚的新教徒，并突出上帝救恩才是故事的核心。与此相应的是，英为霖选择了以方言来翻译此书，使其更通俗易懂，也更具有读者针对性，增强传教效果。

四、结语

傅兰雅曾言西学东渐之盛，“今在十八省中所有新法新事已见流通，且显沛然莫御之势。要之，西国所有有益中国之学，中国必欲得之，盖华人已有饮泉思渴之心焉”[1]。晚清以降，天下竞尚西学，竞学西文，西书翻译为一时之盛。但晚清的西学译介不仅仅是一种语言到另一种语言的翻译，不同的翻译主体背后有不同的赞助人和意

[1]傅兰雅：《江南制造总局翻译西书事略》（续前卷），《格致汇编》，1880年第三卷，第9页。

识形态，故而同一部西方作品会有不同的汉译面貌。读者从晚清《鲁滨孙漂流记》多个汉译本便可见一斑。

无论是《绝岛漂流记》含蓄地激励少年冒险进取，还是《鲁宾孙漂流记》堂而皇之地宣传革命话语，其译本都有意将鲁滨孙形象与新国民形象重合。鲁滨孙由“冒险以自利”变为“冒险以报国”，这或多或少地被贴上了追求平等、尚武、爱群、启蒙等标签。这些深受革命思想熏陶的国人译者，其目的在于号召读者向符合新国民特点的鲁滨孙学习，以此抵御列强，振兴中华。而由传教士主导的粤译本《辜苏历程》则将鲁滨孙与上帝相关联。它意在表明，中国现今的处境就如同鲁滨孙一样，身陷桎梏，危在旦夕，只有信仰上帝，方能走出困境。这两种不同的译介策略也构成了晚清西学译介的两种翻译主体的取向，即国人译介的家国情怀与传教士译介的宗教渗透。它们给后世读者呈现了晚清译者解读与转换鲁滨孙形象的不同视角。

辜苏历程

[英]笛福　著
[英]英为霖　沈祖芬等　译
陈思行　校注

光緒二十八年　英國教士英爲霖譯

辜蘇歷程

羊城真寶堂書局藏板

1902年澳门公共图书馆何东分馆藏版《辜苏历程》扉页

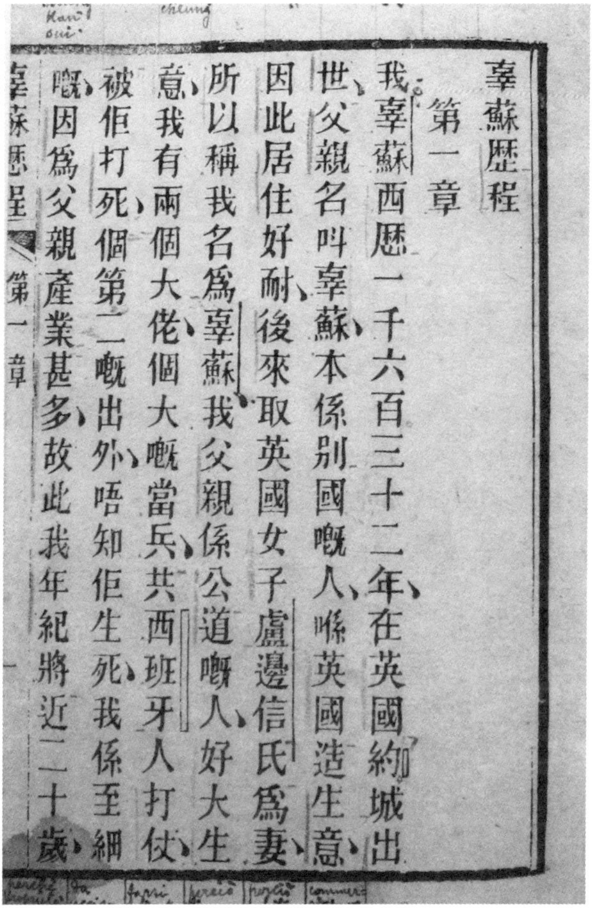

辜蘇歷程

第一章

我辜蘇西歷一千六百三十二年、在英國紉城出
世、父親名叫辜蘇、本係別國嘅人、喺英國造生意、
因此居住好耐、後來取英國女子盧邊信氏爲妻、
所以稱我名爲辜蘇、我父親係公道嘅人、好大生
意、我有兩個大佬、個大嘅當兵、共西班牙人打仗、
被佢打死、個第二嘅出外、唔知佢生死、我係至細
嘅、因爲父親產業甚多、故此我年紀將近二十歲、

辜蘇歷程 第一章 一

1902年澳门公共图书馆何东分馆藏版《辜苏历程》内页

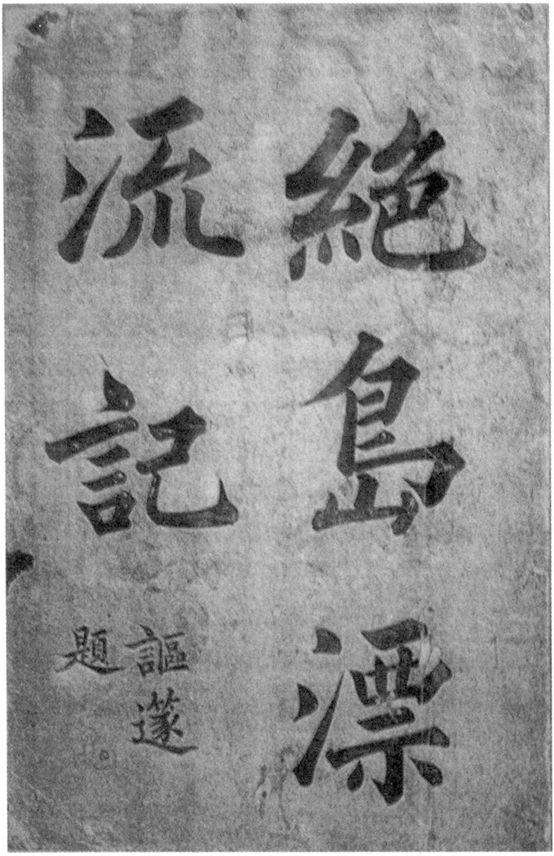

1902年上海图书馆藏版《绝岛漂流记》扉页

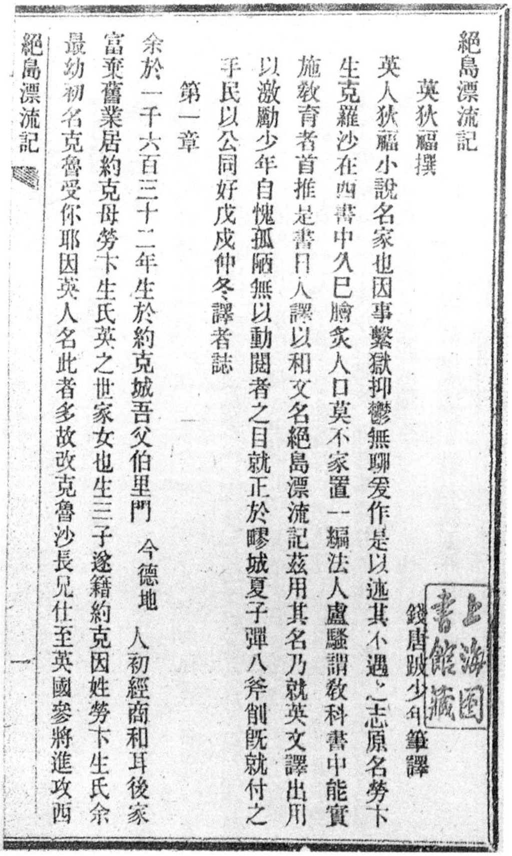

1902年上海图书馆藏版《绝岛漂流记》内页

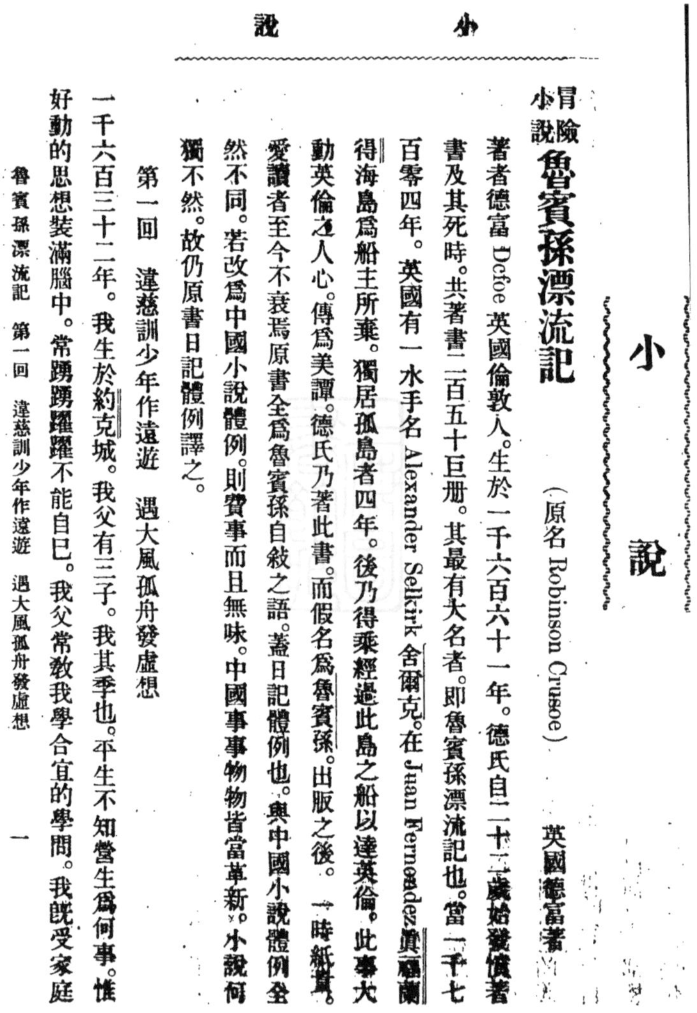

冒險小說 魯賓孫漂流記 （原名 Robinson Crusoe）

英國德富著

著者德富 Defoe 英國倫敦人。生於一千六百六十一年。德氏自二十三歲始發憤著書及其死時。共著書二百五十巨冊。其最有大名者。即魯賓孫漂流記也。當一千七百零四年。英國有一水手名 Alexander Selkirk 舍爾克。在 Juan Fernandez 眞爾蘭得海島爲船主所棄。獨居孤島者四年。後乃得乘經過此島之船以達英倫。此事大動英倫之人心。傳爲美譚。德氏乃著此書。而假名爲魯賓孫。出版之後。一時紙貴。愛讀者至今不衰焉原書全爲魯賓孫自敘之語。蓋日記體例也。與中國小說體例全然不同。若改爲中國小說體例。則實事而且無味。中國事事物物皆當革新。小說何獨不然。故仍原書日記體例譯之。

第一回 達慈訓少年作遠遊 遇大風孤舟發虛想

一千六百三十二年。我生於約克城。我父有三子。我其季也。平生不知營生爲何事。惟好動的思想裝滿腦中。常踴踴躍躍不能自已。我父常教我學合宜的學問。我既受家庭

1902年上海图书馆藏版《鲁宾孙漂流记》内页

目　录

辜苏历程

[英] 英为霖　译

澳门公共图书馆何东分馆藏版

编校说明

《辜苏历程》是《鲁滨孙漂流记》的粤语译本。该书由英国传教士英为霖所译，1902年于羊城真宝堂书局出版。译者英为霖的生平事略已不可考，亦无更多译著传世。“羊城”乃广州俗称。“真宝堂”是德国礼贤会在广州沙面设立的一个小书坊，以出版宗教书籍为主，后并入东山的中华浸会书局。

“辜苏”由Crusoe粤语音译而来。《辜苏历程》共四十三章，间有插图三十二幅，内容为Robinson Crusoe系列小说第一部的全译本，删减较少。该书通篇采用粤语，口语化程度很高，在当时的粤语小说中较为少见。

《辜苏历程》现藏于澳门特别行政区政府文化局澳门公共图书馆何东分馆古籍部，一函二册，铅印本。今得澳门公共图书馆授权，将其编校出版，谨表谢忱！又，澳大利亚国立图书馆亦有馆藏。现将该书粤语俚语注释而出，以备大众阅读。

序

《辜苏历程》一书，乃英国先儒名地科[1]所作。平生绪论甚富，遐迩知名。计其书籍约有二百余种，人皆以先得观为快，然究不若爱此书者之尤众且广也。盖是书一出，屡印屡罄。士民老少，群争购之，迄今垂二百年，畅行诸国。开卷披阅，无不悦目赏心。兹将原文，译就羊城土话[2]，虽未尽得其详细，而大旨皆有以显明，聊备妇孺一观，了然于目，亦能了然于心。觉人生所阅历，斯为最奇而最险，实无穷趣味，乐在其中矣。爱笔[3]数词，叙于简端，幸毋鄙俚见弃，窃厚望焉，是为序。

---

[1]丹尼尔·笛福（Daniel Defoe，1660—1731），英国启蒙时期现实主义小说家，被誉为“英国小说之父”，代表作为《鲁滨孙漂流记》。

[2]羊城，广州别称，源于“五羊衔谷，萃于楚庭”的传说。羊城土话，即粤语。

[3]爱笔，即执笔。

目　录

第一章

我辜苏[1]西历一千六百三十二年，在英国约城[2]出世，父亲名叫辜苏。本系[3]别国嘅[4]人，喺[5]英国造[6]生意，因此居住好耐[7]。后来取[8]英国女子卢边信[9]氏为妻，所以称我名为辜苏。我父亲系公道嘅人，好大生意。我有两个大佬[10]，个[11]大嘅当兵，共[12]西班牙人打仗，被佢[13]打死。个第二嘅出外，唔知[14]佢生死。我系至细[15]嘅，因为父亲产业甚多，故此我年纪将近二十岁，都唔肯学事业。

---

[1]辜苏，主人公克罗索（Robinson Crusoe）的粤语音译。

[2]约城，即英国约克市（York），位于英国英格兰约克郡—亨伯区域北约克郡。

[3]系，是。

[4]嘅，的。

[5]喺，在。

[6]造，做。

[7]好耐，很长时间。

[8]取，同“娶”。

[9]卢边信，鲁滨孙（Robinson）的粤语音译。

[10]大佬，大哥。

[11]个，指示代词，那个。

[12]共，与。

[13]佢，他。

[14]唔知，不知。唔，不。

[15]至细，最小。

父亲想我学造状师[1]，望将来得尊贵嘅职。但系我至[2]欢喜出外游玩，时常自己话，父亲虽然要我学上等事业，但我唔想。母亲亦屡次劝我，但我主意必要去游玩嘅咯[3]。又思想吓[4]，我父亲系聪明正直嘅人，冇[5]乱讲说话嚗[6]。独系我想出去游玩个件事，佢不歇阻我，唔准我去。

后来父亲有病，叫我行埋[7]面前，对我话："仔呀，你想出外有乜[8]益呢。喺屋跢[9]有事可以照应，若系出外，就容易学坏，因噉[10]作恶犯罪嘅，亦唔少。你喺屋跢守分造事，亦可以发财。而且亲戚朋友，大众聚埋[11]一处极之快活。你若系必要出外，实在唔听父亲话咯。唔论喺边处[12]地方，有好人，亦有唔好人。若话出外，怕未必尽系好人。人系大多钱财，佢嘅忧虑是必多。我家中如今得饱暖，亦可以过得去。你喺屋企[13]好食好着[14]，冇忧冇虑，重话[15]唔安乐咩[16]？何必出外呢？"父亲又摵[17]好多说话

[1]状师，即现代意义上的律师。
[2]至，最。
[3]嘅咯，语气词，的啦。
[4]吓，同"下"，一下。
[5]冇，没有。
[6]嚗，句末语气词。
[7]行埋，走近。
[8]乜，什么。
[9]屋跢，家、住宅。
[10]噉，这样。
[11]聚埋，聚在。
[12]边处，哪里、什么地方。
[13]屋企，同"屋跢"，住宅。
[14]着，穿着。
[15]重话，还说。重，更加。
[16]咩，吗。
[17]摵，将、把。

嚟[1]劝我，又讲起大哥嘅事。话佢因唔听话，定要当兵，致到被枪炮打死。“你若系真正唔听我话，将来必定有悔恨。”但父亲虽系冇心讲出呢的[2]说话，实系后来嘅应验。父亲共我讲及大哥嘅事，个阵时[3]满面眼泪，我心亦见闭翳[4]，故此当时立定主意，依父亲嘅说话，从此唔想出外咯。

谁知过两三日之后，个心忽然改变，唔记得父亲嘅吩咐，因想出外嘅心，好似先日[5]一样。我想唔出声，静静去，但个心唔忍得，故此去到母亲处话：“父亲叫我学状师，唔合我心，怕嘥[6]时候[7]，又嘥钱财。求你劝父亲俾[8]我出外一次，嚟试吓点样[9]。若是唔好就依从父亲话喇[10]。”母亲听闻我嘅话，辘[11]起双眼，睇[12]住我话：“你想我搣你出门嘅事，劝你父亲咩，系枉费唇舌呗[13]。你若系出门，必定有唔好嘅事做出。”我就两三嘅[14]求佢。究竟母亲有爱仔嘅心，应承[15]肯话过[16]父亲知，但唔肯劝佢。我

[1]嚟，来。
[2]呢的，这些。
[3]个阵时，那个时候。
[4]闭翳，犯愁、担心。
[5]先日，前日。
[6]嘥，浪费。
[7]时候，时间。
[8]俾，给。
[9]点样，怎么样。
[10]喇，语气词，啦。
[11]辘，滚动，这里指眼睛转动的样子。
[12]睇，看。
[13]呗，句末语气词，而已，表示就这样。
[14]嘅，次。
[15]应承，答应。
[16]话过，讲给。

父亲听闻母亲讲，就叹息话："我嘅仔喺屋跶，可以做好人。若出外，必定有非常嘅患难。我实在唔准。"

谁知日子过得好快，不觉又上下一年咯。因为不能出外，致到极之闭翳。偶然一日行到海边，遇着一个朋友，搭佢父亲嘅船，上伦敦城。佢请我同埋[1]去，唔使[2]水脚[3]。我一听闻呢的说话，正合心水[4]，故此唔对父母话，就私吓上船。

个日系一千六百五十一年，九月初一日咯。开船之后，初七日嗵风[5]。唔驶得船，就湾泊个处几日。但觉风渐渐大，到第八日越发关系[6]。晏昼[7]时候，见咁[8]大波浪打过船面，即时抛多一个锚。及到挨晚[9]，又斩去两枝桅，望只船定的[10]，唔唫咁嘟[11]。谁知后来重更交关[12]，我了不得咁慌，个的水手亦估系绝望嘅咯。到半夜，有人落去[13]舱底睇下，见已经入水有四尺深。众人快的用机器扭去[14]个的水，叫我帮手。点估[15]个的水一自[16]扭，一自多

[1]同埋，一起。
[2]唔使，不用。
[3]水脚，上路的盘缠。
[4]心水，心意。
[5]嗵风，同"逆风"。
[6]关系，紧张、严重，此处表示风势越来越大。
[7]晏昼，中午。
[8]咁，这么。
[9]挨晚，傍晚。
[10]定的，安稳一点。的，副词，一点点。
[11]嘟，摇晃不定。
[12]交关，要紧。
[13]落去，下去。
[14]扭去，阻碍、挡住。
[15]点估，怎么知道。
[16]一自，一面。

起上嚟。怕必唥沉咯，故此船主不歇烧炮，招人拯救。离冇远，有一只船，使一只三板[1]嚟救我哋[2]。但系呢的工夫十分危险，极难做嘅。好彩[3]个的人唔顾自己嘅生命，极之落力[4]，救我哋各人。落佢三板，冇耐见个只大船就沉咯。我哋喺个只三板处，想埋去[5]救我个只大船处。因浪大如山，总唔埋得，噉就掉到岸边。各人上岸，个处的人，待我哋极好，样样事得佢照应。

[1]三板，同“舢板”，一种小船。

[2]我哋，我们。

[3]好彩，幸好、幸运的是。

[4]落力，努力。

[5]埋去，靠近去。

第二章

我得倒[1]唔使沉死，系多谢神恩。今应当番去归[2]，怕父母听闻沉船嘅事，唔知我生死，必定好闭翳咯。但系我心好硬，唔多想番去归，仍然上伦敦城。个处遇着一个船主，佢只船往来阿州[3]西便[4]基尼国[5]，贸易大发财，所以佢想早日再去。佢好欢喜我，请我同埋去。佢话办的货物，定可賰[6]钱。我即时应承佢，趁呢个机会，就办齐各货，值银三百两。呢的银系亲戚帮助我嘅，可惜我未会学过驶船嘅工夫。如今船主教我识算学，与及行船嘅法子，唥做水手共埋[7]客商，真好彩咯。到基尼将货共土人交易，賰得二千两银。计过咁多嘅。独系呢嘅发财呮。呢阵[8]算我系基尼嘅大商啰嚩[9]。

[1]得倒，得到。
[2]番去归，回去。
[3]阿州，阿非利加洲，今称非洲。
[4]西便，西边。
[5]基尼国，几内亚。
[6]賰，同“赚”。
[7]共埋，凑在一起、总共。
[8]呢阵，这时候。
[9]嚩，句末语气词。

沉船得救多謝神恩

我哋得倒番回[1]伦敦，有耐个船主过世。但我立定主意去基尼，搭番个只船。谁知呢水[2]大不幸，遇着贼劫。

[1]番回，返回。
[2]呢水，这次。

我哋共佢打，到底唔够佢打。因佢人多，我人少，被佢上船掳掠埋岸，拉入内地。个贼头儿见我系后生[1]合使[2]，独系[3]留住我嚟服事[4]佢。我悔恨到极，知父亲嘅说话，如今应验呀。我呢阵独系望有一线之生路呎，想佢带我喺船处，或者遇着有西洋兵船嚟打赢佢，我独系望噉样，得放回归就好喇。但系唔得遂我心，因为佢出海唔带我去，使我喺佢屋跕打理花园，同埋个的奴仆做下贱嘅工夫。

约嗼经历两年，有个景遇[5]，令我生出有的多[6]想望[7]。个贼头久不久[8]使佢个只大艇，叫我攞鱼[9]。有一日，佢请两三个上等嘅人，同埋去游耍。先一晚吩咐我带便多的食物，与及整便火药枪码[10]，摵嚟攞鱼共打雀用嘅。我照依佢嘅命[11]，预备个人客[12]落船。第朝[13]个贼头到大艇嗻[14]话："个人客适值有事，唔得闲去咯。我今晚请佢食餐，你快的去攞的鱼番嚟喇。"个阵突然间有至好嘅机会，我见船又有咁多嘢喺嗻，今可以逃走，脱甪[15]呢

[1]后生，年轻。
[2]合使，能用、有用。
[3]独系，仅仅、只。
[4]服事，同"服侍"。
[5]景遇，境遇，这里指机会。
[6]的多，一点点。
[7]想望，念头。
[8]久不久，时不时。
[9]攞鱼，用网捕鱼。攞，收拢、拉拢。
[10]枪码，枪弹。
[11]命，命令。
[12]人客，客人。
[13]第朝，第二天早上。
[14]嗻，可能意为这里。
[15]甪，助词，了，表示脱落、脱身、脱离。

的艰难咯。噉就我设条法子，免致人思疑。有两个人同我去，我对个个大的嘅话："我哋唔用得东家嘅嘢[1]，你番去带一个箱饼干，三埕[2]淡水喇。"我带的蜡有半担，与及斧头、把锯、铁锤，亦有的线，呢几件迟日好合用嘴。但系蜡个一样，重要紧咯。我心里慌到火药码子[3]将来唔够使。我对个大嘅话："东家有枪喺处，我地[4]唔好使东家嘅火药。你番去带的火药码子嚟，等我哋打雀，同埋有得食好呀。"

噉就攞[5]齐嘢就开身[6]，到澳口[7]经过一个寨。个寨嘅人识得我，所以由得我哋出去。出到约嗼三里路，落帆[8]抛锚嚟攞鱼。个阵系东北风，唔合我心。若系南风，可以直去西班牙。但我一定要离开佢处，唔论乜嘢[9]风，任从吹去个处[10]就去个处。噉就鱼攞唔倒，对个大嘅话："呢处唔得，要去远的。"佢依我话就扯帆，我揸[11]舵。行一堂汛[12]，我叫个细嘅暂时揸舵。我诈作去船头揾[13]嘢，就行

[1]嘢，东西。

[2]埕，装水的瓮。

[3]码子，子弹。

[4]我地，我们。

[5]攞，拿。

[6]开身，动身、启程。

[7]澳口，海边弯曲可以停船的地方。

[8]帆，帆。

[9]乜嘢，什么。

[10]个处，那个地方。

[11]揸，掌握、拿住。

[12]一堂汛，十里水路。堂，量词，十里。

[13]揾，找。

埋个大嘅后便[1]，出其不意，碰[2]佢落海。谁知个人好哙泅水[3]，跟住艇尾，求我救佢。我即时攞口[4]枪，向住佢话："我实在唔系想害你，因为我要逃走，脱角呢的祸患。你哙泅水，至好泅上岸喇。"佢听闻我噉话，就泅上岸去哓[5]咯。我对个细嘅话："若系你真心跟从我，我是必有好处俾过你。要你誓过愿[6]。若唔系，我亦抰[7]你落海。"佢即时誓愿，满口应承。我信佢系老实，就冇的思疑佢。佢名叫苏理，自后真系一路服事我咯。

个大嘅跌落水时，我船向北驶去。到夜晚黑，我转过南便去，免致后来人知到嚟追我。我慌到极，五日五夜冇停船。后来𠯠风，我心内话，我𠯠风，佢亦𠯠风。我停佢亦要停呀，噉就驶埋岸。我虽然唔想见人，但系至紧要攞的淡水。离冇远有个澳，想夜晚然后上岸。到晚黑[8]时，见有好多野兽，走来走去。有的揾嘢食，有的跑到海边饮水。又听闻佢叫喊嘅声，令我吓崩胆。个的声成晚都有，故此我唔敢上岸。想吓日头[9]亦系难，怕有野人。若系俾野人捉倒，亦系好似俾猛狮老虎所害一样呮。但系冇淡水，无奈何都要上岸。到第朝我哋上岸，我去冇远，因要看住只艇。苏理拈[10]个水埕，去远的揾水。歇冇耐，见

---

[1]后便，后面。便，边、面。

[2]碰，扔、丢。

[3]泅水，游泳。

[4]口，量词，支、条。

[5]哓，语气词，表示动作已完成。

[6]誓过愿，发过誓。

[7]抰，扔。

[8]晚黑，天黑。

[9]日头，白天。

[10]拈，拿。

佢走番嚟。我估有野人来追佢，故此我走前去帮助佢。到佢处，见佢膊头孭[1]住一只嘢，好似山兔噉。佢嘅肉似几好食，苏理极欢喜。唔见有野人，亦揾倒水。喺处住哓几日，后来开身咯。

[1] 孭，背。

第三章

开身几日，经过一处地方。个处左右，野人野兽极多，我仍然向南便驶去。我日日望遇着船来，求佢拯救，谁知好耐总冇。我嘅食物将近用完，点算[1]好呢，闭翳到极。一日忽然间，苏理对我话："请你睇吓喇，远远见有一枝桅顶呀。"我睇吓，话冇错咯，我认得个只系西洋嘅船。但佢唔系嚟嘯。故此我要去追佢，佢行得快，我唔追得倒。噉就我不歇烧枪[2]，又扯起旗。好彩佢知到[3]，即时落悝，等我艇埋去咯。

及埋到去，佢用西洋、西班牙、法国三处嘅话嚟问我，我总唔晓[4]。啱啱[5]有一个水手，系英国人，替我传话。我讲嗮[6]佢知，佢哋一听闻，就请我哋上佢船。我同苏理即时搬嗮嘢上船。个阵时真了不得咁欢喜，就感谢船主大恩，愿将我所有嘅嘢，送过船主。佢唔肯要，佢话："我拯救你嘅生命，若我遇着你噉嘅事，亦系望人救我

[1]点算，怎么办。

[2]烧枪，鸣枪。枪支要通过燃烧火药来发射子弹，昔时凡借火药运作的东西，都称之为烧，如烧炮仗。

[3]知到，知道。

[4]晓，知道。

[5]啱啱，刚刚好。

[6]嗮，尽、完。

呗。你的嘢到南美洲个阵时，我一的[1]都交番过你。”船主想买我只艇嚟用，我见佢待我咁好，唔敢要几多价钱。佢应承俾八十两银过我，佢又想买苏理，应承俾六十两银过我。我见苏理帮助我咁多，心唔想卖佢。船主话我噉嘅心系着，船主因将就买十年。苏理亦情愿，噉就立约，做满十年就甪身[2]咯。我哋在个只大船，经历廿二日，到南美洲上岸，已经脱甪极大灾难，要想定[3]将来做乜嘢事业咯。

[1]一的，一点。
[2]甪身，脱身。
[3]想定，想清楚。

第四章

我上岸时，身上有二百几两银，船主唔使我俾水脚。我有的嘢唔多合用，故此唔搬去，船主定要俾番银过我。我见佢咁仁爱待我，我永远记念佢大恩咯。船主有个朋友，喺个处做耕园嘅，系种蔗制糖嘅事业。佢举荐我喺个人处学造，我见个样事业好容易赚钱，故此极想造咯。我买一笪[1]地嚟造园，我本钱唔够，可惜冇苏理帮手。我重有[2]的银，先日寄落[3]个英国船主嘅妻处，如今西洋船主第二水[4]去欧洲为我打理呢件事。佢船番嚟时，带来耕园所使嘅器具，见样样齐备，兼之有英国嘅货物，系呢处人所中意[5]嘅。好多带来，故此好容易卖哓，赚得好多银咯。

我喺个处住哓四年，生意甚好，积埋好多钱。自从出门以来，算呢嘅至耐，个国嘅说话，已经晓讲。常时好多朋友嚟坐，故此人唔当我系下等嘅人，冇学问嘅。个处嘅朋友，好欢喜听我讲经历嘅事。我话讲买卖要喺阿洲西便

---

[1]笪，块。

[2]重有，还有、剩下的。

[3]寄落，寄存在。

[4]第二水，第二次。

[5]中意，喜欢。

之基尼国，黑人处系至好。因为个处人唔会做生意，时常摭印花布、玻璃球、洋镜、较剪[1]、刀仔[2]，各样物件，装去佢处。黑人一见，十分欢喜，摭黄金珍珠，或象牙嚟换，故此得利钱唔止几倍，但总唔似得买卖人口嘅利息更多。旧日有人买倒，到别国地广人少之处，种蔗园、种烟叶、开矿淘金嘅事，黑人个个噲做。因为个处人多，而且俱系愚蠢，唔多值钱。若能买倒来卖过别人，得好多利息。众人听闻我讲，十分欢喜。

到第二朝[3]，有三个朋友嚟坐，问我话："昨晚听闻你嘅说话，我哋想哓一夜，噉嘅买卖，实在难得。唔好失哓噉嘅机会。我哋已经立定主意，买一只大船，到个处买人番嚟。但系呢件事要静静做，若系俾人知到，必定撞板[4]。如今我哋各人出本钱同埋买一只船，你有分[5]，但系唔使出钱，独系出力呮，赚倒就大众同分。因为你已经做过几嚫，熟识个处土话，生意必定兴旺。若系你算呢的事唔好做，就我哋独做一嚫，得倒利息，就罢手唔做。因为我哋亦知呢的系犯法，故此唔敢多做，慌怕危险。"我听闻呢的说话，心极欢喜，买卖嘅事，冇有好过呢的咯。因唔使出本钱，亦得倒有股分[6]，咁便宜嘅事，好难得嘅。但我喺呢处，钱财田地亦唔少，自己嘅事不能做哾，点样又舍哓呢的，谋度别样呢。但系我嘅性情，最欢喜出外，

---

[1]较剪，剪刀。
[2]刀仔，小刀、刀子。
[3]第二朝，第二天。
[4]撞板，失败。
[5]分，同"份"。
[6]股分，同"股份"。亦可拆开理解：股，股份；分，分红。

得闻呢的说话，即刻应承。就将家私[1]样样写落，所有钱财田地，尽交过朋友管理。

嗷就定个日期开行[2]。三个朋友定晓九月初一日，我听闻个心见好出奇。因为八年之前，离别父母，上船个时，亦系九月初一日。记忆个阵时，好似在眼前嗷。时候[3]好容易过咯，独系唔知父母生死点样呗，不觉流起眼泪嚟。至到船开身，我上船，见个只船好大，可能装货二万担左右。水手十四名，船主共我，与及个的跟随嘅人十七人。所有货物，俱系玻璃、古玩、刀仔、洋镜、细花布，与及顽要[4]嘅物件。即时开身，初时向北便，近巴西海边嚟行，后来向东便嚟行。

过晓十二日，天色甚好，独系好热呗。忽然间转西南风，后西北风，后有东北风，个的风渐渐猛，浪渐渐大，成为风嚿[5]。唔见日，唔见星，几日咁耐，飘流无定。船中嘅人，个个有晓胆，以为唔得生咯。有一个后生仔[6]，共一个水手，被风吹落海。有一个病死晓，因心里头慌到了不得，唔知点算好。到第十二日起首[7]见天略好的，有热头[8]出。船主摵个罗经[9]测度，话："呢嘅行晓，虽然有好多日，受咁多艰难，但系仍然在巴西国北便。如今船已

[1]家私，家中财产。
[2]开行，出发。
[3]时候，时间。
[4]顽要，同“玩要”。
[5]风嚿，形容风势很大，龙卷风。嚿，团、块。
[6]后生仔，年轻人。
[7]起首，开始。
[8]热头，太阳。
[9]罗经，罗盘。

经漏水，依我意见，要即时番去巴西国。”我就查察地理图，知到离呢处唔系十分远，有英国管理嘅海岛，望到得个处，可以修好只船。众人见我讲得着[1]，就转舵向东便行。

过几日，又遇着大风，向西便吹嚟。船行极险，唔知方向。正在危急个时，忽然有一个话，前便好似有一个山。话完冇耐，听闻一大声，撞埋一个山石处，船即时破烂。个的水嗱嗱声[2]流入船。大众好慌，因唔识呢处系乜嘢地方。或系大洲，或系海岛，或有人或冇人。即便有人，又唔知系大国嘅人，抑或系野人之类。正在思想个阵，个只船被风吹在石上。个的水乱冲，两只三板已经沉哓一只。众人慌到了不得，剩下一只，就即时落去。风仍然唔息[3]，勉强开行。大众话呢处若系海岛，冇人住，就我哋一定唔得生咯。讲紧[4]个阵时，被横浪一冲，船细人多，就跌落海，个时想讲一句说话都唔得。

好彩我哙泅水，有一赈被水冲上岸，急的想上岸，又被浪打番入水。噉有几次，个身冇啲力，差不多死。后来被浪打埋一嚿[5]石上，快的搣两只手抱住唔肯放，出力扒上去。因个石被水冲得好滑，好辛苦致[6]扒得上。就到一笪草地，得倒抖吓[7]，回头睇吓只大船，相隔约有五里咁远。同行嘅人，个个被大鱼食哓咯。睇见水面独有三顶

[1]讲得着，讲得对。

[2]嗱嗱声，形容（水流）速度很快的声音。

[3]唔息，不平息、不停下。

[4]讲紧，讲着。

[5]嚿，块。

[6]致，才。

[7]抖吓，休息下。

帽，两对鞋呎。所剩独系我，好似由死番生[1]一样，心里头十分欢喜，即时跪下，多谢上天嘅神。后来欢喜到极，几乎似发癫[2]噉。

[1]由死番生，由死回生。番，回。
[2]发癫，发狂、进入疯癫状态。

第五章

谁知过晓一阵，忽然又想到我自己一人嚟到呢处，点能得生呢。冇得食，衣服又失哓，身上所带嘅，独系一把刀仔，与及一枝烟筒、一盒烟叶呗。防身嘅器械，亦未会带来。若遇着恶兽，岂唔系被佢食哓咩。唔系被水沉死，就系被兽咬死，真唔抵[1]咯。噉就想起嚟，好忧好怕，一阵间[2]欢喜，一阵间闭翳，好似癫嘅噉。

个阵将挨晚，见一樖[3]树好秀茂，想上树歇宿，嚟避兽伤害。个时见颈渴[4]，就揾倒清水饮饱。正想上树，但见树身好多簕[5]，极难上去。又想吓树咁多簕，或野兽睇见唔敢上，我可以得稳阵[6]咯。故此定意[7]上树，虽然难亦唔怕，出尽力扒上树顶，就拣枝叶浓密处，喺个处瞓[8]。而且揻刀仔斩一尖利树枝，做家伙[9]使，又将烟叶切碎，

[1]抵，值得。
[2]一阵间，一会儿。
[3]樖，量词，棵。
[4]颈渴，口渴。
[5]簕，植物的刺。
[6]稳阵，安稳、妥当。
[7]定意，拿定主意。
[8]瞓，睡觉。
[9]家伙，工具、武器。

含在口嚟止饥饿。疚痞[1]即时瞓着。

过哓一晚，瞓醒个时，已经天光[2]咯，热头都出咯。擘[3]开眼周围睇吓，就见自己所坐个只大船已经被风打到昨晚抱石上岸个处，离呢处不过三里咁远，心好欢喜。又见五六里之处，有大船所遗落三板一只，啨[4]在岸上，亦系被潮水涌上嘅，就更欢喜，以为有呢只三板，就不难到大船咯。即时落树去揾，谁知到个处，有条大河隔住。个条河好阔嘅，个的水流得箭咁快，唔过得。无奈何番转头[5]，等到潮水退，然后致[6]算。因为潮水退，露出沙滩，泅水到大船处，个条路近的[7]。故此立定主意，等潮水退，用力泅到船边。

但船身高大，不能上得，好彩有条细绳嗦落[8]，就揸[9]住嚟上咯，觉得好疚倦[10]。上到船就周围睇吓，见船头被浪打穿一个窍[11]，陷入沙内，船尾拮起[12]。船上货物齐全，独系唔见一个人。记起先时岂唔伤心咩，就觉得闭翳。好彩各样物件，俱喺后舱。个阵时已经肚饿，就开个食物舱，擢饼干挤[13]入袋处。一自行，一自食，想摵在船中的

[1]疚痞，疲倦。
[2]天光，天亮。
[3]擘，同“掰”，此处指睁开（眼）。
[4]啨，深陷其中。
[5]番转头，转回去原来的地方。
[6]致，再。
[7]近的，近一点。
[8]嗦落，崩脱掉落。
[9]揸，抓住。
[10]疚倦，疲倦。
[11]窍，同“孔”，窟窿。
[12]拮起，翘起。
[13]挤，放。

所有嘅搬上岸。但一个人嘅力，又冇船只可搬运。船上虽有两只三板，但一只被水冲去，一只已吭在岸上，离五六里咁远，唔攞得番。若在迟慢的，冇耐水大，就不能行咯。于是想得一条计，摵一条木，用绳绑住，抛入水中。又一连抛几条，就落船扎成杉排。自己落去试过，谁知杉排轻，只可载人，不能载得物。嗽就再到木匠嘅房，攞铁凿铁锤，摵个的[1]木，钉成主固嘅木排，当作船只用。摵绳绑实，再到船中攞空木箱。

先将面粉、面饱[2]、羊肉干、大麦、米粉，各样挤在箱处，摵绳吊落去。个阵听闻水大嘅声，自己嘅衣服在沙滩处被水冲去，就急的入到船舱里头，攞自己嘅衣服，共别人嘅衣服几件，挤入箱内。又攞鸟枪手枪，各样两枝，与及木匠所用嘅各物，尽地搬落排上。好怕大船即时沉哓，就呢的物件比较黄金重贵重。因为黄金有买卖嘅地方，然后见得宝贝。今我在呢个海岛，虽然有，亦不能养命。反转不如呢的物件，得嚟帮助做各样嘅技艺，藉赖[3]呢的可以养生[4]。故此定意[5]再到船中，揾各样物件，虽然辛苦，亦无怨咯。就寻倒旧刀两把、火药三大桶，一桶已经湿哓，唔用得。又揾得两把锯仔、一把斧头，总挤落木排上，想撑回去。惟系冇舵冇浆，又冇桅帆，冇竹篙，点行得呢。就再到船上揾得三枝坏桨，好得意咯。

即时解缆开身，忽然个天好黑，落大雨。慌怕又试有

[1]个的，那些。

[2]面饱，面包。

[3]藉赖，依靠、借助。

[4]养生，生存。

[5]定意，拿定主意。

风，好在潮水大满，冇浪而且顺风，噉就向前直驶。后来觉得木排行驶，有的湾曲[1]嘅样子，就知到近住前[2]便必有细河。冇耐，果然系咯，个心好欢喜。谁知木排一头已经

[1]湾曲，弯曲。

[2]近住前，稍微前面的地方。

撞埋岸，成排掷仄[1]，就慌起嚟，怕木排摇动添[2]。就所带嘅物件，又辛苦半日，总唔系嗺嗺[3]，而且生命亦不能保咯。噉就摵个身挨住木箱，用力摵桨撑住，唔致到掷仄。

约嗼半点钟水大定[4]，然后脱出危险再驶前去，到小河湾曲个处，就想上岸。可以望吓海中船只，呼救都易。若离得远，虽有船只来往，亦唔知到。歇一阵闲，就潮水退，现出平地。用桨撑住，等潮水退干嗺，然后得平安无事。但系怕木排流动，急的用木撑住一头，嚟做锚使。等到搬嗺各样物件，就将木排拉上岸，但系个身了不得咁疚瘖咯。

[1]掷仄，被破坏，这里指东西被撞坏。

[2]添，语气助词，无实意。

[3]嗺嗺，全部浪费掉。前一个“嗺”是动词。

[4]定，平静下来。

第六章

虽然各物搬到岸上，冇地方收藏，倘或潮水大起嚟，必定被水浸哓，岂唔系前功尽弃咩。故此周围睇吓地方，见三里咁远，有一个大山，个山好高嘅。山后便又有好多山，一连好远，就将藏火药嘅牛角，挂在膊头[1]，手枪收埋袋里头。担起一枝火枪，一直行，摵嚟防避。因为初到呢处，唔知到点样。若遇着野人或野兽，有火器可以拒敌。而且至紧要嘅，重在有肉食，有火器就随便打猎，可以得饱。一路行到山边，见个笪地冇人嘅踪迹，冇耕田人行嘅路，与及人整[2]食物嘅地方，一的都冇，连畜生都冇。所以知得呢笪地方，自古至今，冇一个人到呢处嘅。

就上到高山顶，睇见四围皆系水，好蓝色嘅。知系海岛，总冇人嗾处嘅。近海个处，另有两个细岛。我所上嘅系大嘅，有好多雀鸟，亦唔知系乜名，就拣择一只大嘅，开枪打死佢。想吓呢个岛，自创世以来，冇枪声，算呢嗾系第一次。后来睇见打死只雀，系鹰之类，个的肉唔食得嘅，故此唔要。又再睇吓呢个岛，无非皆系唔好嘅地方，心里叹息。

[1]膊头，肩膀。

[2]整，煮。

噉就落山，将各样物件搬去高地，但系个阵已经挨晚呀，想吓今晚点瞓得安乐呢。若系有野兽毒蛇，岂唔危险咩？虽然噉样想吓，后来亦知到呢个岛，实系冇野兽毒蛇嘅。就摵装嚟嘅箱，共个的板，整成一间屋仔，可以喺处瞓。忽然想吓，我所带嚟食物，若食完，又点呢？呢处冇蔬菜、五谷、肉食。记得在山个时，睇见有只兽，好似兔，又唔系兔，亦唔知到佢好食嘅唔好食。想哓好耐，明日用乜嘢法子，再到大船处攞物件，呢的事要商量。忽然笑起嚟话，在呢个岛处，无别二个人，共乜谁商量呢？独系自己个心共个口商量呮。讲到呢阵，好疚瘡就瞓。

过哓一晚，到明日想一定到大船处，唔使昨日嘅木排系泅水去，就将衣服脱嗺，挤落瞓个处，泅水到大船。先入木匠嘅房，摵所用嘅斧头铁凿，几十件攞嗺，又攞小钉共极大嘅钉、磨刀石，共埋起重物嘅千斤。又入军器房，攞火枪、鸟枪、火药、弹子，好多物件，亦摵板钉成木排，挤嗺排上。又将各人衣服，及篷幔嘅布帐，堆埋排上，挤到满哓为止。照依昨日嘅法子，装到岸上，十分平安。在船个时，想吓岸上有咁多物件，或系俾野兽所食，点算好呢？后来上岸到瞓个处，见个的物件喺处，心中好欢喜咯。

第七章

又睇见有只野猫，踣[1]倒箱上。猫见我行近，就走去，有几远，仍然拧转[2]望吓。我摭火枪向住吓吓佢，佢亦唔怕。因此可知呢个岛，实未有人。我见就欢喜，因第一嘅见生物，好似朋友一样。攞一块面饱俾佢食。只猫就闻闻吓食哓，仍然唔去，有再要嘅意思。想吓自己怕唔够食，唔俾佢。佢见我无得俾，冇耐走去哓。噉就摭火药一桶拆开，每包分开搬上岸。因为大桶好重，一个人嘅力，唔搬得起呀。

到搬嗺，然后摭篷哩嘅布遮住，用木撑起，搭成一个帐幕，免落雨热头晒，物件坏哓。又摭空桶四围趸[3]住，好似一幅墙，提防野兽。又摭板做一度[4]细门，摭桶顶住。后摭床被共褥整好嗺，火枪挤在身边，手枪放在枕边，就瞓倒处。觉得好暖，好软热，就欢喜话，咁好嘅床铺，我好耐冇嘅，真好彩喇。后来因搬物件辛苦，了不得咁疚瘡，一瞓就瞓着。醒时已经天光咯，就起身执埋[5]个的

[1] 踣，向前仆倒。

[2]拧转，转回头看。

[3]趸，囤积。

[4]一度，一扇（门）。度，同“堵”“扇”，量词。

[5]执埋，捡起、收拾。

军器，有好多可以用唔啩。但火药一大桶，已经潮湿，唔使得咯。

又常时去到船处攞物件，可惜不能攞啩，因为唔知几时离开呢处绝望嘅地方，得倒有生路。第三嚈去攞得篷布、大细绳索、粗幼[1]嘅麻线，一的都系有用嘅物。又揾得白糖、饼干，每样一桶，极欢喜，就搣篷布包好，搬到岸上。第二日见船中重有极大嘅缆，可惜粗重，唔拧得郁[2]，用刀斩断哓。又有细小嘅船桅，将来亦可以造屋嘅用，就攞哓，唔使要锯要刨嘅力。

噉就喺岸上十三日，到船攞物件，共十一嚈。到十二嚈，船中细小，可以带得嘅物件，尽地攞啩。所剩独系个的好重嘅物，一个人嘅力唔能拧得。又见一个架，放有几把小刀、一把较剪、匙羹[3]、羹叉[4]几枝，总攞埋。又开一柜桶[5]，有欧洲所用嘅金银钱好多个。叹息话，我今独自己喺处，金银我冇乜用，不如一把刀重好，就唔要。又再想吓，后来若得倒番去归，亦少不得要呢的物，故此亦攞埋。仍然钉一个大木排，搣各物挤好啩。

忽见天黑暗，好似又系风嘅样子，而且风共水都唔顺，急的将木排撑番转头。正话到岸，偶然间唔子细[6]，木排撞仄，人物[7]跌落水，出力扒[8]起。因有物件在身，

[1]粗幼，粗细。
[2]郁，动。
[3]匙羹，勺子。
[4]羹叉，叉子。
[5]柜桶，抽屉。
[6]子细，同“仔细”。
[7]人物，人和物品。
[8]扒，爬。

得多金錢誰知無用

见系好重，故此觉得好出力[1]。我就将各物捞起，个的铁链，共重嘅物，沉落水底，等到得闲时捞起，亦无妨。但要收藏各物件，系紧要。个晚夜，又大风，又大雨。至到第二朝早，去睇吓个只大船，唔知去边处。但系可以带得嘅物件，已经攞嗮，所剩下嘅，亦冇乜紧要，故此唔使可惜。所可惜嘅，呢只船共我做伴系好耐。今又离开去哓，真正叫做孤独喇，想吓岂唔闭翳咩？

[1]出力，费力。

第八章

船上嘅事，现在已经造完。但想起屋[1]嚟住，因为帐幕唔系长久之计。再想吓，或依靠山洞藏身，或搭茅屋嚟住，两样都好。独系地方拣择，一件要离岸冇远，唔怕潮湿，而且容易攞淡水；二件要向阴背阳，因呢处近赤道，热头极猛；三件要避野兽野人伤害；四件要望得见海，若有船嚟，可以望叫佢拯救。呢四件不能少一件。

就周围揾吓，忽然见一处有一座山，山之前有地，后便系山，前便近海。个山就系有的凹入嘅，好似一个洞略浅的。面前系一片平阳地，阔约五百尺，深二百五十尺，有天生成嘅石级，可以通到海。而且面向西北，其地在南半球，故西北即系北半球嘅。东南热头好少，又可以聚风。

个处地极好，就照山画地，做个半边月样子，阔五十尺，深二十五尺。搣木削尖做柱，照半边月样子，排密地上做墙，共两层，中间离开六寸。搣船上斩断嘅大绳，挤入去整实佢。又怕被风吹倒，故此再搣短木撑住。个的短木每条长二尺五寸，做好之后，好似城墙一样，十分坚固。将各物搬入去，唔设门户，怕出外冇人看管，故此用梯出入系稳阵。即使间有人嚟暗算，亦唔怕咯。但我造呢

[1]起屋，建房子。

建做帷幕作屋居住

个坚固嘅城，究竟无谓，因自始至终冇人嚟窥探。又喺城上中间开一个帐幕，摵油漆布遮盖外便，免致雨漏。再喺内便盖一个细帐幕，好似屋有一层楼噉，摵嚟收藏贵重嘅物。后来将船上拧嚟嘅大网，绑紧四只角，摵嚟造床。

各样造完，就起首将山凹处掘深的，因呢个山嘅沙，又松又软，好易掘嘅。做呢的工夫时，忽然睇见乌云四起，又有雷有电。个的电闪得好光，个时我就想起呢处藏埋有火药，若遇着电火，一时爆裂起嚟，噉就我嘅性命，共所有嘅嘢，都变为炭罅[1]，点算好呢？好彩雷雨冇耐就止息，然后放心。急的将二百四十磅火药分为二百四十包，分开藏埋山嘅细洞里，就可以免雷火嘅灾。

噉就想每日做工夫之外，必定出外便散步一嘅，亦可知岛中风景。第一嘅出外散步，睇见成队山羊，有一百几

---

[1]罅，可能有误，音同“喇”，句末语气词。

十只咁多，了不得咁欢喜，自后唔忧冇肉食咯。就开枪打佢，佢即时走㗎去。第嘅[1]出外，睇见成队羊喺山，我就打佢，又打唔中。就想吓羊嘅眼，净系睇下，我若系向上打佢，㗎去气力呗。唔似转上高处，由上便打下，噉就羊嘅眼睇唔见咯。就枪声一响，即时见一只羊倒地。睇吓系羊乸[2]，侧边有只羊仔企[3]处。就孭住羊乸番去，羊仔跟住嚟。因为失哓羊乸，故此成日叫喊。俾佢食亦唔食，到底必定饿死，所以亦揻枪打死佢。但系一连杀哓羊乸羊仔，肉食太多，食哓好耐咯。

[1]第嘅，第二次。
[2]羊乸，母羊。
[3]企，站住。

第九章

讲掘沙嘅工夫，仍然冇减少。所掘出嘅沙坭[1]，堆在木墙侧边，好似岸边噉，容易上落。起屋嘅事，虽然略略做成，但系厨房炉灶，重未做到，点煮得食呢？正在打算，忽然想起，我喺呢个荒僻嘅海岛，总冇别人，比较犯罪嘅人重苦楚。呢处嘅地，离开成千里咁远致有人。我今举目无亲，天上嘅神，做乜咁刻薄待我呢？又想吓我比较船中众人，系点样呢？佢哋死哓好耐，我就独自己得生，都话得神刻薄待我咩？况且大船唔即时沉，亦系神恩。若唔系噉，就我日中所用嘅都冇咯。点好侮慢神，嚟加多自己嘅罪呢？又想吓我喺呢处，若使嗰各样物件，就点算好呢？火药衣服各样，若唔俾雷火烧着，足够一世所用，但要悭俭[2]至合[3]。

又想吓我今喺呢处，要记住年岁，噉就想倒一条至好嘅法。喺海边竖一条木杆，好似十字架噉，摵刀刻字在杆处。记落得救嘅时，系一千六百五十九年九月三十日。到呢个岛时，个太阳啱啱当正，摵量天嘅法嚟推测，故此得

[1]沙坭，同“泥沙”。

[2]悭俭，节省、节俭。

[3]至合，才好。

知呢个时候。木杆嘅样，系四方嘅，四便都可以刻字。唔止记年，亦可记日。每一日画一条细痕，每七日画一条大痕，满一个月就一条长痕，系做一年嘅记号。若我死在呢处，就后来嘅人，见呢枝杆，亦可知得咯。

又想吓我船上亦有纸笔带嚟，可以写落每日嘅事。独系墨水有限，若使哓，就唔写得咯。又记得箱里有英文《圣经》三簿，葡萄牙文嘅书唔少。又有行海嘅图，测量海线嘅书，共测气候嘅器具三副，系行船不可少嘅物。又带嚟一只狗、两只猫，猫系抱住佢嚟，狗系自己泅水跟住嚟。狗嘅性好，又肯出力帮助，独系可惜唔哙讲呎。带嚟使用嘅物，但系冇针线共布，又冇戙锹[1]、锄头两件，故此做木墙时，要出好多力。喺山中攞木连根拔起，削哓的枝，锯断刨光，要三日致造好一条木。做墙起屋工夫，约嗼一年，实在一人嘅力，做呢的亦要好耐。但喺呢处造事冇人催迫[2]，故此迟慢的亦唔紧要。因为起好屋之后，就可以得闲咯。

但人唔做事，心中必定唔自然，噉就点样好呢？现今有一个舒畅嘅法子，将我所遇着嘅事，写出可以解闷。古人有话，小人独处不善[3]。故此必遇着人将自己嘅事，对佢讲及，然后致觉自然。但我如今对乜谁讲呢，独系自己写字，自己警醒，或者可以警醒后来嘅人。所写系照依功过格式，做成问答嘅说话。

问：我今独喺呢处危险嘅地方，想离开呢处有生命去

[1]戙锹，木锹、掘土工具。

[2]催迫，催促。

[3]语出《大学》：“小人闲居为不善，无所不至。”

归，怕唔得咯。答：你如今得生，个的船中嘅人点样呢，岂唔系好过佢咩。问：做乜喺世上，独拣我出嚟，漂流呢个海岛受苦呢？答：虽然系拣你出嚟，但神用大能救你，系得生，唔系死嘅。问：我漂流呢个绝岛，告诉无门，果系点呢？答：呢个生活嘅岛，生物极多，比较全石嘅死岛更好呀。问：我如今衣服冇几多。答：呢处系热地，衣服多亦冇用嘅。问：若系野人野兽，成队嚟到，我虽有火枪，一人点能敌得咁多呢？答：呢个岛冇野兽，亦冇野人，比较喺阿非利加洲[1]，系安乐得多咯。问：我今冇一个人同埋讲。答：系有神共你讲。况且神使大船近岸，俾你得有咁多嘢，一世都唔使得𠹌。

以上所写，虽有唔好之处，但好处极多。所以话人唔细想吓，个的好处，亦唔知呀，故此跪处多谢神恩。但凡人见我噉样，亦当多谢神恩呀。

[1]阿非利加洲，非洲。

第十章

我自用呢的功过格法子之后，觉得好多益处，心里安乐。自后我唔使到海边嚟分心，独系起我嘅屋呮。起屋嘅法子，上先已经讲过，依山画地，做半边月嘅样子。揻木柱排密做墙，共两层，中间挤满船上斩断嘅大缆。又怕被风吹倒，故此再揻短木撑住。但要更用坚固嘅法子，喺墙之里外，揻泥填实。喺外便嘅，约嗼厚二尺，整到坚固。种的草喺佢上头，外便睇见好似一座泥城，十分好睇[1]。墙里半边月样子嘅地，好似一间大屋噉，阔五十尺，深二十五尺。

要揻嘢遮住，可以避热头，又可以挡风雨。因为呢处系热地，落雨时，雨好大粒，货物好容易坏。噉就拣树嘅横义枝，扎成屋顶，好似草房嘅屋面噉，俾树叶遮密。虽然落雨，亦无防[2]咯。我先时已经讲及将搬嚟嘅货物，都挤哋喺木墙里便个间屋处。但地系窄细，想攞货物，要搬开箱箦[3]，十分费事，故此要将山之凹处掘深的，可以挤嘢。山之凹处好似石，其实系松软嘅沙，好容易掘。向

[1]好睇，好看、漂亮。

[2]无防，应为“无妨”。

[3]箱箦，箱笼。

住沙掘前去，后来从右便弯曲掘前去，再去外边弯弯咁掘通，就喺半边月样子嘅墙外。通出去，在外便望吓，好似便门噉，十分合用。若遇着有不测嘅事，喺前便攻打嚟，就可以喺便门走出，不致受害。

我掘沙时，亦兼做的枱椅[1]之类，得嚟坐立。若冇呢的使用嘅物，实在唔便。但系木匠工夫，我未曾学过，独系照书嚟做，工夫越觉好多。因为我喺呢处冇事，工夫虽多，亦冇乜紧要。初做时，搣船中攞嚟现成嘅板，至到使完，就斩树做板。因冇锯，只系搣斧头削木，故此使尽好多力，一畲树不过做一块板呞。及到枱椅做完，又做的挨山洞嘅拱壁木架，可以挤什物。至到整好，就将各物件摆得齐齐整整。虽然初成个模样，亦好似新开嘅铺仔[2]一样。

后来忽然想吓，我自到呢处，总未会写落一部日记。因初到呢处，心乱如麻，要用各样物件，亦唔齐备。如今枱椅都有，要将每日嘅事，写嗺出嚟。可以后来查察一千六百五十九年九月三十日，难人辜苏嘅日记。

个日我初到呢个绝望海岛，身冇着落，冇的什物，衣共帽失嗺。想多谢神恩，唔知点开口，因心疑惑，自己是必唅死嘅。有三个缘故，一件系被野兽食，二件系野人伤害，三件系绝粮饿死。有呢三件唅死嘅事，又闭翳又惊慌，睁的[3]癫起嚟。但个阵已经挨晚，就喺大树上歇宿，虽系落大雨，但因十分疢瘖，故此一觉瞓到第朝早。

[1]枱椅，桌椅。
[2]铺仔，店铺。
[3]睁的，差点。

个时系十月初一日，开眼睇见好天[1]，所坐只大船，系夜间被风浪打佢吭在沙上，心中好欢喜，以为可以得救。可惜同船嘅人，俱皆沉死，若唔落细艇或可得救。想到呢的，唔禁得住闭翳，噉就顺到沙滩，泅水到船，越发伤心。若同船嘅人喺处，就大船虽坏，或者可以合力做只细艇，驶去别处，或者遇救亦未定。但剩我一个，点能做得呢，真正苦楚咯。个日晏昼后，落雨到夜，都唔止，独系风息嚧。

自今日至到二十四日，搬船嘅物件，差不多搬嚧。但搬野[2]时候，俱在潮水当大[3]，好彩得平安。独系二十日，因所搬嘅嘢过多，致到跌落水。等到水退时，所有物件，仍然捞起好多，故此不甚舌亏[4]。但呢几日雨多晴少，正系个处落雨嘅时候。二十四日个晚，成夜大风，致到大船打坏。

二十五朝，唔见船身，独系见断木烂板，跟住潮水流嚟，心中闭翳。个日唔做别样事，但搣搬嚟嘅嘢，遮盖稳阵，可免潮湿。

二十六日，自朝至晏昼，想揾笪好哋嚟起造房屋，可免野兽野人伤害。就揾倒一处，系磐石嚟，在山边处嘅。就画成做半边月样，便于起做。想出个法子，搣木排密做墙，内外共两层，中间将斩断嘅绳塞实，外便用坭[5]填住。但自个日至到三十日，唔做别样事，独系将海边嘅货

[1]好天，好天气。
[2]搬野，搬东西。
[3]当大，正大。
[4]舌亏，吃亏、损失。
[5]坭，同“泥”。粤方言称水泥为“红毛坭”。

日中閒暇散步消愁

物，搬徙嚟呢处，已经觉得极辛苦。因为个阵落雨多。

三十一日，手揸火枪，出外巡吓，遇着一只山羊乸，就打死佢。个只仔跟住嚟，因唔肯食嘢，怕唸饿死，亦即时摵枪打死佢。

十一月初一日，喺山凹侧边，开一个帐幕，收藏各样嘢。呢个帐幕好大，故此将睡铺搬入去。摵大网吊住四只角，好似水手嘅床噉，亦几合意。

初二日，摵箱笼叠成半边样，如同新月嘅城噉，得嚟保护自己。

初三日，出去打猎，打死两只雀，好似野鸭，味道亦极好。晏昼后，起手造一张枱。

初四朝，限定每日做事嘅时候，共早餐、夜瞓各事。遇着好天，就早起身，必行游一两点钟，嚟舒畅筋骨。自后造事，到十一点钟食晏[1]。自十二点钟至两点钟，因为好热，故此抖吓，到下昼[2]仍然造事。呢两日虽造别样事，亦造枱仔。因未学过师，故此唔在行，亦好迟慢。但有人总未学师，想造物件嘅，亦究竟系共我相似呗。

初五日，系礼拜日，唔做工夫，谨守安息，出外散步。见一只野猫，摅枪打死佢。见佢皮色几好，剥哓挤埋[3]，但佢嘅肉唔多好食。又见海鸟好多，又有好多种唔识佢嘅名。又忽然睇见海中扒起一只生物，睇真[4]系海狗嚟。呢的物系生在北海，如今喺南海见着，算系出奇。正在想摅枪打佢，佢忽然缩入水里走去，唔见佢踪迹。

初六早，行游番嚟，就将枱仔造起。见佢样子唔合式[5]，故此略略改过，噉就做完枱仔嘅工夫咯。

[1]食晏，吃午饭。

[2]下昼，下午。

[3]挤埋，放好、储存好。

[4]睇真，看清楚。

[5]合式，合适、合样式。

第十一章

自初七到十一日，连日好天。呢几日之中所做嘅，独系椅仔。因做得唔好睇，故此时时改过样子。因未学过师，故此唔好睇。

十二日，系安息日，唔做工夫，但系好热。

十三日，天阴，后来落雨，觉得凉爽。到晏昼后，满天黑云，又有行雷闪电，吹大风。个的雷电好光，就慌到打震[1]，怕藏埋嘅火药，被电火烧着，就冇生活嘅路，而且生命即时危险。就想出一个法子，急将火药分开，藏埋洞里，免致受害。

十四至到十六日，呢三日做木箱，分开藏火药，取用甚便。呢三日之中，亦打死一只雀，整熟[2]嚟食极好味道。

十七日，掘山凹嘅沙，掘入虽系容易，但冇掘沙嘅铁扒铁锹，共搬坭嘅竹篮各样。记得喺船上拧嚟一块四方铁，可以造铁扒。又喺路上睇见一樖树，好似南亚美利加洲[3]铁树一样，摵斧头削佢，嚟做呢件锹。但木质好硬，

[1]打震，打颤、颤抖。

[2]整熟，煮熟。

[3]南亚美利加洲，南美洲。

个斧头几乎削坏，故此好难做，要费多的时日。至到造成之后，个样子好似英国人所使嘅，究竟唔使惯[1]。重少拂沙嘅篸[2]，因呢处冇生软韧嘅草，亦冇躝藤[3]之类。想做车仔，又冇家伙做车轮，故此决意摵木做个拂斗[4]，噉就要四日致做得成。但唔系成日做嘅，亦照先定所做事嘅时候，所以常时有野味带番嚟，预备肉食。

自二十三日以前，独系做攦杂[5]物件。今日仍然要做掘沙嘅事，做哓共计十八日。但做呢的不过下半日做呮，因上半日要出外行游，共打雀各样，不能专心做事。如今就立意将山洞掘大，做间大栈房，共食饭厅，与及厨房。独系瞓就仍然喺帐幕里头，但系常时有大雨，极之唔妥，故此将墙里嘅空地，自山洞到墙搭个凉棚，摵树叶遮密，极之凉爽，日晒雨淋都唔怕。

至到十二月初十日，我以为掘沙成洞嘅事，可以完工咯。谁知叻喇[6]一声，好似天崩地裂，急的睇吓，见山洞嘅沙，因掘得深，故此上面共两傍[7]都受震动，松沙跟住跌落。好彩我唔喺处，唔系就埋在山中，可以唔使整块坟墓咯。独系可惜事干将近成就，又歇止。无奈再发奋精神，又做工夫，别样事都丢归后。

十一日，即刻兴工，先做两块板，托住上高[8]。下便

[1]使惯，用得习惯。

[2]篸，一种簸箕。

[3]躝藤，泛指攀缘在墙壁岩石的藤类植物。

[4]拂斗，即畚箕，一种铲状盘，通常有一短把，用以收运从地板上扫除的垃圾。

[5]攦杂，零碎。

[6]叻喇，拟声词，此处形容东西轰塌的声音。

[7]两傍，两旁。

[8]上高，上面高的地方。

搣两条木柱顶住，后用好多板，一路撑实。先做中间一行，后做两边两行，一路用木柱撑住，噉样将一个山洞，间开[1]两个咯。呢的事做完，约有一个礼拜。

十八日，做钉墙嘅木架，好便挤嘢。后又喺柱上加钉，好便挂嘢。噉就所有物件要挤嘅就挤，要挂嘅就挂，可以一眼就见嗻，免致啦乱[2]。又做一张枱仔，一便[3]挨墙，系搣嚟做什物嘅枱。再做一张四脚生活嘅枱，可以移开食饭。我家中先已经做哓一张枱仔，如今又加多两张，共埋有三张枱咯。做呢的工夫，约摸到二十三日完工。

[1]间开，分开（两个空间）。

[2]啦乱，此处是凌乱、乱糟糟的意思。

[3]一便，一面。

第十二章

二十四日，落大雨，成日不能出门。

二十五日，又系成日落雨。

二十六日，冇雨，有凉风吹到。

二十七日，打倒两只野山羊仔，一只打死，一只打伤脚，带番去归，敷好伤口，医哓几日好番。呢只羊就熟识我，好似家内养嘅羊噉，常时在家，唔走别处。自后若捉倒第二只羊，可以养在家中，如同养猪狗鸡噉样，唔失佢生养嘅时候。噉就火药虽然使哓，亦唔致到冇肉食咯。

二十八至到三十一日，呢四日天气极热，呢处地在赤道，热头如同火咁猛，故此打猎嘅事要等到挨晚。日中喺家里，将各物件挤到妥当。

一千六百六十年正月初一日，系新年初一。天曚光[1]即时出外，挨晚亦出去。嚫行得至远，去到海岛之中间，睇见野山羊好多。佢一见人，就即时走，总唔捉得倒佢，故此决意带只狗嚟帮助我捉佢。

初二日，带只狗到个处，谁知山羊好猛烈，摵角搡[2]只狗，狗反转怕佢，所以亦唔捉得佢倒。

[1]曚光，刚刚亮。

[2]搡，攻击。

初三日，起首整木，排密做墙，嚟防备野人野兽伤害。呢的事已经讲明，故此亦唔使赘累。呢的系至大嘅工夫，要到四月十四日致做得完。呢幅墙共长二十四尺。虽然唔系大，但要坚固，所以觉得十分用力。山洞嘅门，喺墙正中间。至难嘅喺呢处几个月之内，因为秋天，不歇雨水，好难出门。一见好天，就入山斩树，拣的粗大嘅，刨光削尖，整得十分坚固，嚟提防恶人。用木排密两层，中间摵嘢塞实，外便用坭填满。后来生出好多草，好似天生自然，唔睇得出系人做嘅，住倒呢处十分稳阵。

呢几个月，每朝出外打猎，有阵睇见出奇嘅事。有一日睇见有野鸽，唔喺树上哾[1]，系喺山洞踜[2]嘅。好易捉佢，就捉两只野白鸽仔，养在家中，亦好纯善。独系冇谷佢食，故此又飞番去，亦冇乜紧要嘅。可以随时去到山洞，亦易攞佢。佢嘅肉嫩夹[3]好食。

独系未会有木桶，打水唔便。喺船上带嚟嘅，不过有两只橄榄桶，唔够使。想照样做一只，亦系极难。因有桶板，又冇桶箍。虽用绳绑紧，但不能合埋。况且又有冇家伙嚟做桶底桶盖，故此唔做得成。过几个礼拜，仍然不能做成，后来丢罢唔做。夜晚又冇油嚟点灯，记得前在阿非利加洲，时常用蜡当灯。呢处冇蜂，故此冇蜜糖，冇蜜糖自然冇蜡，故此将山羊膏摵嚟当油。又用坭做盘，被热头晒干佢嚟做灯盏，将麻绳拆开嚟做灯心。各样虽然齐备，但点着唔多光，因火尾常时嘟动[4]，睇书唔便。

[1]哾，走。
[2]踜，跑。
[3]夹，并且。
[4]嘟动，摇晃、摆动。

偶見大麥薏米生長

喺呢几日之内做事时，喺箱中揾嘢，见有个索口袋[1]，装住五谷之类，已经俾老鼠食嗤。所食剩嘅，不过谷糠垃圾呗。唔系嘅挤在船中，重系嘅剩落嘅。今想摵个袋嚟装火药，故此拧去[2]草场角头[3]，吨[4]去烟尘。唔估到竟然有大益嘅事显出嚟。一个月之后，忽然睇见草场角头露出禾秧，起首发出细细的，再生起嚟，好秀茂。睇见系薏米，心见好出奇，估话呢处已经有人到过，唔系点样有呢的嘢呢。或者系上天嘅神所赐嘅，因噉样心中感激，流出眼泪嚟。后来又见禾花生出，系粘米嘅。故此越发见出奇，就去周围揾吓，但见独系呢处有呗，别处总冇嘅。后来醒起[5]，实系自己吨出嚟嘅，究竟亦应该多谢神。因吨出啱啱喺两边，若系在中间，就俾脚踹亲[6]，不能生出。或挤落火炉中，就哙烧去。如今系唔左唔右，啱啱喺个处，岂唔系神嘅主意咩。故此呢几粒谷种，实系至宝贝嘅呀。

[1]索口袋，袋口有抽绳封口的袋子。

[2]拧去，拎去、拿去。

[3]角头，偏僻的地方。

[4]吨，掸去、抖去。

[5]醒起，想起。

[6]亲，拟声词，着，无实义。

第十三章

所生出嘅薏米，共粘米嘅种，一直等到六月致得成熟。嘅收割系第一次，因为好旱，有大半唔生得出，至到收成系好少，唔够食。至到四月之后，致有得收成，呢的事详细写落[1]下文。

呢三个月之内做事，十分劳苦。到四月十四日，致将墙门填塞，自后不能通行。

到十六日，做成一张木梯，可以喺墙头出入。若入去，就拧开梯，噉样可以安枕无忧。虽有野人野兽，必要先扒墙，我就可以喺里便开枪打佢。

到十七日，喺帐幕里安心做事，忽然听闻山洞口有叻喇嘅声。又见撑柱嘟动将断，亦听闻海上有好大声，快的扒到墙外，怕山洞照番嘅倾跌[2]。正话到墙外，见系地震，好大势子[3]，共震三次。飞沙走石，海荡山摇，海水嘟得好关系。呢的咁大震动，虽有坚固嘅城，亦必定震烂。又见一里之外，山顶嘅大石裂开，辘落[4]海中，佢嘅声几里亦听闻。过半点钟时，个天忽然暗黑，个的云好似墨噉

[1]写落，写在。

[2]倾跌，倾落、崩塌。

[3]势子，声势。

[4]辘落，滚落。

忽遇地震逃避危險

样，就起大风，我即刻蹼倒[1]地处嚟避佢。风好交关[2]，山中大树，有连根拔起。海中白浪，打得好高。嘅打风[3]，有

[1]蹼倒，仆倒。

[2]交关，紧要，形容风势很大。

[3]打风，刮大风大浪。

好多垃杂野[1]浮上岸边。过三点钟，风起首止息。又过两点钟，倾盘大雨，衣服鞋都湿嗺。有耐歇雨，致得平安。个的风雨跟住嚟，估系因地震至到嘅呗。就番到屋中，睇见帐幕已经被风雨打烂不能瞓得，就喺山洞里便瞓。虽系明知地震猛烈，有生命嘅危险，但到呢个地位[2]，独系安于天命喺咯。况且衣服鞋都湿嗺，亦要换过。当落大雨时，心里惊慌，怕到冷亲，故饮的酒，嚟当作发散药[3]。到夜晚时，又不歇听闻落雨嘅声，噉就想到好天时，要开一条渠嚟流水。

到第二日，又成日落雨，喺山中坐处好愁闷，唔做得工夫，竟然好似等死嘅人，好彩地震已经止息。但想吓常时喺呢处住，实系唔便。或再遇着重关系嘅地震，唔止山洞倾跌，就系墙中嘅呲，亦不能保。因为山嘅石突出，地震时必有危险，因此决意去别处揾过好地，再起泥墙，嚟住得安乐。当时因好想搬去，故此在呢两日之中，周围睇过地势，呢件事想唔做都唔得。后来想吓我旧屋处，货物好多，一时点能搬得去呢？就系搬得，亦要起幅泥墙。若唔系噉，就必有野人野兽伤害，子细想过，亦系几难，噉就仍然喺处住罢咯。

呢的事系在四月二十一日，又想吓唔论搬共唔搬，亦要再整多的嘢。但斧头凿各样，已经钝，唔合用，要磨致得。但所有嘅磨刀石，大嚿而且重，一个人唔合使嘅，故此要再做车轮可以俾脚踏个车轮，易得磨转。呢个法子，

[1]垃杂野，零碎的东西。

[2]地位，地步。

[3]发散药，指使人体出汗以发表散邪的药物。

在英国见过，但系个时唔多留心。故此做呢的嘢，系在二十二日起，约一个礼拜做完。因为第嘅做，所以要咁多日。

二十八、二十九两日，磨利家伙，预备做物件。

三十日，开箱见面饱冇几多，好慌。因冇法子做，又冇地方买，若系绝粮，点得生呢？故此立定主意，每日独系食一个面饱呎。若唔够，就揻别样嘢顶替。

五月初一日，得闲去到海边，啱啱水退。见岸边有一大桶火药，系大船剩下嘅，已经潮湿，唔使得。但唔舍得佢，只管留番，出力辘[1]上岸，到干爽地方挤处。又见有船露出水面，睇真就系前时被风打去个只大船，现在被海中沙泥拥起[2]，比较前时更高。就去到佢处，睇见船底向天，船头陷落泥里，高起七八尺，船尾亦系噉。查呢只船前时已经沉哓，如今做乜又露出水面呢。呢的实系因地震，使佢噉嘅。古人有话，高岸为谷，深谷为陵[3]。呢的事常有嘅，因此好欢喜。自今以后，每日水大时，常有些少物件，跟住潮水流嚟。

到初二日，因见大船，竟忘记搬屋嘅事，因为想到船中攞物件呀。但船中俾沙泥塞住，冇计攞出。

初三日，决意设法攞嘢。先将船底板相合处，锯开凿成一个窕，睇见船中俱系沙泥，不能入去，但不能因噉样废哓唔做。船中虽有细块木亦攞嗻，何况别样呢。故此掘出好多沙，就想入去。啱啱潮水大到，仅可番出嚟。

---

[1]辘，（使）滚动。

[2]拥起，聚到一块，这里形容船被沙子簇拥而上升。

[3]语出《诗经·小雅·十月之交》，比喻世事变迁，事物在一定条件下向相反方向发展。

初四日，冇事干，钓鱼玩耍，钓得好多鱼。系奇奇怪怪，唔识得系乜嘢鱼，亦唔敢食。正在唔想钓，忽然嚟一条猪鱼[1]，就好欢喜。个处鱼虽系多，但冇合用嘅钓勾，十分唔便。所欢喜嘅，呢个海岛，冇人到过，故此鱼好易上钓。常时钓得好多，食唔哓，晒干嚟预备后来食。

初五日，锯断一条船梁[2]，系至好嘅柚木[3]，又攞出木板三块。

初六日，攞出大螺丝钉，共几件铁器。成日辛苦，极之疚痞。

初七日唔做工夫，去睇吓。见船中锯断嘅梁，已经跌落舱里。再望落去，独系见沙共水呮。

初八日，搣铁杖撬角船板两块攞哓，铁杖就剩落船上。

初九日再搣铁杖撬角薄板，又攞哓。又见船中有大桶，唔知里头装乜嘢。独系推得啷，唔拧得去。又见白铅[4]一大捆，重过头[5]，亦唔拧得去。

自初十至到十四日，每日到船，攞木共板，好多铁条共铁钉，亦有二三百筋[6]。

---

[1]猪鱼，又称猪仔鱼、黑猪，属于热带鱼，可食用。

[2]梁，支撑的柱子。

[3]柚木，一种落叶或半落叶大乔木，属热带树种。

[4]白铅，白色含铅颜料。

[5]过头，过分。

[6]筋，可能意同量词“条”。

第十四章

到十五朝早，带住两个斧头到船，想将成捆嘅白铅劈碎，拧番去。但佢水浸住有一尺五寸深，所以有力不能做，白白辛苦呎。个夜番[1]起大风，海浪好大声。第二朝睇吓，见船被海浪打坏，就番去树林，打倒野鸽。个时风已经静，仍然到船处，但系潮水已经大，不能做事。

十七日，天光时出外，见离呢处约有六里，有两条木喺水流嚟，流到近的。睇见系船上嘅板，但系极重，不能拧得起，就任从佢流去。个日至到二十四日，每日到船，搣铁棍撬角各样嘢攞哓。又有木桶，共两个人嘅箱赁各样，因风吹去，不能捞番。独系捞得一个桶，共的板。开桶睇吓，系腌猪肉，被潮水浸过，唔食得咯。

自二十四至六月十五，日日到船攞物件。遇水大时唔做得事，个阵就食饭。船中木料铁器，攞得好多，若系唥做船，就所要用嘅材料，都够使咯。

十六日，海边浮嚟一只脚鱼[2]，系自到呢个海岛，始初见着嘅，就设法捉倒佢。

---

[1]番，同“翻”，刮起。

[2]脚鱼，水鱼、甲鱼。

十七日，因我至好[1]食呢样嘢，故此将佢劏[2]晓。肚里有三十只疍[3]，摵肉洗过剥净，煮熟嚟食。佢嘅香气攻鼻，食味好甘。因平日所食嘅，唔系鱼就系雀，或系山羊，食得多就厌弃。呢的食物，我本来极好嘅，故此食佢当作珍馐美味。

十八日，有雨，成日不能出外，觉得好冷。

十九日，有病，唔起得身，寒冷打震，到夜头痛发热，唔瞓得安乐。

二十一日，病更关系，心慌起嚟。因为自己孤单一个，冇人陪伴，若有不测之处，点算好呢？又想求神，唔知点讲好。因在细蚊仔[4]时，也会祈祷几赈，已经丢疏[5]好耐。遇难求神，今系第一点算好呢？又想求神。

二十二日，病略觉轻的，仍然慌再发作。

二十三日，病又重番，见头晕，发冷打震。

二十四日，又见轻的。

二十五日，转晓摆子症[6]，先冷后热，有七点钟咁耐。后来出一身汗，湿嗤衣服，不醒人事。

二十六日，好的[7]。独系屋中冇食物，故勉强出外，打的生物嚟食。觉得头重脚轻，就打死一只山羊乸，孭住番嚟。见得好辛苦，就将一块烧熟嚟食。有病嘅人唔好胃

[1]好，喜欢。

[2]劏，宰杀，是指把动物由肚皮切开，再去除内脏。

[3]疍，同“蛋”。

[4]细蚊仔，小孩子。

[5]疏，助词，了，无实义。

[6]摆子症，疟疾。

[7]好的，好一点、好转。

口，至好煲汤食，可惜冇镬[1]冇灶，故此唔得。

二十七日，个的摆子又发作，唔想食，唔想饮，成日瞓觉，身体软弱，半步亦唔行得。虽有食物，唔去攞得，心中独系求神。但因身发热，竟然好似又盲又哑一样，约两三点钟咁耐，致到瞓醒已经夜，唔知系乜时候。好颈渴，又冇水饮，十分辛苦，冇法可以消闷，冇奈何再瞓。

至到将近天光，觉得坐倒墙外，即系先嘅地震时所坐个处，睇见满天黑云，好似墨咁黑。喺云里降落一个人，所到嘅地方，有火光跟住佢，个的火好光明。又有猛风、大雷、地震、飞沙跟住，忽然间周围都有火。我正在想走，个人已经到我面前。佢相貌好威猛，手揸钢鞭，大声喝话："辜苏呀，你遇着咁大灾难，都冇改过嘅心，唔肯真心悔罪，我今嚟攞你命。"讲完就拧起钢鞭，好似想打死我。个时我虽系想辩明，但竟然唔讲得一句出。

一惊吓醒，知到系发[2]一个梦，所梦嘅事情，如在目前。心中疑惑不安，觉得平生所做嘅事，好似镜照物件，一的都见嚹。想吓我细时[3]，常时听闻父母教训，后来因多与船上人造朋友，致到唔记得个的好说话。又辜负神恩，拯救我脱离呢的苦难，都唔真心悔改，归荣于神。所讲所求嘅，无非为衣食，共酒色财气，将神嘅大恩丢在后便。又至可恶嘅，系一味骄傲，唔认自己嘅错过[4]。人之所以尊贵过禽兽嘅，系因有灵魂，能分别善恶。又知神造人，系似番自己嘅样，安置佢喺乐园。后因始祖犯罪，致

[1]镬，古时指无足的鼎，现今南方人用来指称锅。

[2]发，做（梦）。

[3]细时，小时候。

[4]错过，同"过错"，错误。

得發冷病愁苦卧床

到连累子孙，个滴系原罪。又本身所犯嘅系本罪。人因有呢两样罪，故此要悔改。赖耶稣赎罪之功，求神赦罪，就得永生。唔系噉呢，就陷落地狱，永远沉沦咯。

呢的救生命嘅道理，我自细时，也会听惯。故此我初到呢个海岛，得生嘅独系我一个人，已经第一嚈多谢神。至到睇见禾花生出时，我亦多谢神恩。后来遇地震，虽然记念神恩，至到时候过哓，就即忘记。呢一嚈因有病，唔起得身，冇人服事。虽然求神，亦冇落力[1]。又记得前时父亲已经教我，话你若真唔听我话，将来必有恨错。呢的说话应验咯。如今我所受过嘅苦，实系神嘅责罚。后来思想父母在堂，年纪老大，见我唔知去向，心中极之苦

[1]落力，尽力。

楚，想到呢的，不觉喊[1]起嚟，喊得好大声。往时有传道嘅人，劝我为善，我总唔听。如今喺呢处，想人劝我都冇咯。故此独系亲近神，恳切祈祷，心略觉安的，噉就瞓着。

[1]喊，哭。

第十五章

到二十八日，一觉瞓醒，身体略好的。独系所发嘅梦，仍然硝[1]在心里。但今日必要预备食物，怕听日[2]又哙发冷，噉就点算好呢？故此先要预备食水，挤在床边，易得攞。但系独有清水，怕发冷嘅唔合饮，故此加的酒落水处。又硝羊肉烧嚟食，病后好难吞落喉。若唔食，又怕听日发冷，点能抵得住呢？就勉强吞落去。到将近夜，拧脚鱼𧊅，喺炭火煨熟嚟食，觉得好合口味，就多谢神恩。

独系身体软弱好瘩，拧起火枪，觉得格外重。但出外，又必要倚赖佢防身。行冇远，就见[3]好辛苦。即时喺海边坐处，见海水平流，又见热头落冈，红霞光彩，共海水相照，十分好睇。想吓呢的景致，喺边处嚟呢？岂唔系有个做出佢嘅咩？做佢系乜谁呢？必定系神无疑咯。既系能做，必有能打理，若唔系，次序就乱嘅。神既系管理所做嘅，就但凡受做嘅天地人物，俱属佢管辖。噉就我生在世上，亦必属佢管辖，又何必丢弃我喺呢个荒岛，唔拯救我呢？

---

[1]“硝”，堵、塞，此处形容事情萦绕心头。

[2]听日，明天。

[3]见，觉得。

寂坐沉思心懷憂悶

想到呢的，忽然又番想吓，话唔好噉样。神系至公义圣洁嘅，但凡悔改求神，佢冇话唔可怜。我嘅行为，实系自己丢弃自己。试想吓从前点样做人，点样讲大话[1]，点样骂人，点样逃走，系总唔遵依神嘅教训，罪应该要死。

[1]大话，谎话。

但第嘅逃走，遇着大风，唔死得去。被阿非利加洲黑人捉倒，亦唔死得去。嘅嗓船中各人都死嗺，独系我唔会死。呢的恩德，唔思想报答，反怪天上嘅神，真系生成铁石嘅心肠咯。想到呢的哑口无言。

个时已经齐黑[1]，就番到屋中，点着枝灯，愁闷坐处，怕又病起嚟。忽然想起南亚美利加洲人，有病唔使食药，独系食淡嘅巴菰烟[2]嚟解愁闷。噉就开箱想攞烟叶，忽然见箱里有部书，睇吓系《圣经》嚟。叹声话："我因唔得闲，致到将养灵魂宝贝嘅书嚟丢弃，总唔睇吓，真正大错咯。"就攞烟叶个的青嘅噍[3]烂食哓，觉得好浓，有醉嘅意思。就放的烟叶落酒肉处，煮熟做药，整便半夜食。又摵烟叶烧着，吸佢嘅气，一面睇《圣经》。

后因吸烟太多，竟然大醉，唔醒人事。但系书中有一句，都记得好清楚。即系大辟《诗篇》[4]五十篇十五节话："你于患难日祈求我，就我必救你，你应该尊敬我。"呢的说话，好似为我讲嘅。但我心好硬，好似以色列人喺旷野，有粮食，怨恨摩西、亚伦。话前时喺埃及，有肉满盘，又有饼食饱，如今带我到呢处，使众人饿咩。见《出埃记》十六章一二节。呢的说话，我系佢一样。前时我实系唔多信神，自从记得呢的说话，即刻跪处祈祷。觉得心中舒畅，就将烟浸嘅酒饮的，就瞓着。

[1]齐黑，天完全黑了。

[2]巴菰烟，烟草。

[3]噍，嚼。

[4]大辟《诗篇》，即《圣经·旧约》的第19卷书《诗篇》，本卷书共150篇，相传为耶和华信徒大卫所记。大辟，今译大卫，大卫是古以色列国的第二任国王，相传《旧约·诗篇》为他所记录。

至到醒，就觉得系第二日下昼三点钟咯。但饮呢的猛烈嘅药，怕唔止瞓哓一日。后有别人嚟到呢处，将我所记嘅时日对过，已经错哓一日，故此知嘅瞓哓有两日。但病已经渐渐好，觉得肚饿。自有病以来，知得肚饿嘅，系头一次，个日冇打摆子咯。

三十日系冇摆子嘅期，故此应该预备食物，就拧枪出去。行冇远，打倒野鹅两只，觉得唔想食，仍然食脚鱼蛋。个晚预备烟浸嘅酒，但怕好似昨日咁醉，故此唔敢食烟叶，共吸烟叶嘅气。况且听日又系打摆子嘅期，就必定受害更重。

七月初一日，想吓昨晚食药好瞓，个的病料必退咯。谁知到个时候，仍然打摆子。

初二日，再照依前时法子，食烟叶、吸烟气、饮酒三样，独系酒比较前时双倍。

初三日，摆子冇嚟，自后总冇嚟，就好哓咯。但呢几个礼拜之中，身体廋弱，后来渐渐好番。就多谢神，话："神呀，你已经救我，做乜唔救我出呢处苦楚嘅地呢？"忽然自己想吓，话："我做乜讲出呢的说话呢？神已经救我脱甪呢的病，岂不能救我离开呢处咩？现在病已好番，重唔多谢神，点能望神救我出呢处呢？辜苏呀，你危险咯。"故此大声多谢神，好似神喺左右噉样。

第十六章

初四日，朝早起身，立意自今日起首，每朝晚[1]两嘅读《圣经》，多少唔论。自读《圣经》后，致知自己有罪。上先[2]求神，独系知肉身点样能离呢个海岛，于悔改嘅事，冇乜留心。自从喺梦中见过威猛嘅人，责我唔改恶之后，即刻倚赖耶稣救主赎罪嘅功，求神越发热心。知到灵魂贵过肉身，因为《诗篇》所讲，话“你于患难日求我，就我必救你”，呢的唔系讲救身体，系讲救人嘅灵魂。今在呢个海岛嘅苦楚时候，系冇耐。至紧要系求神救我灵魂，脱甩死后永苦。如今我所求，独系噉呎。我喺呢处景况，虽系平常，但闭翳已经过哓大半，身体病哓几耐，故好软弱，但心里觉爽快好多。

自初四至到十四日，常时出外行游，嚟调养身体。因病虽然好番，元气重系亏损，又冇灵丹妙药，独系食烟叶共烟酒。但佢性系猛烈，已经觉有抽筋嘅症，所用呢的做药，独系做救急嘅方，不能搣佢为法子。故此知到家冇妙药，若有不测，就好危险咯。自今以后，知到落雨时，唔应该出外。

自九月至到十月，在呢个岛，系雨水天时，出外都

[1]朝晚，早上和晚上。

[2]上先，以前、从前。

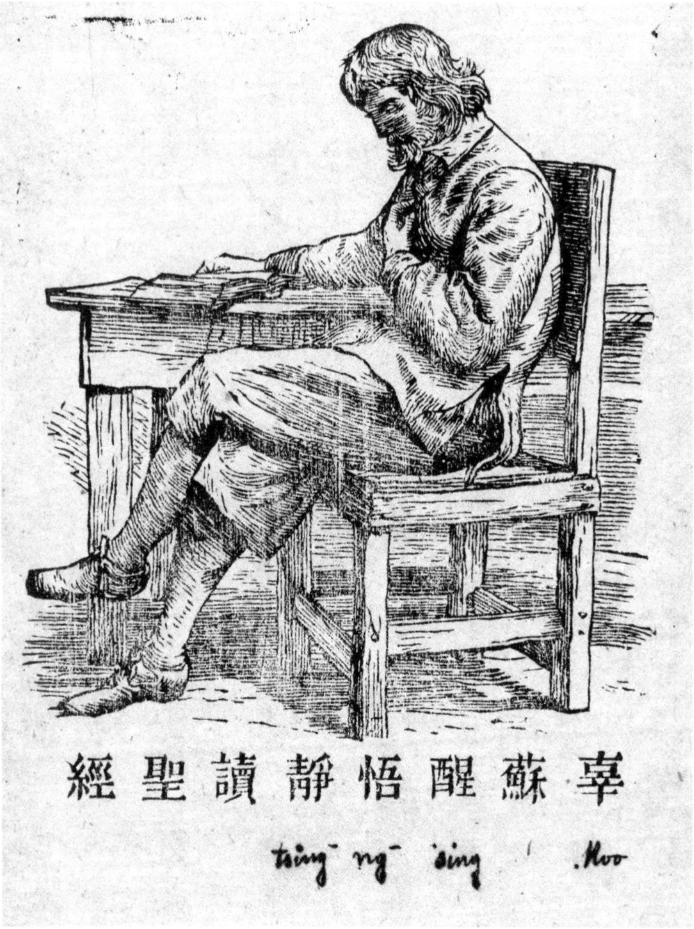

冇大碍[1]。若遇猛风大雨，好少唔发呢的病嘅。我如今住呢处，已经有十个月，总冇一只船经过，必系荒僻嘅岛无疑，唔使望人嚟救我。呢处亦冇一个人到过，故此我嚟呢

[1]大碍，大问题、大麻烦。

处，实系始创嘅人。呢个海岛，可以算系我嘅咯。

十五日，身体已经壮健，立意出去远处睇吓。就到前时上岸嘅细河口，跟住流水向上行去。喺河边约行哓六里，系潮水唔到得嘅。河中水清甜，洁净可饮，独系好浅，因旱哓好耐，山冇水流出呀。个处有平阳嘅地好阔大，个的草好茂盛，极好景致。略远的，土披[1]之上，生出烟草好多，高大而且壮添。又有各种细树共矮树，高低相配。个笪地生出各样生草药，可惜唔识得佢用处。记忆从前在巴西国时，独系顾眼前之快乐，总唔讲加多智慧嘅事。致到妙药在眼前，亦唔哙用，有病睇住唔哙医。糊涂嘅必定受苦，呢的说话应验咯。

重记得在南亚洲[2]时，土人所食一种草根，磨粉嚟做面饱。呢处若系有，就好彩咯。噉就细心去搵吓，可惜冇。又有各种草木，生长好多，俱唔识佢嘅名。更有沉香一种，亦唔知佢用处。又有芦粟一种，可以煮糖，独系野出嘅，冇乜甜味，故此亦冇用呀。个时已经系晏昼，就番转头。喺路上思想吓，天生我做人，四肢完全，五官齐备，必有用处。今日所见各样嘢，唔识佢用处，亦唔识佢名。古人有话，一物不知，儒者所耻[3]。我见个的有知识嘅人，样样事学习，处处留心，故此在患难时，常常得益。如今我喺呢处，比较患难嘅更苦楚。佢倚赖哙格物[4]，我一的都唔晓，噉就越发艰难咯。但世上嘅人，好

[1]土披，土坯。

[2]南亚洲，南亚美利加洲的简称，即南美洲。

[3]典出汉代扬雄《法言·君子》：“圣人之于天下，耻一物之不知。”

[4]格物，探究事物的道理。语出《礼记·大学》：“致知在格物，物格而后知至。”

再察此島觀看地方

似我噉嘅，亦料必唔少。

十六日朝早，照旧路再行前，比较昨日重行远的，地亦更高的。行到冇草嘅地，独系见好高嘅大树，佢嘅叶好浓好密。树林有的好雀，喺枝头处唱，所有都唔识佢系乜嘢雀。个条细河，因天旱冇水，个踪迹总唔睇得出。过嗰树林，又见有好多样瓜，或大或细生满地，各样都系食得嘅。担高[1]头睇见葡萄藤躝[2]在大树上便，结子一球球，碰[3]着都系，而且熟夹大粒。心中好欢喜，摘好多嚟食。忽然想起前时在亚非利加洲，个的朋友，因食呢的果太多，致到有肚疴[4]嘅病，故此唔敢食咁多。心中番想吓，呢处有咁好嘅食物，听日再去好远，我今晚唔番去归咯。噉就照依前时法子，瞓在大树枝上，提防野兽伤害。但自从到呢个海岛以来，唔喺屋蹚瞓嘅，今晚第一嘅。

第二日，再向北便，行哓约有十二里。两便都系高山，中间有条湾曲细路，可以通行。就行到山之尽头处，估系掘头路[5]，心中疑惑。再行几十步，谁知系好阔大。地之样子，系斜斜的向下，西便有极好景致，花草古木。东便有长流水，流落下便。呢的系天然好景，人手不能做得咁好嘅，就喜出望外。思想吓，我既做呢个岛嘅主，必有花园，等我游玩，可惜冇人同在园中快乐呗。树之中有果嘅树极多，有橘柚、柠檬、椰子，其余俱唔识嘅。但未合时，所以果亦冇几多。独系有橙，又多而且熟，就立意摘佢。等天热同埋柠檬，放落冻水处，可以解渴。可惜未曾带索口袋，不能拧番去。故此将三日内，所摘嘅葡萄，堆埋一处，个的随身可以带得嘅，就拧番去归。个时葡萄已经坏哓，橙共柠檬重好嘅。

[1]担高，抬高、仰高。

[2]躝，本义为在地上爬行，此处指葡萄藤缠绕在树上。

[3]碰，挨着、碰着。

[4]肚疴，肚痛、腹泻。

[5]掘头路，死胡同、死路。

第十七章

十九日，起身，想写日记，见墨水冇几多。自后记事，不能照每日写出，独系写出大意。噉就带两个索口袋，再到个处。见所摘嘅葡萄，堆埋一处嘅，已经整坏。怕必有兽类欢喜食嘅，故将葡萄成球，挂在枝当热头处，等佢晒干，独系带橙番归。但到底不能忘记呢处，虽发梦都系挂住[1]，故此几次想搬屋。但旧屋喺海边，有大风时，觉得唔安乐。独系因风大，可以吹大船嚟呢处，容易叫人救，或有望回国之日。里便地方虽系好，若有船吹嚟，我点能睇见呢？故此以唔搬为着。无奈心里不能丢开，就立意喺呢处起一所避暑嘅地方，开个帐幕，四围种树，排到密处。分里外两层，两层之中，搣树枝塞实，有罅[2]通风，好似围墙一样。至到起成，系在八月初间。后见满天黑云，有大雨之意，就快的将葡萄子收埋，约有二百几球，晒得极干。啱啱到屋，果然落大雨。

至十月起首好天，新起嘅屋好漏[3]，唔住得安乐，所以常在旧屋住。因喺山洞之中，若遇大雨，就唔出门。

[1]挂住，挂念。

[2]罅，缝隙。

[3]好漏，很简陋。

落细雨，就喺左近[1]吓。现在我家牲口兴旺，唔似前时咁静。点解噉话呢？因先嘅带嚟两只猫，一只已经走去。到八月，忽然带三只猫仔番嚟。至出奇嘅，呢只猫系乸，第二只猫亦系乸。猫仔实系家猫嘅种，唔知家猫公喺边处嚟呢，真系出奇咯。但如今虽系见好奇，又好欢喜。后来猫种好多，不歇生养，攞乱个的箱嚟偷食，好似野兽一样。冇法可治，就摵枪打死好多。爱新厌旧，虽系人嘅常情，亦系无可奈何。

自八月十五至到二十六日，连气[2]落大雨，唔敢出门，怕摆子再发。冇奈何食物已经冇，故此不得不出外打猎。第一嘅打死一只山羊，第二嘅捉倒一只脚鱼，好欢喜，因性所最好嘅。每日所食嘅，朝早系葡萄干一球，晏昼系食羊肉一块，或脚鱼几件，夜晚就脚鱼蛋几个。但肉食独系摵火烧熟嚟食呮，因冇煮肉嘅器具咯。落雨时，就将山洞掘深，掘到转弯处，就通到墙外，出入好便。但怕别人知到，就反不如照旧咯。但到底唔使怕，呢个岛所见嘅，独系大多山羊，其余冇别样生物。

到一千六百六十年九月三十日，系到呢个海岛一个对年[3]，系辜苏受难嘅日。睇前时所立嘅年记，啱啱系三百六十五日。个日禁食祈祷，有十二点钟咁耐，到晚独系食葡萄，共的多面饱，就瞓哓。我自到呢个海岛，未会守过安息日，即年记表所画嘅长痕，亦冇计及。自后我必要守呢个安息日期咯！我如今喺呢处，已经过一年。天时

[1]左近，左右近的地方。

[2]连气，接连。

[3]对年，周年。

亦明白的，谷种应撒就撒，应收就收，但唔系容易嘅事。因冇人帮手，所有事都要自己做。

又有一件心烦意乱嘅事，即系前时所收嘅粘米种三十哼，薏米二十哼，撒落地望有收成。但分两嘅撒，第一嘅所撒系揸，因为天时极旱，故此唔发秧，十分闭翳。到二月将所剩嘅种，撒落花园处，冇几耐就出秧，生得好旺。第一嘅所撒嘅有水湿，亦能发生，到成熟时，收割亦系冇几多。计粘种半斗，薏米亦系半斗，仍然唔够食，留番做种。自今以后，知到呢处嘅天时，一年可以两造[1]成熟。因为呢处系热地，春秋雨季有雨水，夏冬雨季就天旱。

后来因有事，唔到新屋有两个月。一去到，就见所种两层树，已经长大，好似杨柳树一样。因呢处天时好热，草木粗生，好容易大，如同温带地方，两年嘅杨柳树噉咯。就将细枝剪去，至到过三年之后，四围嘅树，枝干相交结，成一畲树好高，好似一把罗伞噉。入里头真系清凉嘅地方，天然嘅凉亭。独系我得倒睇见种树系有益，就喺旧屋嘅墙外，亦种树一排，做半边月嘅样子，嚟提防意外嘅事。后来果然系有，在下文写出咯。

[1]两造，这里指稻米一年可以种两次。

第十八章

我今喺呢处，知到天气唔同欧罗巴洲[1]，冬天冷，夏天热。呢处自二月中旬，至到四月中旬，系雨水天时。自四月中旬，至到八月中旬，系旱天，热头喺北便。自八月中旬，至到十月中旬，又雨水天。自十月中旬，至到二月中旬，又系旱天，热头喺南便。所以呢处有热冇冷，独系天气嘅干湿，彼此调换。故此好天共落雨，亦唔系一定，但大约系先时所讲嘅时候。我自从明白噉嘅理，遇有雨时唔出门，系提防有病咯。趁未落雨，先收藏各样物件，修补屋舍。到落雨时，亦可以喺屋中造事。

但想做嘅事好多，至紧要嘅，系织箩共篮。记得少年时，系共织篮嘅做邻舍，得闲就去睇吓佢做，因平日所中意嘅呀。故织篮嘅工夫，亦可以明白。但系怕冇材料嚟做，因所有树枝，都系干脆嘅。独有新种嘅树，唔知合使唔合。就攀折一枝试吓，果然又软又韧。噉就将新屋所种嘅树，攀折好多，挤埋屋里。等佢干哓，试吓真正合用，就织成两个篮，大嘅装泥，深嘅装米。等到过哓雨水天，重系做篮，因为好多用处。

独系有两件紧要嘅事，可惜唔做的成，一件系烟筒，

[1]欧罗巴洲，欧洲。

一件系瓦器。如今有嘅，独系有几个玻璃罐，共大四方瓶，两双大酒䍃[1]，里头有酒。又有船上所用嘅大饭镬，人多就合使，我独一个人，虽有亦冇用。有肉亦可烧嚟食，若想煮的汤，都唔做得。但呢阵不能做，后来到底做成。可见人唔怕冇能，有志者自然得成。

呢处向西系海滩，总未会去过，就预备干粮，带埋枪弹，跟住海边向西行去。远远望见海中，约有一百七八十里，有地一幅。样子系窄，但好长嘅，仅可睇见，唔知系海岛，或系大洲。若系大洲，就系南亚美利加洲，个处有的属欧洲人嘅地，亦有土人所住嘅。我如今好彩，落呢个海岛，若系流落属欧洲人嘅地，都犹自可。若系流落土人所住嘅地，就必定有死冇生咯，因土人极凶恶，常吞食过往嘅人。我唔左唔右，流落呢处，总冇危险，真系大福。就跪处多谢神恩，自后唔再记念住呢处嘅苦咯。

如今我所得嘅新地，比较旧屋重好。平阳嘅地，一望无涯。野草闲花，处处都有。青山绿水，左右相映。又有好长嘅树林，秀茂嘅草。亦有个的雀喺树嚟唱，红绿色嘅鹦鹉，喺前后处飞，而且见人唔避。想捉佢可惜冇家伙，捉哓半日，追得气喘喘。啱啱有一只至近嘅，搣棍打佢，打倒跌落地，拧番去归，教佢讲说话。几年之后，同人讲一样，就冇咁寂寞。

呢处行路甚好，因为常时有新嘅事睇见。喺低下个处，见有好多狐狸共兔，或有的被枪打死嘅，但唔敢食。个日所行嘅路，约有六里。因一路揾景致，运[2]来运去，

[1]䍃，坛子。

[2]运，循序移动、走。

故此路虽冇几多，但脚都行到瘃咯，就想瞓。遇着有树个处，瞓在树顶。若冇树，就摵树枝四围插住，系喺中间处瞓，嚟提防野兽伤害。呢处食物，好多肉食，有野山羊、野鸽、脚鱼，生果[1]有葡萄各类。唔止可以食饱，又能解渴，乜嘢快乐得过呢。

[1]生果，水果。

第十九章

又去南便，跟住海边行去，海中脚鱼好多。恨错前时拣择地方唔好，因为嚟呢处有年半，不过捉倒三只脚鱼。如今呢处嘅脚鱼，日日食之不尽。又有野鸭山鸡之类，成群咁走，因食物已经够用，故此唔搣枪打死佢，因为药弹唔够用。呢处虽然系好，但我唔想搬嚟住，当作游耍嘅地方，得闲就到游玩。噉就再行，约有三十六里，怕荡失路[1]，插树枝嚟做记号。再想由我屋右便运路[2]番去，可以识多的路。

就喺别条路去，渐行渐低。行晓七八里，到一处四便都系山，树林好大好密，唔分得出方向。依住日影嚟行，忽然有霞雾起嚟，满晒山谷口。唔敢前去，就番转头到先时插树个处，照依旧路去归。个时好热，又带住枪弹、斧头各样，致到疚痓。跟随嘅狗，喺路上捉倒一只野羊仔，怕被佢咬伤，故此喝住只狗。擡[3]只羊归，经过花园，缊[4]住佢喺里头，等到冇乜火药时再食佢。就赶紧去归。呢嘅出门好耐，约有几个月，一路都系露天歇宿，如今有床铺

[1]荡失路，迷路。

[2]运路，走路。

[3]擡，可能意为背。

[4]缊，困住、关押。

嚟𨋢，好似升仙一样。俗语话在家千日好，出路一时难，呢句说话冇错咯。

自个阵在家歇宿，约嘆一个礼拜，做一个雀笼，嚟养鹦鹉。后来想吓花园组个只羊仔，都冇被[1]嘢佢食，怕已经饿死，就去个处睇吓，真系好似饿死噉。就摘树叶喂佢，佢食饱就壮健，慢慢㩒佢去归。但个只羊已经识我，故此唔使㩒，自己亦愿跟从我。到家之后，就系家羊咯。

后来到秋天，已经有雨。至到一千六百六十一年九月三十日，系到呢个海岛第二年，仍然系我一人喺处，与当初来时一样，实系唔望得回乡。个日唔做别样事，独系禁食，祈祷上天嘅神。我心极安乐，唔似从前咁嬲怒[2]。前时所做嘅事，如今想吓，觉得大唔合理，竟然有唔对得人讲嘅，皆系被罪恶所累嘅咯。现在我知罪悔改，常时求圣神帮助。我初到呢处，十分嬲怒，因为好似一个大监[3]。虽然冇铜墙铁壁，但海水四便围住，不能插翼飞过。虽眼前有好景致，亦如同喺监里受苦。系世人唔当得起嘅，我一个人嚟当起，我有乜嘢罪，竟然挤我在呢处绝地呀！故此做事时，每每想起就嬲怒，恨不能闹过天。至到睇《圣经》，见书中有神常时同埋我个句。神既系同埋我，噉我就重使乜人同埋我呢？若独系共人同埋，冇神同埋，我就有乜益呢？噉样睇起嚟，我到呢处，实系神嘅主意。神吩咐我，我应该欢喜。但呢的欢喜，唔系真嘅。因为世上嘅人，乜谁肯独自己到呢处嚟呢？我起行时，好彩得英国嘅

[1]被，给。

[2]嬲怒，恼怒、烦闷。

[3]大监，大的监狱。

朋友，喺佢衣箱里有部《圣经》，得嚟睇吓，就有安慰，故此亦要多谢呢个好朋友呀。

今日虽系第二年收尾嘅日，亦系第三年嘅第一日，比较第一第二两年系安乐的。独系记事，比较前时系简略的。第一件，系因墨水唔够使；第二件，怕睇书嘅人厌烦，但做事仍然共前时一样。

第二十章

依时候做事，虽然唔多忙速，亦有得闲时候。每日三嘅祈祷，读《圣经》，因为比较食饭重要紧要呀。上半日大概出外游行，或系打猎。约有三点钟，晏昼就将打倒嘅生物，剥皮洗净，或炕，或烧，或腊干。个时已经下昼咯，若天时热，个的热头好似火咁猛。晏昼必要歇吓，等到四点钟致做事。但时候有限，唔做得几多工夫。古人有话，工欲善其事，必先利其器[1]。我因冇器具嘅缘故，致到做拱壁木架嘅板，前后共四十二日咁耐。点解呢？因做板，先将树倒落，要三日。除去枝叶共树皮，亦要两日。又冇铁锯，不能锲[2]开。独系搣斧头劈去两边，用中心，故一碌树仅可做一块板。本来唔使几耐，实因冇家伙，亦系唔在行。因为木匠有锯，又系学过，一碌树可以锲好多块板。共我一碌树做一块板，比较系好耐时候咯。

至到十一十二呢两个月之中，所种嘅粘米共薏米，收割冇几多。但所有都系干洁，圆净饱满，新鲜嘅。自初发秧时，就有山羊共野兔，每每嚟偷食，故不得不提防。搣枪打死好多，冇奈何佢一边死，一边嚟，不能尽地提防。

[1]语出《论语·卫灵公》，意指事前的准备工作非常重要。

[2]锲，剪、裁、锯、割、切。

所以揻篱壁围住，因急的保护，故此仅三个礼拜，已经做成咯。夜晚就绑只狗喺篱壁门处，只狗成夜吠，个的羊共兔，然后唔嚟嚟。

至到成熟，又有成群雀嚟争食，好似贼噉。好哙睇人意思，见人嚟就飞去，人去哓佢又嚟，冇法子制得佢住。一嘅见有好多雀，聚埋嚟食，就开枪打佢，唔打得中，成群忽然飞去别处。重有好多雀飞嚟，可惜冇法子除得佢。就忽然醒起，前时喺英国有将犯人嘅尸，嚟示众嘅法子，使人知到儆戒。我如今亦揻呢个法子试吓，就将打死个三只雀，挂在树枝处，揻嚟示众。自后果然唔嚟，亦一件出奇事呀。

至到十二月尾，谷米成熟，应该收割，可惜冇镰刀。就揻船上嘅长腰刀，当作镰刀使，但要好出力。记得当时所落嘅种，每样半斗，如今收得白米八斗、薏米一石。但系冇磨，不能磨佢，就揻手搓佢。心好欢喜，自后若遇着不能打猎时，可以将佢做面饱。但想做面饱，必要先磨粉，可惜冇磨。即使磨成粉，亦唔哙做。又冇焗面饱嘅嘢，因此定意唔做，亦唔揻嚟食，收藏埋将嚟做种。但要拣一笪至好嘅地，先揻粪壅[1]过，又要学习种田嘅法、看守嘅法、收割嘅法、磨谷嘅法、筛米嘅法、磨粉嘅法、发面嘅法、炕焙嘅法。呢的咁多事，等撒种之后，细心思想，唔好咁频喻[2]。大概人于冇乜紧要嘅事，专心用意学习。独系食物嘅事，反转轻忽，所以叫做舍近图远呀。如今事临到我身上，知食物咁艰难。说话虽系噉讲，现

[1]壅，用土或肥料培在植物的根部。

[2]频喻，匆匆忙忙、手忙脚乱。

今先要耕田，可惜冇犁耙，摱[1]草亦冇器具。独有条木做嘅锹，唔多合用，但决意要做，故此做成之后，都唔觉费

[1]摱，同“搣”，拔。

力。呢的各样事做成，约嘆有六个月，下文可以讲明。

所拣择嘅平阳好地，大约阔六亩，计地系两笪。四便种树，排密地上，好似起篱壁一样。呢的树即系前时花园种嚟避暑嘅，各样树取个的易生长，将来可望佢自然生发，免致我劳力。做呢的耕种各事，共记约嘆三个月。我做唔算耐，因喺呢处系冇乜事做嘅。若遇有雨，就在屋做工夫，但照依次序嚟做，亦唔觉得忙速。得闲时，亦教鹦鹉讲说话，先教佢讲自己嘅名。至到教哙，就摵呢的声，算为呢个海岛至先讲嘅声。虽系玩耍嘅事，亦可以做开荒嘅兆头。

我喺呢处好耐，可惜冇装水嘅嘢，就周围揾倒沙泥，整成瓮缸样，共有几个。虽系唔好，亦可以使得，独系唔坚硬。挤猛热头[1]处晒，有几个晒裂哓，不能移郁，就做两个篮装住嚟移动。又喺四便摵干草嚟围住，免致磕烂，独系挤干嘢，不能装水。

思想好耐，有一日偶然喺炉中拧出的灰，见有碎泥一块，俾火烧到硬。就依法子，试做大细[2]瓮缸五六个，周围摵柴火煏[3]佢。因睇火，故此成夜冇瞓。火大猛，怕佢爆裂；唔猛，怕烧唔成。后来见一个细缸，渐渐烧熔，就收火，等摊冻[4]。攞出嚟好坚硬，敲吓有声响，好似瓦窑烧嘅一样，就欢喜到极，几乎发癫嗽。

[1]猛热头，太阳很大、阳光直射。

[2]大细，大的小的。

[3]煏，烘干。

[4]摊冻，摊开来、晾凉。

第二十一章

到第二朝，在热头处睇吓，见好似玻璃咁光，心中好得意。个样虽系唔好睇，但自后煮食，或装水，唔使好似前时总冇器皿咯。因好耐冇饮汤，故此要急的做。唔等细缸熄嗻火，就将所做成嘅摵肉煲汤。煲好饮的，觉得好好味道，润心润肺，好似久旱逢甘雨呀。

后来又想凿石做磨，可以磨嘢，就到山上睇过石质，见总冇合用嘅。因为所有坚实嘅石，都喺山之里便，外便嘅俱系有松沙拘杂[1]。磨时个的沙拘埋米处唔食得。又想吓虽有坚硬嘅石，亦唔做得成，因冇铁凿嚟凿磨牙呀。子细想吓，独系用舂[2]砍嘅法。就将前时所使剩嘅铁树，摵斧头劈开一截。照依巴西国野人做船嘅法，摵火烧成一个窕，后用斧头削光。舂砍虽系做成，但费去好多时候，又要做成一条木杵。下次收割时，就可以舂米咯。

若系想舂粉，就必定要罗斗[3]筛过。但喺呢个荒僻海岛，边处有呢的罗斗嘅纱呢？我身上所有衣服，俱系棉纱织成，又系好烂嘅添。但记得箱中见过，唔知边个剩落嘅

[1]拘杂，掺杂。

[2]舂，把东西放在石臼或乳钵里捣。

[3]罗斗，簸箕。

颈颌圈带，系丝织成有细细眼嘅，就改做罗斗纱三个，亦几合用。罗斗做成，又想做酵种嘅法，思想好耐唔做得。因为想整酵，必定先有酵种，然后可以一路有得使。今冇酵种，呢件事必定冇望咯。噉就想做烧炕法，先做一个焗盘，二尺阔，九寸深，摵火煏佢，即时坚硬。后用砌成嘅炉，烧热，挤面饱喺上头，吹去炉灰，将焗盘揿[1]住，用猛炭炕佢。约嗼将近熟时，攞出嚟食，极好味道。又可以炕各样点心。

呢的各样事做成，约有一年咁耐。但上文所话约六个月嘅，系唔止做呢的事，亦有别样事兼摄[2]在内。即如出外行游、打雀、撒种、擝草、看谷、收割、舂米、筛粉，各样事做嗺，故此有一年呀。

又有收割个阵，冇嘢嚟打谷，独系摵两只手合埋嚟搓，工夫亦唔少。呢的事做成之后，想吓呢处对面嘅地方，或系海岛，或系大洲，个处若有船嚟就好咯。在后忽然醒悟话，辜苏呀，你竟然忘记野人嘅危险，重想望佢嘅船嚟咩。因为对面嘅地方，若系大洲，必定系南亚美利加洲，挨北系土人嘅地。若白人经过佢处，必定被佢食哓。设使间唔食我，亦唔容我得生。故此一想到野人嘅事，好似冷水淋头，失嗺志气。但事在两难之间，唔到大洲，日后点能有生路呢？故此想得倒一只船，可以出外探路。

想吓起首到呢处时，有一只艇仔，吭在沙地。上山望吓，仍然喺个处。及行近，睇见佢系船俾风打倒，覆在地处，有的损坏，重可以修好。但船身好重，用一个人嘅

[1]揿，盖。
[2]兼摄，包括。

力，想蕴佢到海边，实系极难。就斩树铺落地，近住船边，使辘转嘅法嚟辘佢。因为船覆地面，不能郁动，要反番转，致推得郁。但冇力能使佢反转，所以将喺船边嘅泥掘深佢，噉就船自然可以反转，谁知道掘哓好耐，仍然唔番得转。咁去一个月嘅工夫，做呢的冇益嘅事，但心中仍然唔肯罢手。又想吓野人冇装船嘅家伙，亦唫摵树整只船仔。我反转唔似佢，点解呢？但系野人就有人帮助，我就独系一个人。已经有装船嘅家伙，做乜唔欢喜做呢？可惜未想到，推船去海边嘅难处，呢的实系愚蠢嘅缘故。

如今先要明白装船嘅法子，就揾倒一翕大树。度树头中间，照英尺约有六尺。喺树头到分枝处，有二十二尺长。自分枝处到树尾，约有五尺几长。日日摵斧头劈树。二十日起首，至劈落翕树，后削角树枝树尾，要十四日削成船样，要一个月后整船里。唔使野人火烧嘅法，系摵斧头劈通究，要费好多力，亦做哓三个月正话做成。船样十分好睇，比野人做成嘅，好过佢好多。呢只船可以装二十六人，系一条木做成嘅，可以叫做一木船。呢只船唔止可以到近处海面，即使远处，亦可以驶得到。

独系未会在海边处做，系离开海约嗼三百尺，冇法子能推到海边。摵一翕树嚟做一只船，可以叫做大船。但在劈树个时，心里想到，若有人问我喺呢处装船，点能推得去海边呢？冇人有你咁蠢嘅。我就答话，唔怕嘅，我唫做船，岂唔唫推船咩？但自做成船之后，已经用好多法子，到底唔使得，难免被人笑话我咯。

况且呢处嘅地，中间低，两便高。所做嘅船，啱啱在低处，推上去十分费事。就想到掘槽推船嘅法，掘一条槽，推过高地，就可以出海。独系一个人嘅力，实在唔做

得。好耐想得一个法子，喺海边掘条渠通到船边，借海水流嚟嘅力，可以顺水推船罅。自己以为呢的法子最妙。噉就量度过，至高嘅离海面二十尺，所掘嘅路，共长三百尺。计一双手嘅功夫，唔系有十几年嘅工夫，就唔得成。因为每日掘得冇几多，又要拂泥，实在唔系容易做。所以人若系做船，必先计过[1]佢出水[2]，亦要计过做得唔做得。我先未会计，致有呢的事累我，实在系至愚蠢嘅。自装船至到完工时，啱啱系到海岛足满四年呀。

[1]计过，计算过。

[2]出水，成本。

第二十二章

今我虽然独在呢个海岛，心亦好欢喜，唔似以前时咁烦闷。因常时读《圣经》祈祷，觉共救主相亲，故此共世人相隔，好似海上嘅三山[1]，可以望见，不能到得，亦有闭翳。《圣经》话："亚伯拉罕对富人话，'你我之中，有深渊隔住。我想到你处唔得，你要我处亦唔得。'"见路加十六章二十六节。但个个富人系喺地狱受苦，我今喺呢处真正安乐。

呢个海岛食物齐备，攞唔尽，使唔哓咁多。若系将呢个岛嘅树木，尽地做船，嚟装呢个岛嘅出产，亦唔装得哓。我不过一个人，故此唔使预备咁多五谷。虽然可以种多的，亦冇用，因为唔食得几多。食饱之后有剩，被虫被兽食。山中嘅雀，满天飞嚟，拣个的肥嘅嚟食，共余摵嚟喂狗。因为剩咁多食物，唔装得出口嚟卖。即使间卖得钱，金银积埋，好似山噉，亦系冇用。岛中树木极多，除煮食之外，冬天亦唔使焙火。因为呢处有热冇冷，故此烧到几十百年，亦唔烧得哓。

[1]三山，中国神话传说中的海上三神山。晋代王嘉《拾遗记·高辛》："三壶，则海中三山也。一曰方壶，则方丈也；二曰蓬壶，则蓬莱也；三曰瀛壶，则瀛洲也。"

所有嘅系萝卜、豆、大麦，各样嘢，已经好耐冇得食。若系有，我愿揻三十六个金钱仔嚟换，都唔计带[1]。又系磨石、烟筒、墨水，呢三样，虽揻所有金钱银钱嚟换佢，亦愿换。可惜冇，故此有钱，好似冇钱一样。譬如呢处现有金钢钻石一大箱，值得千万银，喺呢处冇人要，亦同粪土咁贱。世上嘅守财奴，若到呢处，就必定改佢嘅贪心咯。因为守财奴藏埋金银，系怕人偷去，但呢处今冇个人，所以唔使提防。我望守财奴到呢处，佢嘅弊病，自然好番咯。

我喺呢处唔止心中安乐，身体亦觉得舒畅，因食用各样都已经齐备。有厅有亭，又有合口味嘅食物，即系脚鱼之类，又有鲜果。内地财主佬所食嘅，我亦得倒食，故此心满意足，好似做王侯噉样。前时我以为神刻薄待我，丢弃我喺呢处。如今反转俾各样福过我，实系发梦都唔发得到，重话得神唔救我咩？试想吓，同船嘅人，如今喺边处呢？古人有话，知足不辱[2]。呢的说话真系嘅咯！《圣经》话："虚心嘅人有福。"但系心虚，就必冇骄傲。大概人心至怕唔知足，故此白白愁苦。若想自己知足，必定要求神嘅圣灵感动，嚟做基址。

我自睇《圣经》以来，知到救灵魂嘅道理，常时祈祷。蒙神恩典感动，除去我不知足嘅心，自然得倒好快乐，故此常时有多谢神嘅心呀。又想吓，我为人唔得端正，细时唔遵依父母教训，竟然共唔好人做朋友，又做唔好嘅生意，贩卖人口，应该受地狱嘅刑。神反救我喺呢个

[1]计带，计较。

[2]语出《道德经》第四十四章，意为知道满足就不会遭受侮辱。

荒僻海岛处，又摵食物俾过我，常时有余剩。以极大恶不能赦嘅人唔堕落地狱，又得救喺呢处，实系共天堂冇分别，都唔想多谢神恩咩？虽然岛中独系我一人，常时惊慌，但系冇毒虫恶兽害我，实系无限咁欢喜。所欠缺嘅，系冇人共我讲话，有的烦闷呗。好彩我信从救主之道，总冇禁忌。若唔系信道，就必定吓死咯，点解呢？我嘅生日，共背逆父母，私自上船与及俾黑人捉倒，又兼落水遇救嘅时候，都系九月三十日呀。外教人想吓，岂唔系见出奇咩？但我信道嘅人，以为系偶然嘅事，唔关吉凶，任从佢嗾咯。

现在墨水将近使嗮，唔敢使多，冲水嚟用，就淡淡地咯。紧要事就写落，其余好多唔写咯。又面饱将近食完，唔敢食多，每日独系食一个，后来亦食嗮。等到下造禾收割时，已经有一年谷米，常时摵别样嘢顶肚[1]。

带来衣服，亦烂得好关系。里便短衫，亦已经冇。好彩有别人嘅衣服三十六件，可以替换，唔系就断不能过日子。我嘅好衣服，俱唔用得。水手所剩落嘅大衫，虽然好嘅，但系见厚，呢处冇冷，亦唔合用。想改做过佢，又怕唔做得成。喺呢处并冇别人，虽冇衣服，亦冇乜紧要。但系做人要着衣服，唔系就共禽兽无异咯。亦不能冇帽，因我唔戴帽，必至到头痛。又身着单衫，觉得凉爽，所以必定要改过衣裳。独系裤极难做，记得从前食野兽嘅肉，佢的皮所有都撑开晒干。有的硬嘅，亦有的软嘅，可使嚟做衣服。就先做一件皮帽，后做一件衫、一条裤，样子好阔大，通风唔见热。前时学做木匠，见得好难，如今学做裁

[1]顶肚，抵饿、充饥。

缝，就越发见难，所以见得手艺唔系易。

又热头好猛，想做一把遮[1]嚟遮热。做遮嘅工夫，已经喺巴西国见过。及到做成，费好多工夫，但系撑得开，唔阖[2]得埋。又要费好多工夫，然后开得阖得，撑开佢，成身凉哓。噉样衣食二字都齐全，唔使忧虑咯。虽然冇人喺处，自己亦无妨。

过四年之后，到第五年，所做各样事，共上年一样，即系撒种、收割、摘葡萄、打猎，共埋所有平常做嘅事，亦冇乜嘢可写落，慳[3]的笔墨。所写嘅，即系再装一只船，比较前时嘅细的，做哓两年致做成。就喺船底下开一条细河，阔六尺，深四尺，长约里几。落水时觉得好便捷，唔同前时好似上天咁难呀。

[1]遮，这里是雨伞的意思。

[2]阖，关上、闭上。

[3]慳，节省。

第二十三章

但系船身细小，水流得箭[1]咁急。若系到大洲，有一百二十里，断不能过得，独系可以在呢个岛四围行得。先日喺高处睇见过个笪好地方，如今是必驶船去细睇吓，嚟加多见识。噉就加多一张细布嘅幔，船两头各做木箱一个，嚟挤食物。船嘅傍边，做一个枪架，可以挤枪。坐个处，做个插遮架，可以插遮嚟遮热头。各样事已经预备，就装面饱二十四个，米粉一罐，酒一细鉼，羊肉一髀[2]，亦有枪弹，可以开行。呢的各样事做成，系在六年之内。

个时系十一月初六日开行之时，将水手所着个两件大衫，一件垫坐，一件遮身。将船驶出，跟住海边去。谁知个岛好大，喺山上睇唔见佢大。岛嘅岸边，有石好岩巉[3]嘅，或高或低，有的浸在水里嘅，即系礁石。自海到岸，个的石约嗼有十八里。在十八里之外，又有沙石，约嗼四五里，故此唔知个处驶去，可能再行得唔呢。

怕俾风共水所害，进退两难，所以歇止唔去，掉番转头上岸，即刻上个细山睇吓。好彩去睇，可以保全，唔

[1]箭，副词，像箭一样。

[2]髀，大腿。

[3]岩巉，险峻、陡峭。

系就人共船都坏咯。因海水有雨道冲出，个的水流得极快，俱系向东北流出去，风又啱啱系西南吹嚟。若唔知机歇止，必受大害。好彩得神保佑，可以转危为安。想脱呢的危险，必定要停桨，听风。个的西南风吹到两日，起首止息。到第三日落船，向海角个边驶去，个时风平浪静，就放胆前去。唔估到水好深，又流得好猛，就急速把舵揸桨，将船遏住。但因水紧[1]，致到被风冲开，离岸渐远，心好慌。因为船中食物冇几多，或者啥饿死，就恳切求神拯救，得番回旧地，断唔敢再有生出厌岛中困苦嘅念头咯。

但事虽话系天命，亦究竟因人事嘅缘故，点解呢？我因自细时，未会学过驶船，故俾呢的事累我。正在危急之时，啱啱遇着一嚿石，喺水中间，分开两枝[2]，一支水去北便，一支水去东北。就搣桨用力遏住北流个支水，然后再去西流。啱啱又有一支水冲出，水极大力，差不多唔敌得住。好彩有一的风，故此得倒扯起幔，向西北驶去，恰可喺大溜小溜[3]之中，故得平安无事。就运路到屋踭后便山上岸，十分欢喜，跪处多谢神。

就跟住岸边行去，唔识个处系乜地方，就行几步，见系前时插木杆个处，满面欢容。近个处啱啱有一条细河，可以湾船[4]。就将船藏埋河里，独系单身到花园，所带独系一枝枪，一把遮。见凉亭即时入去，见摆开物件，仍然照旧一样。疚瘩想瞓，就一觉瞓着，瞓醒见东便已经光。在醒不

[1]水紧，水流湍急。

[2]枝，应为“支”，有误。

[3]大溜小溜，大（水）流小（水）流。

[4]湾船，停船。

醒之间，忽然听闻有大声叫我话："辜苏呀，忧愁嘅辜苏呀。"心中大为惊奇，意思话，呢处重有边个叫我呢？

心中蹼蹼[1]跳，擘开眼四便睇吓，见系鹦鹉嘅声，即系前时自己所教佢嘅。就搣只手叫佢嚟，佢就扑到胸前，开口嚟唱，认得我系佢旧主人。但我心仍然慌未定，因为鹦鹉系喺旧屋，离呢处有好远，唔知点能嚟得呢处呢？后来番屋跧，就唔想出外，行船个件事，自后唔题咯。独系船就留在个处，唔带得番去。等有便时候嚟呢处，在近地驶吓，唔敢去远处咯。因为行船嘅事，已经辛苦一年呀。

[1]蹼蹼，同"扑扑"，扑通扑通，形容心跳的声音。

第二十四章

再过年几[1]，所做俱系平常嘅事，木匠已经熟手。做碗烧磁器，亦系精通。至好嘅系用白坭，烧成烟筒，比较市上所卖嘅越发好。又织成箩篮，装嘢搬嘢，极便。

自到呢个海岛，计过已经有十一年，所有火药，渐渐使嗮。故此设法，想唔使火药，可以得倒肉食。因前嘅所得系山羊公，自后唔打得倒，又唔生得羊仔。后来羊公因老死哓，思想设别样法子嚟捉生羊。可惜冇铜铁丝嚟做网，因噉样常时被佢走角，独系有陷坑一条法子。系掘个坑，挤薄板在坑面，摵竹嚟承住，上面挤食物。因唔得法，仍然被佢走角，就再用别样法子，得倒一只羊公。又一处得倒三只羊仔，一只公，两只乸。谁知羊公好大力，唔绑得住，仍然被佢走去，唔追得佢倒。就将三只羊仔带到家中，好怕佢走去。

揾倒一笪水草嘅地，用竹围住，嚟做羊栏，揾住里头，系好稳阵。后来想倒一条法子，唔论乜嘢生物捉倒，等佢饿到极，自然肯听话。个时因想唔到，致被佢走角。后来揾倒一笪地，树林稠密，树叶青绿，丁方[2]约六里，

[1]年几，一年多。

[2]丁方，四方。

修整好嚟养牛羊，系极妙嘅。忽然转意自己话，做乜咁蠢呢？修葺呢笪地，工夫极多，唔系一年半载可能成功嘅。后来再想吓，我喺呢处系冇事，怕乜做呢。但系个笪太阔，设使间羊唔听话，捉佢亦好费事，就改细嚟起做。拣笪好地，长三百七十五尺，阔二百五十尺，做竹篱。个时三只羊仔，常时拉在身边，等佢习熟个处嘅风景。

至年半，三只羊仔生出好多嚟，计老羊嫩羊，共十二只。再过两年，老嫩羊，共有四十三只。所食嘅重唔在内，可话生养好多咯。做成呢个竹篱，约有三个月工夫。三只羊仔共我相熟，搣手喂佢食，亦唔多怕。常时食佢嘅奶，搣个的余剩嘅做奶油，极好味道。

我今喺呢处，好似做个王，岛中独系我至尊。亦有臣子共百姓，系我管辖，即系我所养嘅畜牲，想缊就缊，想劏就劏。食饭时，亦系我一人。倍伴[1]我嘅，系猫共狗，好似臣子踎[2]在君王侧边。至宠爱嘅系鹦鹉，因佢哙讲说话呀。枱上所摆设嘅好食物，又好似财主佬噉，而且更有的财主佬唔得倒嘅，所少嘅可惜冇人共我讲论呮。

如今我至紧要嘅，系所做嘅船，但个只船在好远，唔带得嚟呢处。若有法子，必定带嚟，得倒随时用佢。噉就想即时去从前所到个处睇吓。就离别猫狗，装束起程，由旱路去。怕人遇着我，见我嘅装束，以为野人。因为所带帽系羊皮做嘅，又高又深。颈上加一条领，又系皮做，搣嚟遮雨。衫长到腰下，袜共鞋相连。裤系老羊皮做嘅，长

[1]倍伴，陪伴。

[2]踎，站。

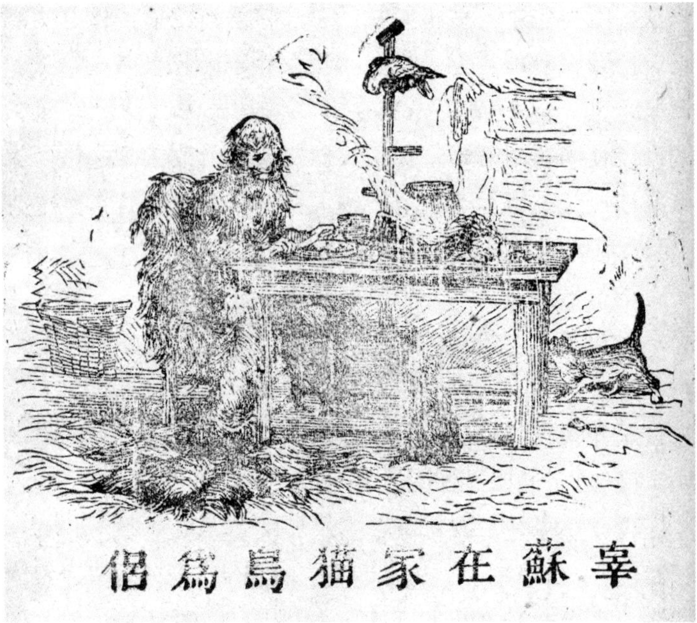

辜蘇在家猫鳥為侶

到膝头[1]。个的长毛嘛到膝头下，腰束住皮带。防身嘅器械，人哋[2]俱系用刀剑，我就用铁锯共板斧。斜束住一条腰带，嚟装火药，又挂一个袋嚟装枪弹。人若见我，唔识我系乜嘢人，面色半黑半白。本来未会留须，自到呢个海岛，不觉须长将近一尺。后摵刀割短的，真似土耳其人。孭[3]住一个篓，左手揸枝枪，右手揸住自己做嘅遮。虽系相识嘅人，见我噉嘅样子，到底唔认得我系辜苏咯。好彩喺呢个岛冇人，故此亦冇碍。

[1]膝头，膝盖。
[2]人哋，人家、别人。
[3]孭，背、扛。

第二十五章

呢嘅俱系行旱路。行到五六日，起首行系海边沙泥。后来就到山脚，斜斜咁上山。至到山顶睇吓，岛外极好景致。因呢处冇乜风，故此水好平静。搣千里镜[1]睇真，见极远嘅地，好似远山一带噉样，怕系大洲。呢处有一条河水冲出，个时因水干，共海水相撞，所以亦冇浪。若遇有风，就必定危险。前嘅适值有风，几乎好危险。如今得知佢嘅缘故，就将前时藏埋嘅细船驶嚟，可以出外打探。但亦唔敢啦乱[2]去，怕遇前时嘅艰难呀。噉就喺旧屋再装一只船，搬嚟呢处。两边都有船仔，或用或唔用，随自己主意。

我如今再将前时所做嘅事讲及吓。我嘅旧屋搣木做墙，经历多年，个的木皆发生，好似天生成噉嘅。又有前后门，出入好便。又讲到新屋嘅木墙，亦已经发芽。独是个的枝干唔系向上，系向横生嘅，因常时修削嘅缘故呀。中间所盖嘅帐幕，里便有床。搣软物铺住上面，用大皮做被，有时喺个处瞓。因为常时到海边打理船只，若有穿漏，即刻修整，故此喺呢处瞓，免致往来费事。旧屋左

[1]千里镜，望远镜。

[2]啦乱，此处是随便、胡乱的意思。

巡行海島查察情形

近，有所种嘅粘米共薏米，已经收割好多，要将山洞挖深，藏埋一间至大嘅房处。又在新屋地上，常时有一种野葡萄，能医人病嘅。又有养羊嘅地方，羊奶羊油，虽食四十年，都唔食得啦。摵平常人嚟讲，亦算得几好人家咯。

正在得意之时，忽然睇见一件极险嘅事。大约隔射一枝箭咁远，见沙滩上有一个人嘅脚迹，在沙上完全冇少到，好似初到呢处嘅人噉嘅。就好慌，周围去揾，总唔揾得倒佢踪迹，一阵慌起嚟。即刻走到旧屋，呆呆踫处。好耐至醒定[1]时，已经喺屋里。唔知点走入去，或喺前门，或喺后门走，自己亦唔知到。心里好出奇，怕系魔鬼做嘅，摵嚟吓我呮。因为若有人嚟，必要用船。如今冇船，必定系魔鬼无疑咯。但呢个海岛冇人嘅，魔鬼嚟呢处亦冇益。或系因吓我嚟啩[2]？但系我常时喺旧屋住，做乜唔先嚟揾我，嚟到呢处冷落嘅地方做乜呢？设使间我唔嚟呢处，到底冇人睇见。世上称魔鬼系好精嘅，如今噉样，可以话佢系极呆嘅咯。

思想个阵，忽然想吓话，我自到呢个海岛，冇朋友，常时叹息冷落。如今有人嚟呢处，似乎应该欢喜，使乜怕得咁关系呢。我前时各样事倚赖神，故此常时大胆，如今见一只脚迹就慌，噉就唔系倚赖神咯。若真系倚赖神，就不必慌。呢阵以心问心，生出好多疑惑。想吓我种嘅谷米，常时话够用，如今就恨错唔种多的，收多的，预备别人嚟到踹坏。故此仍然要倚赖神，噉就神自然唔丢弃我。

[1]醒定，冷静下来、明白过来。

[2]啩，语气词，……的吧？表示可能语气。

我有神力保佑，重怕乜谁呢？后来自己笑起嚟话，我如今枉费劳心，想呢的冇益嘅事。呢个脚迹或者就系我嘅，使乜思疑咁慌呢？

但到底唔放心，要丢弃所种各样嘢。羊就放哓，墙就拆烂。自己走去閵[1]埋，噉就有人嚟都唔怕咯。又想吓噉样，亦系唔中用，要将脚迹比较吓，就自然明白咯。但我嗱船上岸，或嗱岸落船，总冇行过呢处，或者偶然行过亦未定。就走到个处，脱鞋摵脚板对过。但见佢嘅脚迹，实系大过自己嘅脚，就越发惊慌，舍命逃走。走到屋跄，三

[1]閵，可能意为关上。

日闩门[1]唔敢出。后来因好瘔，一觉瞓稔[2]。瞓到醒，觉得身体壮健。心里明白，话我嚟在呢处，已经十五年，总未会见过有人迹。可知呢个岛，从来冇人嘅喇。呢一嘅，怕系相近嘅大洲，有人或遭风，或有别个缘故，偶然嚟到呢处。又唔想歇脚，即刻去哓，故留落呢的脚迹，又唔知有我喺处。

但系见哓佢嘅脚迹，唔好唔慌，怕佢再嚟，必要预备，阻住佢嘅法子。前时喺墙外种成半边月样子嘅树，系好疏索，要再种几畲，嚟补佢嘅疏罅，成为外墙。个度[3]后门，已经喺十二年之前做嘅，但呢的危险，要再加多一层。墙基本填厚，阔十尺，好似城墙噉。墙上凿窕可以放枪，共有七个窕。每个窕藏一枝枪，下便有枪架。火药枪弹，俱装好齐备。若有仇敌嚟到，计钟唔使一个字[4]，可以开枪七嘅。噉样真系一夫当关，万人唔奈得佢何咯。

[1]闩门，关门。

[2]瞓稔，睡得很熟。

[3]度，同“堵”“扇”，量词。

[4]一个字，五分钟，因在时钟里，每五分钟有一个数字，所以一个字代指五分钟。

第二十六章

至到新种嘅树，两年已经长大，六年就好茂盛。喺外便睇吓，成为大树林，好密如同一幅墙。若有人嚟，都唔穿得过，倚赖噉可以逃避。种树嚟当墙，工夫要经历好多个月。虽然格外辛苦，但做好之后，就得安然唔怕，故此好大益。呢幅墙系好高扒上时，摵梯掛[1]在山嘅突出处，个处仅可容得一个人。企定之后，再将梯擸上，又再扒上的，至到第二重墙，然后到屋踨，住得好安乐。做呢的事时，好似系冇用嘅，不料后来大有用处。你睇吓唔知以为无为，后来就知我做呢的事，虽然系费好多时候，但唔止做一件事。

就讲及打猎若唔辛苦，就唔得倒。因放一口枪，不能就得一只雀，出一粒弹，不能就得一只兽。必要奔走劳力，然后致得倒。又养羊，亦系紧要嘅事。但羊喺一处，亦系唔便，怕人偷去，就冇得食。点好呢？就想倒两条法子，一条系掘地成一个坑，将羊缊在坑里，一条系放开佢几处，免致去埋一堆，法子重好过先时嘅。就揾倒一处，即系前时所经过嘅山谷，有树林一排，系自然生出。就略略整吓，一个月做起。就摵羊放入，乸十只，公两只，成

[1]掛，挂、吊。

为一队，系第二个羊栏。

做呢的各样事，受尽好多辛苦。自起至止，系因一个脚迹起嘅，闭翳至到二年，可谓疑惑到极。当初睇见脚迹，至到如今，求神嘅事，略觉懒慢。因为人在艰难时，好多忧虑，不能专心。好似人病重将近死，觉时候冇几多，悔改怕迟。呢的系我心觉得，求神唔似前时咁恳切呀，怕亦系因惊慌所致。

现今想再揾一笪地，做第三个羊栏。要揾一处至静，总有人迹到嘅，所以通岛行过。有一日行到西边，经过山后，睇见极远个处，好似有只船仔，浮在海面。心里见好出奇，睇哓好耐，似系又似唔系。可惜未带千里镜，不能一睇就得明白。下次外出，必要带千里镜。呢阵细心想吓，所见嘅脚迹，或者即系呢只船上嘅人，或因路远到呢处歇脚，或因嚟呢处劏人食，或揾清水，或来游历，各样都未定。故此脚迹嘅事，反转似唔系奇。噉就远远望，至到眼花，不能再望，然后落山。

去到海边睇见一件事，更见奇怪。行近睇吓，见有掘一坑，佢嘅样系好圆嘅。坑之四边，揻坭围住，人可以坐在佢上头。近左右地面，见有人头骨、手臂共脚骨，与及有的零碎嘅骨。坑中有灰，共烧剩嘅柴各样。就登时[1]好惊慌，暈[2]倒地处。至到醒定时，呕出食物，头暈略好的。监慌睇真吓，睇完就大声多谢神，话我好彩，唔生在呢的食人嘅地方。又好彩住在山嘅边，至到十八年，总唔会经历呢的危险。若唔因我所做嘅船，就断唔嚟到呢处。虽再

[1]登时，顿时、立即。

[2]暈，晕。

过十八年，又点知到呢？回想前时闻得个的老大所讲，我总唔信。如今竟然实有其事，而且亲眼睇见。好彩唔遭呢的危险，系应该多谢神恩。嗽就依旧路去归，自后各做各事，与我唔相关。

过两年唔去远处行，自己觉得安乐。又思想我出外，必要带军器，就带孖枪[1]一枝、手枪两枝、长刀一把。嗽样装束，人若睇见，比较从前越发难睇呀。再想我系呢个山前便，佢系喺山后便，未必过我处。因我所有嘅，佢地都有。佢地共我同一样，故此我地上所生出嘅，佢亦唔算奇。所以自今日起首，我耕我田，看我羊，其余各事，唔使管理。独系养羊系至好嘅事，因有肉食，唔使开枪。因怕一开枪，仇敌闻声，即时嚟到，嗽就招出大祸咯，必有好多仇敌嚟。常有话，双拳不敌四手。我一个人，点敢敌佢众人呢？但依我心嚟讲吓，佢哋咁凶恶，应该剿灭佢，嚟显明天理。自有呢个念头，虽在梦中，亦常有嗽嘅心，亦宜得即刻灭哓佢咯。

[1]孖枪，双筒猎枪。孖，成对的、双。

第二十七章

就想得一个法子，用火嚟攻佢。摵火药埋落地下，仇敌嚟时，点着药线，就将佢哋烧死，岂唔系好快乐咩？但火药有限，不能一总烧死。噉就个的生嘅，仍然嚟揾我，倒转重弊[1]。唔似匿埋通心大树里便，等佢嚟，每人打佢一枪，尽地灭嗟佢都唔难。况且呢处树林极密，匿埋系至好嘅。

就每日到高山顶，摵千里镜望吓，远远嚟嘅船。热头初出时，就到个处望。望有三个月咁耐，总唔见踪迹。就改转念头话，我噉样做究竟唔妥，呢嘅虽然打死佢哋，难保佢唔嚟报仇。倘若佢起埋众人嚟，又倒转重弊。佢哋杀人嚟食，佢风俗系噉样嘅。因佢冇学问，冇智慧，唔识天道嘅缘故。神重可怜佢愚蠢，而且由得佢。我一个卑微嘅人，留落呢处，又唔系刑官，使乜管理呢的闲事。设使间别人听闻，反转话我系多事咯。何况世上有教化嘅国捉倒仇敌，依正法嚟行刑，显明国法。今佢哋用杀人食人嘅法，事虽系有分别，但佢嘅意，系同一样害人呗。故此立定主意，唔打理呢的事。

又唔上山嚟望，噉样做大约有一年。将所做细船嘅幔

[1]弊，糟糕。

共橹[1]，各样摞[2]落嚟，将船撑到北便，近旧屋个处，容易照料。有时耕种看羊，唔去远处。记忆我初嚟时，独我一人，总唔知到别样事，故此冇的惊慌。如今就唔系，常时想吓我一个人，点能敌得众人。个心就时时惊慌，故畏首畏尾。从前常有新样嘅事做出，如今就掭[3]一口钉嘅声，都唔敢做。就系煮食各事，亦唔敢烧柴，怕仇敌见烟，就跟寻嚟到咯。故此常时斩树，喺山洞里头，先烧成炭，然后敢嚟煮食，烧瓦器亦系噉。閟埋山洞黑处，虽有火烟，人喺远处亦好难见。

有一日斩树时，见树林里头有一个窕。行埋睇吓，见黑擸擸[4]，唔知佢深浅。就拨开个的草，细细步行前去。行冇几多步，见窕内头有两只大眼，光闪闪吓，慌得好关系，唔知到系人噈[5]系鬼。冇耐叹息话："辜苏呀，你系呢处，也会经历二十年，唔知经过几多危险，呢嘅做乜细胆成噉呢？"就烧着火把，奋勇行前。个嘅渐渐大，系四方样，阔约有十二尺。正在行紧时，又听闻好似老人叹息嘅声。吓呢一惊，比较前时更关系，满身冷汗，个顶帽几乎跌哓。倚赖神保佑，放胆上前。睇真知到系一只将近死嘅老羊，临死嚅气[6]嘅声。搣手嘞吓佢，都唔哙起身。就知到先时所惊慌嘅，即系呢只羊。若系惊慌走番转头，就必以为系鬼无疑咯。可知凡事必要亲自经历为真，若搣耳

[1]橹，拨水使船前进的工具，置于船边。

[2]摞，拿、取。

[3]掭，丢。

[4]黑擸擸，黑漆漆。

[5]噈，连词，……还是……（二者择一）。

[6]嚅气，呻吟、叹气。

物怪爲疑聲聞巖到

做眼，就唸呃[1]倒自己咯。

正在睇紧个时，见侧边有个窕。因火把唔够，所以到听晚摭自己做嘅油烛，六大枝点着前行。窕口好细，起首蹼倒躝[2]入去。约行三十丈之后，觉渐渐高。至到窕启底[3]，高二十尺。摭油烛照住，四围都发光。光得好奇，现处五色，唔知系宝石，或系黄金。地系好干洁，至好收藏各样嘢。就立意摭火枪五枝，挤在墙上，五枝收埋呢个窕，一枝自己使。又摭前时所捞得嘅火药一大桶，虽系湿过水，但系敲角四便嘅湿药，中间系有用嘅，称过得六十

[1]呃，骗。

[2]躝，爬。

[3]启底，器物的底部，这里指尽头、尾端。

磅，就好欢喜，亦挤埋究里头。自己话，现在军装已经齐备，虽有野人嚟，我可以个个打死佢，使乜怕呢？后再嚟时，只老羊已经死哓在里头，就掘开的泥葬埋佢。

第二十八章

我住呢个岛，计过已经二十三年，时候亦唔少。但习惯成自然，亦唔觉得寂寞。若唔因一只脚迹事，虽然老大死在呢处，好似将近死嘅老羊，临死就躏入山洞，了哓一世，唔使埋葬，岂唔好咩？但因我一个人住呢个岛，已经咁耐，心好似木石人。居呢个境地，未免凄凉。但亦有乐处，唔系同别人噉样讲法。

至好嘅系一只鹦鹉，共我同埋系至耐，亦唔见佢老，再长得几年命，亦未可知。但照巴西国人话，呢的雀鸟，可以生得一百年，但不能话是必系。鹦鹉共我好似旧友，常时两家讲说话。再有一只狗，同我喺呢处，已经有十六年，到处都跟随，冇一时离开。后来因老病死，就掘地埋佢，为佢闭翳哓几日。现在有两只猫仔，其余因多过头，摅枪打死。自后生倒猫仔，就即时沉死，因为受猫嘅害亦唔少咯。重有乳羊两三只，叫佢嚟到手处食嘢。佢听闻叫，即时嚟，亦几纯熟。又有两只鹦鹉，虽系新嚟，亦会讲说话，叫我做辜苏。个的说话几清，但唔及得老鹦鹉咁伶俐。另外有好多雀，亦已经养熟，唱口极好听，独系唔识佢乜嘢雀呗。噉样亦颇觉唔寂寞咯。

如今系嚟呢处二十三年嘅十二月，虽系冬天寒冻，

與猫鳥狗大家安樂

亦唔觉冷。田中收割好多。有一日朝头早[1]，正在做功夫时，一担[2]高头，睇见远处海滩上，有火光冲天，相隔约有六里，比较前嘅所见更近。怕被佢睇见，就躲埋林里便，唔敢出嚟。自己想吓，我已经种哓呢的咁好嘅田共园，若俾佢见着走嚟，真系好似引狼入屋，受害好关系咯。就立意等佢去后，谨守家中。将外面所有布置，共排

[1]朝头早，早上。

[2]担，抬。

开齐整各样，一概拆烂。平坦好路，亦故意掘烂，等佢以为冇人嘹处。一面安排洋枪，预备同佢打。

就到两点钟之后，总冇动静，就放胆出去树林，閗埋睇[1]吓，可惜冇人打听，就要蹼倒处，躝去攞梯。上到山顶，嘿挛[2]身，摵千里镜睇吓。好似见有九个人，坐埋一堆，中间有火光。另外有个人，揼手绑住，好似囚犯噉样。两只细船晾倒岸上，等潮水大到。噉样可知佢哋嚟到呢处，系潮水大嚟嘅。亦系潮水大去，不能嘹处好耐，故此仍然可以放心做事。后来见佢哋落船开身去哓，未去先一点钟，见个的人同埋跳舞作乐。但系摵千里镜睇佢，唔多睇得几真。所嚟嘅人，好似冇着衣服，如同野人嘅动静。

等佢去后，就要预备随身军器，孭住两枝枪，腰插住两枝手枪，带齐弹药。个身因有咁多军器坠住，行得好慢。过两点钟，然后至到得个处。见有三只船，好似就至开行嘅，跟住前头两只船，同埋向往大洲而去。就到个处查察，睇见有人骨血迹，及食剩嘅人肉。剩落骨头满地，睇见好伤心。呢个人实在残忍到极，噉嘅事都做得，乜嘢事唔做得呢。第二眡睇见噉，必定摵枪打死佢，共死者报仇。但佢哋嚟呢处，系好少有嘅事。我已经守到十五个月，未见佢哋嚟过，或因雨水太多不能嚟。

但佢虽然唔嚟，我就唔好唔加意提防，如临大敌。兵法有话，出其不意，攻其无备[3]。设使间唔守得住，因我

[1]睇，看。

[2]挛，蜷缩。

[3]语出《孙子·计篇》，指趁敌人还没有防备时就攻打之。

一个人，又有帮手，岂唔系败到贴地[1]咩。故此可进不可退，可胜不可败。立意是必要得胜，似乎已经先占上便风咯。但佢哋若分两条路嚟，就点算呢？唔好唔虑及嘅呀。噉就不歇想，成夜唔瞓得着。但自十二月至到递年[2]五月，然后致见佢哋再嚟。呢的事暂时挤落唔讲佢。

[1]贴地，这里用来形容失败得很彻底。

[2]递年，第二年。

第二十九章

我住呢个岛，除我之外冇别人，所以佢哋在呢几个月之中或已经嚟过，或未会嚟过，都唔知到。我亦自己想过，我若摭枪打死佢几个人，或第二嘅再嚟，再打死佢几十人，仍然系冇益。因为佢唔止一族一类嘅，呢族俾打死，个族唔知到，佢又再嚟。噉就我虽系打死佢数十百次，徒然害人性命，于我究竟有乜益呢，反为极大罪嘅人。一想到呢的，觉得旧日个心咁雄，如今就冇𠿪咯。但因日间有思想，夜间就发梦。梦见似有人对我话："呢的事唔好做呀。"我就答佢话："因有缘故，到底应该要打死佢。"正在辩论时，喺梦中忽然醒晓。

个时大约系五月十五或十六日，海上忽然番起大风，又有行雷闪电。到夜风更大，飞砂走石，好大势子。我就喺屋里静静睇《圣经》，嚟养灵魂。忽然听闻一大声，震动山谷。心里忧疑，因为向来独系有野人嘅事，佢哋或嚟或去，冇声冇气嘅。如今听闻呢的声，必定系船中报信嘅炮。呢的系船家遇着危险，就烧炮嚟求救，系通行嘅规矩呀。如今既听闻呢的炮声，要到山上望吓，或可以设法救佢。

就孭枪上到半山，踮处细睇吓，见冇乜动静，就再上到山顶。个时又再听闻炮声，就摭干草，堆埋山顶高处，俾火烧着，嚟做记号。个时适值大风，火尾好猛，但佢哋好似唔见。自后运气听闻炮声，仍然唔见佢有动静。个时将近天光，睇见我个只细船，前时被风水冲到有石头个处。好似有船一只，湾在个处。个时天有雾，睇唔真。

就落山行到个处，已经天光。见所湾嘅船，船身已经打烂。但唔见有人，心好烦闷。因我独系一个人住呢个岛，已经好多年，正在可惜冇人做伴。若有国中人嚟呢处，就得安慰，可惜如今一个人都唔见。怕佢船碰着石，致到船身整烂，故此冇人得生呀。重记得前时我只船碰石，我亦得生，今呢只船碰石，倒转冇一个得生。一个人或生或死，都系出于神嘅主意，应该多谢神恩，但苦楚嘅系我一个人，指望有人嚟共我解愁闷，故此如今心甚嘟动。及后睇见呢只船，仍然冇一个人。昨晚一场高兴，今就冇嗺咯。所以称为孤家寡人嘅，即系我辜苏咯。

我想船中人被风打埋嚟，已见此岛。坐艇埋岸[1]，又俾风吹去，碰石沉哓，或被别船，将船中人救去过船，两样都未可知。我想到呢的，不觉眼定口呆，两手抽挛，个身好似俾物磧碎[2]噉，故此知到兔死狐悲，物伤其类。触起前事，有不得不噉[3]嘅呀，故此闭翳好耐。

后来想吓烂船之中，或者有人重未会死，我岂唔应该救佢咩？因此将前时所藏埋嘅船，浸落水处嘅，攞出嚟。因唔浸落水处，船必裂罅[4]，到转冇用。又到家中，将米、清水、羊奶、羊油挤落细船，十分出力。因好想救人，故此不得不要噉。细船离岸时，见水流好急，怕船唸

[1]埋岸，靠岸。

[2]磧碎，压碎。磧，压。

[3]噉，代词，这样，这里指回忆旧事伤感的样子。

[4]裂罅，破裂出缝隙。

靜中思想經歴艱難

坏，心好惊慌。后来忽然心内发奋，立意勇往向前。大约行哓一点钟，不料潮水即时嚟到，船被飘荡，冇力上前，番回原处。个时已经晚黑，就喺船处瞓。

第二日天光，水退落，就可以放船。及到大船，睇见系西班牙国嘅船，船头被两嚿石硖[1]住，不能嘟动。船尾被大浪打破。将近到船边，见一只狗，对住我摆尾，求我可怜。我就伸手接佢，见佢有肚饿嘅样子，就摵面饱共水喂佢。佢大啖[2]食哓，一阵食完，就唔再俾佢，恐怕食得饱过头，哙坏佢肚。噉就上个只船，睇见两个水手，两家抱住死哓。系因船烂，水流入沉死嘅，就为佢悲伤。呢两个人之外，唔见有别人。独系有两大桶酒，因为太重，冇力移嘟，就丢弃唔要佢。又有两个衣箱，共细桶酒、煤铲、水壶、火钳、铜锅各一件，所有都搬落细船。又将两个水手嘅鞋脱角。番去细船时，十分辛苦。

至到食完饭，开箱睇吓，见一个箱有皮鞋两对、衣服几件、香酒几樽，樽盖皆系银做嘅，十分贵重。糖果两罐，另有银钱，共金仔几个，绢十八匹，呢的似系上等人客剩落嘅。又见一个箱里头，有领巾几条、银钱几个，好似系下等人剩落嘅，唔算系出奇。至宝贝嘅，系绢疋，因好耐冇得用。就攞一匹，抹过佢嘅绢面共绢口，俱系好干净。个的银钱共金仔，实系冇用，因为肚饿唔摵得嚟食。若有人摵食物嚟换，我就肯平价嚟卖过佢。所可惜嘅，系打烂船尾。若系烂船头，船尾唊[3]在两石之中，就可以更攞得好多嘢。大概搭客房，系喺船尾呀。就掉番去归，将宝物藏埋山洞里头。若得有日子回到英国，有呢的宝物，必定做财主佬咯。

[1]硖，夹。
[2]啖，量词，口。
[3]唊，夹。

第三十章

计喺西班牙船，所得各样宝物，藏埋山洞之后。日子过得好快，转眼约有两年，冇的事做。但坐食山崩，到底唔妥，耕种养羊，系本分嘅事。所以一心独系安居乐业，唔做别样。将探察野人个件事，已经丢闲唔题咯。但静极思动，人之常情。时时思想有乜善法，可以得番去大洲。虽系妄想，究竟困在呢个海岛，终无了局。呢个心一动，一时撳[1]唔住，恨唔得即刻到大洲。我因有噉嘅心，所以遭呢的苦难。若我冇呢的好动嘅心，亦断唔想出门，贩卖黑奴，遭风遇救，得到呢个海岛，睇见所未见过嘅嘢，做出所未会做过嘅事，俱系因有呢个嘟动嘅心咯。我有噉嘅心，致可以在呢处做成各样嘢。

如今我个人照旧一样，但财物比较前时富厚得多咯。独系喺呢个岛，虽系积埋好多金银，亦与贫人一样，噉想吓人嘅银钱，够用就罢咯，多都无谓。唔见过世上个的守财奴咩，万贯家财，一旦死哓，尽为别人所得。故此我想吓，现在我虽系富厚，亦好似初到时一样。前时我有山林得嚟遮住，免人见我，有土墙得嚟护卫，免人害我，故此有几年冇忧冇虑嘅。自喺沙滩见过一只脚迹以来，心常好

[1]撳，压制、按捺。

慌，至到如今，仍然未放得心下。

现在系喺呢个海岛，二十四年之三月有雨，本来夜晚好瞓，但系一夜唔瞓得着。想我细时唔遵依父亲教训，私自出外游历，被野黑人捉倒。后来走角到南亚美利加洲，又不遵神教训，想贩卖黑奴，做损人益己嘅事。到底多蒙神保佑，得喺呢个岛处，唔使冻死饿死，亦算好彩咯。回想二十四年情景，一一在眼前，好似睇一部大书，冇一毫错漏。想吓人一世，亦必系噉样睇法。

正在静中想时，又得件新奇嘅事，系乜嘢事呢？系眼倦朦胧之时，忽见有十一个野人，捉倒一个野人，想杀哓嚟食。呢个野人就乘机走到我旧屋嘅正门，我就开门接佢入屋。心中喜出望外，因我正想番到大洲，可惜冇人指引，今得呢个人嚟，可以倚赖佢引路。因佢哙嚟亦哙去，我亦可以同去，故此心好快乐。至到想醒不醒之间，重系不歇笑。及到醒哓，知到系发梦，觉得梦中咁欢喜。如今仍然照旧，不觉大声喊起嚟。但自呢阵有用野人引路嘅心，故此每日在深林密草里，静静打探，可惜事冇咁啱。等到年半，总冇影迹，心好嬲怒。先嘅因怕，故唔想佢嚟，如今因为要佢做引路，故此想佢嚟。但应当嚟就唔嚟，唔应当嚟就嚟，世上常有噉嘅事。

有一日好早，我喺旧屋做事。偶然拧转头睇吓，在无意中，忽见西南边，远远有五只船仔嚟。我知每只船坐得五六个人，噉样我就险到极，即时番去屋，预备军火，好似打仗。布置到好，就走到半山睇真吓。唔多睇得真，再上到山顶，亦唔敢担高头望。搣千里镜踣低嚟睇，见有三十人，围埋坐处，中间烧火，上头挤的肉嚟烧。烧熟后，坐处嘅人，就起身跳舞。但烧乜嘢肉，因远唔睇得清

楚。约嗼一餐饭咁耐，见有人起身到船中，拉出两个人，解用绑手脚嘅绳，使佢企处。搣大棍，将个人照头大力打吓，个人即时嚑倒[1]处。

[1]嚑倒，跌倒。

第三十一章

个时见揸棍嘅人，攞出一把利刀，将嬇倒个人嘅肚，出力一割，就有肠流出，睇见好凄凉。又侧边一个人，睇佢面色，好似想乘机走甪嘅情形。忽然走，走得好快，竟然向住我一直走嚟。我就好慌，唔止为佢危险，亦为自己危险。其中有三个人睇见佢，即时嚟追。但呢个人走得好快，个三个人走略慢的。正走紧时，忽有条细河，喺面前栏住，即系我从前初到时，所见嘅细河。我睇见呢的事，替佢危险。后见佢跳落水，泅得好快。河虽细，但潮水大满，令河面好阔，泅水唔系易。但佢忽然好快上岸，好似泅嬇[1]嘅。追嘅人有一个唔哙泅水，喺岸边行行吓。呢两个亦泅水追佢，但唔似个个[2]咁快，后亦上岸追佢。个唔哙泅嘅先番去，两个追贴[3]嚟。

个个走嘅正在危急，我就在细路截出去，奋勇上前，啱啱喺走嘅追嘅中间。走嘅拧转头，见我打横路冲出，慌到极，唔知点好。我搣手叫佢仍然要走。个时追嘅一个，已到我之前，见我亦怕。我就搣枪照头打佢，晕倒地嚟。

[1]嬇，习惯。

[2]个个，那一个，代指那个想逃离的人。

[3]追贴，追得紧。

我唔开枪，独系用枪打佢，因怕佢哋一闻枪声，大众走嚟呀。后来想吓，虽开枪亦冇碍。因佢系野人，唔识枪嘅打死人唔嘅呢。个时第二个亦追到，见一个人瞓在地，想摵毒箭射我。我就开枪打死佢。

回头见个个走嘅，已经企定处，对住我，呆嘅噉。我摵手扱[1]佢，唔敢嚟。我摵好宽容面貌向往佢，再摵手扱佢嚟。个人就一边行，一边拜，慌慌忙忙嚟到。蹼倒地叩头多谢，又摵头挤在我脚下，表明愿做奴仆嘅意思。我好欢喜，扶起佢，就见打倒个个人，醒番起身。逃走嘅人共我借一把刀，我就俾佢。就行前将追佢嘅人，一刀，头就落地，好似杀惯人嘅噉。我就好出奇。后将刀共所杀嘅头，挤我面前，以为将功劳归于我。古人有话，愚蠢野人，总有礼仪。睇吓个人，又唔系尽话得嗻。

后来呢个人，又将打死个个人，睇又再睇过，见佢身上枪弹细窕好多，有的血出。心见好奇，以为呢个人出冇几多血，何以死得咁快呢。系因佢唔识枪弹，能伤人命嘅呀。后来见佢好似想报仇，忽然又大笑起嚟，对我讲。我唔晓得佢说话，独系显出个意思，想带佢去归。但佢嘅意思，想葬埋呢两个人，不致露天露地。我欢喜应承佢，佢就喺沙地，摵手挖开好快。约嗼一刻钟，已经将两个尸葬埋，可见佢有本事。

至到做完之后，带佢番去花园，俾面饱共葡萄干佢食。因饿哓好耐，故此觉得好食。佢系少年嘅人，无意中遇着我打救，好似漏网嘅鱼，如同再生于人世，故此常时欢喜到唔瞓得着眼，对我讲哓又讲。我虽然唔懂佢嘅意，

[1]扱，盖、扣，此处意为向他招手。

亞五得救謝辜蘇恩

但我嘐呢处，已经二十五年，独系听闻鹦鹉嘅声，唔闻人嘅说话，今听见佢吱吱喎喎，好过雀声，亦好欢喜。后来见佢有疚瘩嘅意，就俾张睡床佢，佢就瞓稔。我就喺侧边睇佢形像，见佢头圆面正，身材高大，筋骨粗壮，似有气力。而且头发又长又直，额头又高又阔，鼻直口细，口唇唔系厚，眼有严威，皮色唔系黑，带嫩黄色。睇真唔系粗野嘅人，可以教训嘅，就喜出望外。

约有半点钟，佢就瞓醒。睇见我喺侧边，即时跳起身，又拜，又搣我脚挤落佢头，再蹼倒处唔起身，表明真心归服，到死唔变。见我揸羊奶俾佢饮，佢嘅意思显明想自己揸。我就俾羊奶佢饮，佢唔肯饮。后来搣面饱浸羊奶，先食过。佢见我食，佢亦食，就教佢讲几句英语。教佢叫我做主人，我就改个名叫佢做亚五。因佢得救嘅日，系礼拜五，所以记念不忘呀。后来又教佢讲两句紧要嘅说话，系共唔系，呢两句。后来带佢到旧屋住。

第三十二章

路经过葬埋两人个处，佢有暗号，搣手指我睇。到再番嚟时，佢想食个的人嘅肉。我搣面色好嬲对住佢，显明唔好食，佢就唔敢。后上高山，见佢地大队人已经去咗，就共佢同到个处。搣一张刀、一把弓、一枝箭俾过佢，又叫佢担住枝枪。

及到个处，见有三个头、五只手，喺地处，其余食咗。睇见好伤心。佢流出眼泪，以手令我知。佢嘅意思话，共自己同捉嚟嘅有四个人，今三个已经死，独系剩我。又指我知所捉倒嘅唔止咁多，怕有的要佢做苦工，或卖去做奴都未定。我显明我嘅意思，要搣个的食剩嘅骸骨，俾火烧晓。但佢唔肯，想搣嚟食。我虽然唔准佢，佢本性系噉嘅。后来见我想攞枪打死佢嘅意思，就唔敢食，听我话。至到烧晓，冇乜事。

仍然带佢到旧屋处，做衣服过佢着。先将水手箱里嘅裤，改好俾佢着起。又搣羊皮做衫，兔皮做帽，系我自己出样嘅，故此话得系时欵[1]嘅呀。及着起衫，戴起帽，睇吓个亚五，好似换过一个人噉咯。可知人凭衣装，古语冇错呀。

[1]时欵，可能意同时兴、流行。

辜蘇取衫亞五穿着

亚五人品极好，独系冇地方瞓。昨晚喺新屋捱过一夜。今晚若再同床，一来彼此唔中意，二来佢系初到嘅人，唔知佢心事。若一旦事变起嚟，致有不测之祸，个阵悔恨系迟咯。就喺二墙之中，整间房仔，叫佢喺处住。将山洞后门，做一度门闩，可以闩住。墙上天遮[1]，亦开一个窗。夜晚就塞住，搣嚟防备。

但亚五总冇背逆，常时欢喜跟从我，好似死心蹋地。而且常时见佢有欢喜面色，令人都好欢喜。故此提防个件事，可以唔使咯。亚五为人欢喜学新法，凡事叫佢做，就欢喜做，唔叫佢做，佢亦去做。佢之爱我，好似慈母噉。有一日见佢有唔欢喜嘅面色，后来查察过，知到因衣服太窄，就将两夹开阔的，即时觉得自然。亚五喺我处，心好输服[2]，做事伶俐。唔估到野人之中，有噉嘅聪明人。虽然说话唔晓，我就教佢，唇舌嘅音，牙齿好清楚，好似细蚊仔读书，极之口爽[3]，学话好易。可知神做人好公道嘅，唔系偏于一方。佢性虽野，亦属人类，亦有灵魂，若睇轻佢，即系睇轻神咯，断唔得嘴。

但亚五欢喜食人肉，虽系野人嘅性情，但亦怕佢未会食过别样肉。故想杀兽肉俾佢食，嚟变佢嘅性情。就带枪同佢到野外。见离远处，有一只羊乸，共两只羊仔。我睇定，枪声一响，羊仔就瞓倒地处。亚五忽闻枪声，就急将衣服扯开，以为自己俾枪打中，慌到打震。我就笑起嚟，叫佢去执[4]羊。个阵时又将药弹装好，行前的，见树有只

[1]天遮，类似屋顶的构造，使建筑物不露天。

[2]输服，同“舒服”。

[3]口爽，口齿伶俐、能说会道。

[4]执，捡。

鹦鹉。揻手话佢知，要佢落地，枪声再响，雀跟弹落地。亚五好慌，唔敢执羊。自后又叫佢执鹦鹉，又装好药弹。亚五睇见极慌，急的到僻静处拜神，以为有鬼帮助佢。我就揻装火药噲噉样打死佢，一一指示佢知，佢就明白冇思疑。

后来就同埋去归，将羊肉煮汤，先自己食的，然后俾佢食，佢亦欢喜食。独系汤未加盐，我俾的盐，佢唔欢喜食。虽食亦冇几多，又有想呕嘅样子噉，就知得人嘅习惯，大有不同嘅。再将羊肉俾火烧热，佢好欢喜食，因呢个法子，系佢地做惯嘅呀。食完，佢揻好多法子指示我知。我因好耐冇朋友，故此亦心花大开。佢又揻意思话过我知，好似已经定主意，自后永远唔食人肉。我听闻，喜出望外，因佢落力改过，可知世间冇话唔教得嘅人。习俗虽系相远，但性本相近呀。

第三十三章

呢的事之后，我就打禾，磨谷，筛粉，做点心。亚五都可以学，唔使教佢。再想吓，现在加多一口人食用，比较前时双倍，要种多的谷。另拣一笪地，叫亚五起篱壁，耕田。佢好伶俐，唔使教亦哙，而且哙做出想唔到嘅事，亦好认真。唔上一年，已经将大概嘅说话学倒，可以应对，又能讲及佢嘅家事。佢共我极之相好，虽极好朋友，亦唔好得过佢。

但重想试佢想番去唔番去，就问及佢一家，共别族打仗时，乜谁打赢？佢答话："系我族常时打赢。"又问："做乜呢俾佢捉倒呢？"答话："我族比较佢族重猛，亦捉佢好多人。呢嘅被佢打赢，故俾佢捉倒。佢哋有船，所以快的嚟呢处报仇呮。"又问话："你族捉倒人，食唔食呢？"答话："有乜唔食呀，到呢处西北边食咯。"又问："然则你到过呢处未会呢？"答话："到过几嘅。"

我就带佢到西北边，问佢话："你讲嘅，系呢处唔系呢？"话："系呀，已经食过佢哋二十个男人、两个女人、一个细蚊仔。"重慌佢唔讲得明，故将石头摆开地面，明白显出。大人用大石头，细蚊仔用细石头，摆开在地，极好章程，总唔讲及想番去嘅事。过几点钟，我问亚五话："呢处到大洲，要几日水路致到得呢？有海水冲打冇呢？”答话：“海水总冇冲打。个处有长流水[1]，朝早嗏地流到海，夜间嗏海流到地。日日系噉，总冇错乱。”亚五虽系噉样讲，其实唔系。因我后来确知所见嘅地，唔系大洲，亦系海岛，比较呢个岛略大的。个的水亦唔系长流，系嗏大河流出嘅。因为个岛嗏大河嘅口，好似洋子江[2]口嘅崇明岛噉。岛人嘅种，名叫克拉维[3]。但亚五亦唔系有意讲错，实因唔知到呗。

又问：“你所住嘅地方，再远的，系乜嘢地方呢？”答话：“我所住再远的，系月落嘅地方。有白人嗏处住，系我地嘅世仇。佢嘅面好似粉咁白，佢嘅须长，好似你噉。”问话：“用我所做嘅嗏细船，到得佢个处唔呢？”答话：“唔得，要二船。”其实唔系二船，后知到系要两倍咁大嘅船。

我见佢各样都明白，就将灵魂得救嘅道理，讲过佢知。就问佢话：“你个身系乜谁做嘅呢？”答话：“系我父亲。”又问：“天地日月，系乜谁做嘅呢？”答话：“系大神盘纳麦基[4]。”问：“你信盘纳麦基唔呢？”答话：“信呀。”又话：“你既信佢，做乜又唔祈祷佢呢？”答话：“我年纪少嫩，不能祈祷佢。要老大嘅人，可以代我祈祷。”噉就我明白话佢知：“你地祈祷所求嘅，实在冇益人。个的老大嘅人，上山祈祷，系骗人嘅计。人若信佢，越发加多罪恶。但凡人有罪，要自己祈

[1]长流水，潮水。

[2]洋子江，扬子江。

[3]克拉维，现译加勒比。

[4]盘纳麦基，现译贝纳木基，是小说中亚五（星期五）所在部落信仰的神。

祷，致系真实。”就揻《圣经·创世记[1]》所写落，神点样用坭做人身，俾灵魂过人，令人有智慧，管理世上各样物，系好快乐嘅。后来被魔鬼诱惑，食违禁嘅果，至到得罪神，有死亡嘅报应。样样解明过亚五知，望佢得救。

亚五问话：“神做人个件事，已经明白咯。独系魔鬼骗人，好似唔多明白。神既系爱人，做乜又任从魔鬼诱惑人？岂唔系魔鬼嘅权力，更大过神咩？若神嘅权力大过

[1]创世记，现译创世纪。

魔鬼，神做乜唔灭佢，可免佢诱惑世人。” 我听闻佢辩驳，即时唔哙答。就诈佢唔听闻，至到佢再问时，已经预备说话答佢。就话：“神要灭魔鬼亦好易，但神唔欢喜即时灭佢。好似你共我起首都系唔好人，但神宽容我哋，亦好似宽容魔鬼一样呎。” 亚五话：“系就系嘅，独系神嘅权，究竟比较魔鬼更大，似乎应该约束，咪[1]任从佢咁猖狂。” 我于救世道理，未会习熟，故此又不能答佢。

[1]咪，不要。

第三十四章

就打发亚五到左右做功夫。我跪处求神帮助我，祈祷完，觉得个心明白。时亚五已经番嚟，就将《新约》书中，载救主点样降世，点样传道，点样败魔鬼嘅权，胜世俗，救赎有罪之人，得享永生之福，一一讲明佢知。亚五好似明白。我从前唔多熟嘅，今因教亚五，亦竟然晓得呀。自呢阵，亚五痛改前非，专心信道，认耶稣系佢救主，改恶为善，比较我重好。三年之内，同心守道，唔敢的多背逆。

亚五虽系凶恶，究竟系僻静地方嘅野人，本来有礼义，故唔知系有罪。我就生于教化嘅国，略知文理，就明知故犯。自细时至到今日，冇一件好事。故所犯嘅罪，比较佢重大。每有畏惧嘅心，独系常时祈祷以来，觉心中有安乐。虽留落呢处荒岛，快乐处如同大洲。睇吓佢野人，本来唔知上天做物嘅神，故见所做嘅物，唔知佢来历。如今指明过佢知，心中现在明白，比较前[1]好似两个人。可知世间冇不可教嘅人，若系改变人心为善，除耶稣之外，冇别样道理咯。

个时亚五略哙讲英语，可以应酬，故我算佢系好朋

[1]前，这里应为“前时”。

友。将我生平所经历嘅事，自出门至到呢个海岛嘅事，一一讲过佢知。又解明火枪嘅理，又教佢烧枪嘅法。佢起首明白，知到系人好抵手[1]做出嘅，唔系有鬼神喺处嘅呀。又为佢做一条腰带，又俾一把刀、一把斧头，得嚟防身。佢好欢喜，舒服跟从。得闲时，摵地理教佢，又摵我生长嘅地，讲佢知。话地有大洲，名叫欧罗巴洲，其中有英国，系我个本土。又令佢知用乜嘢物件，然后到得个处。

即时就带佢到细船处，见船已经沤[2]烂。佢话呢的嘢，我哋处亦有，样子相同。我就记起，怕系先嘅见遭风嘅船，因想掉埋岸，忽然被水冲开，故到个处。问佢船上有人冇，佢摵手显明有十七人，系白面嘅。又问："呢的人喺边处呢？"佢答话："喺我家中。"又问："做乜你哋唔食佢呢？"答话："我哋风俗，食人亦有一定规矩。除打仗捉倒敌人之外，其余一概唔准食。若因打风，流离失所嘅，倒转俾衣俾食过佢。如今喺我哋处住，亦摵各样事教我哋，好似朋友嗽，往来总冇避忌。"

有一日偶然到东山，上到山顶个时，天上冇的多云。海中睇见大洲，十分明白。亚五就舞手弄脚，因见佢嘅本土呀。我问："你想去归唔呢？"佢话："想。"我心就唔欢喜。虽然疑佢，但佢亦冇噉嘅实意。有一嘅又上山，问佢话："你去归，仍然想食人唔呢？"佢话："唔食咯。又劝人唔好食人肉添，摵别样肉嚟替代。而且敬畏神呀。"我就话："噉样你都可以番去咯。"佢答话："唔

[1]抵手，能干、有能耐、手巧。

[2]沤，长时间地浸泡。

去得嘅。因为仅可唫泅水冇远呗，点能到得个便呢？”我话：“可以为你整一只船，坐船去嘑[1]。”佢话：“我唔去，要共你同埋致去。”答话：“我去，佢哋要食我，点算好呢？”佢话：“断唔食你嘅，我可担保。而且讲及你点样救我、爱我、教我各样工夫添。佢哋知到你系我大恩人，就保护你，又边处有害你之理呢。而且个十七个人，已经教佢哋各样事。你去更搣救灵魂嘅道理，教训佢哋做善人。”我听闻呢的说话好欢喜，就共佢同到藏船个处，搣船起上嚟。

亚五好唫驶船，好似惯熟嘅。问佢用呢只船，驶得去唔呢。佢话唔得，船身太细。就去再睇大的多嘅船。佢话呢只都可以咯。但做呢只船，要做二十三年，因唔去打理，日晒雨淋，船底已经沤烂，唔用得，要再做过。个时我又问话：“做好时，你可以番去。”佢听闻我讲，变转面色话：“我喺呢处，犯乜嘢罪？你常时想我去呢。”我就话：“你前时想去归吖。你若去，我就仍然一个人喺呢处，共前时一样。”佢好嬲，话：“我系你下属嘅人，你唔去，我又点能去呢？”讲完，急的攞把斧头，搣条柄俾过我，话：“你必要想我去，求你即刻搣个斧头劈死我，免致我心唔安乐。因为你系我主人，岂有主人唔去，个仆自己去，有噉嘅理咩？”噉就喊得满面眼泪，我见佢真实冇去嘅意思，就好安乐咯。

[1]嘑，语气词，了。

第三十五章

就决意做船。因常时想着个的白面嘅人，唔系西班牙，就系葡萄牙人，我若能过个便岸，共佢商酌，或者因噉有回国嘅法子。就共亚五拣个的木，可能做得船材料嘅。亚五亦哙拣木，拣倒一樖树，极之坚实。亚五嘅意思，想摵火烧去树心，做成自然嘅船。我就教佢用斧劈开，帮佢嚟做。一个月就做起，样子极好。推船落海，因船身太重，十四日之后，始可到得海中。运动好便，驾驶亦易。

亚五亦好哙驶船，虽水上人，亦不能及。我问佢："噉样可以到得个便岸唔呢？"佢答话："做得，虽遇风亦无妨。"我话重少几样，即系桅帆舵橹之类，画出形图，写明点样，交过亚五点样去做。独系布帆佢唔哙做，就自己亲手做。所有嘅布帆，已经有二十六年，有的烂嘅咯，故此要补好。因冇好针，极之难做。做完就试吓。有的风，驶得箭咁快。亚五好慌，以为有鬼神帮助。至到驶惯，佢亦唔慌咯。呢只船嘅帆，样子系三角嘅，亦系英国样。虽然佢都哙驶船，但罗盘嘅事，不能解明佢听，因为佢唔晓呀。但呢的事，亦冇乜紧要，因个处天气亦稳阵。好天个时，昼常见日，夜常见星。落雨亦有一定嘅时候，所以出入做工夫，亦有揸拿[1]。

但屈指计吓，我缊在呢个牢笼之中，已经二十七年。虽系好寂寞，但在二十四年之中，系至苦嘅。呢三年以来，略略见舒畅，因有亚五到呢处，共我做伴。故此平日嘅苦况，已经冇嗻咯。独系年年每逢到呢个海岛嘅日期，必先禁食，多谢神恩，然后做事。但在呢嚟多谢神嘅心，越发热烈，因我在祈祷时，觉得出年[2]必定晗脱离呢个海岛，得番归本乡。故此多谢神嘅心，不能禁得住。但亦唔肯因离海岛嘅事，任意懒惰，唔做工夫，嚟望得徼倖[3]嘅事。仍然耕种收割，都照前时一样。

所做嘅船，做成之后，正在想撑出海，适值逢落雨嘅时候，到出外唔便。预先摵船藏埋，在初到时嘅细河里。等潮水大时，冲到内地，拉上沙滩，整个细船澳，摵嚟藏埋只船。又摵澳口封住，俾树叶遮密，预防霉湿。至到两月之后有雨，思想备办食物，整便出门。望得好机会，就叫亚五到海边，捉脚鱼嚟食，又攞鱼蛋嚟食。亚五欢喜就去。冇耐忽然出力走番嚟，跳过篱壁，大声话："弊咯弊咯！"我问佢。佢又话："弊家伙[4]咯！海上有船嚟呀！我嘅主，点样好呢？"我问："嚟嘅船有几多只呢？"佢因慌忙，顺口答话六只，其实不过三只细船咁。

亚五好慌，或因报仇嚟嘅，捉佢去劏嚟食，所以慌得好关系，慌到打震，唔晗行。我就安慰佢话："有我喺处，唔使怕。"答话："因佢有咁多人，一对手，唔敌得

[1]揸拿，分寸、主意。

[2]出年，明年。

[3]徼倖，同"侥幸"。

[4]弊家伙，口语，事情糟了。

亞五報知野人來島

佢住，点算好呢？”我就指佢睇：“有呢的利器，使乜怕佢人多呢？”但亚五因慌过头，故此打震唔止。噉就俾的酒过佢饮，壮吓佢胆。呢的酒系我喺船中得倒嘅，挤埋好多年，总冇用佢。亚五饮酒之后，胆色略大。

我就上山，攞千里镜望吓，睇见有二十一人，已经上岸。就预备火枪，摵两枝俾亚五，自己攞四枝。又预备一大袋火药，喺自己屋后便细路。经过树林，过细河，见佢哋众人，已经行近，不觉好嬲。我摵千里镜望吓，见已经烧猛火，将近想杀人嚟食。我睇真，一阵猛勇嘅心，不觉冇咗。想吓佢有佢，我有我，毫无相关，何苦伤残人命，干犯神嘅嬲怒呢？但亚五共佢系世仇，故叫佢到大树前，细心睇吓佢动静。亚五好欢喜去，话虽死都唔推辞呀。

第三十六章

噉就亚五行前窥探动静，睇见即系前时害佢嘅人，坐处食紧[1]一个人。侧边绑住一个白面人，好似就食佢嘅样子，又船中绑住一个人，拧转对我讲。我听闻白人被绑住，满肚嬲气，整便刀枪，各带长枪三枝、手枪一枝，奋勇上前。适值佢哋叫两个人，解甪绑白人嘅绳，嘟手想劈死佢。个时我哋隔佢处，重有十零丈。我对亚五话："放枪喇。"两人一齐放枪，好似排枪噉。亚五烧枪得法，打死两人，打伤三人。我就打死一人，打伤两人。正系好似飞将军[2]，从天降落嚟噉。

佢哋好乱，唔知点做好。亚五好伶俐，净系[3]听我话，叫佢放枪就放。但呢嘅所使嘅枪，唔及得先嘅咁好，因系打雀用嘅呗。但已经打倒三个人，打伤嘅好多。东奔西走，叫苦连天，又死哓两个人。个时我哋将四枝空枪挤落地，再上前，大喝一声。佢哋一阵走散，我去放甪白人。见两个黑人，已经走到海边上船，又有三个人，亦想落船。我叫亚五追佢，放枪打死两个人，一个跌倒船里。

[1]食紧，吃着。

[2]飞将军，匈奴对西汉名将李广的称呼，今借指行动神速、骁勇善战者。

[3]净系，全是。

辜蘇亞五遠見野人

个时我已经将绑白人嘅绳，摵刀割断，问佢系边处人。佢因频噏，独答话，系教中人。后来见佢冇的神气，就摵袋里嘅酒俾佢饮，觉得有番气力。再问佢，佢答话：“系西班牙人。”佢想起身多谢我，我就话：“唔使，要做事干。你若系有力，好摵呢把刀共手枪，去杀仇敌。”佢接转我嘅刀枪时，忽然觉得气力加多，跳起嚟，摵刀杀死两个人。因为黑人惊慌无主，故此杀佢系好易呀。我手中虽系有枪，但不能烧嘅。叫亚五将空枪，交过我入弹，将有弹嘅枪，嚟换转俾佢。

个时西班牙人，共一个高大黑人相打。个高大黑人好大力，摵大木刀劈落，至到西班牙人受伤，瞓倒地处，唔起得身。黑人出力抢佢嘅刀，白人因冇力，不能打胜。一只手唔揸得到刀紧，一只手㨃枪嘅偈[1]，打死黑人。亚五又打死个受伤嘅人，白人亦打死三个人，打伤两个人。后因冇力，故被一个受伤嘅走甪，其余被亚五打死，或搣斧头劈死。呢个受伤走甪嘅人，因走得好快，泅水到船。船中先有两个黑人，亦有一个打伤瞓处嘅，唔知生嘑[2]死。共埋呢嘅走甪嘅，总四个人。共计二十一人之中，独系呢四个人得生，亦好凄惨咯。亚五想趁佢船喺处上前追佢，我意思亦系噉。怕佢合埋众人嚟，点能敌得住呢？故决意做一网打尽嘅计。

及到上船，见船中已经有一个人，大众都吓一惊。独系个个人，已经绑住，好似猪噉。因为佢哋想食佢嘅，见哓我哋就好慌，系怕到即时想食佢呀。我话唔使怕，就叫亚五割甪佢条绳。个人长叹一声，亚五忽然跳起嚟，好似发癫噉，叫佢唔应，不歇咁跳。后来问佢，然后知到绑住嘅，系佢父亲。就搣袋里嘅酒俾佢饮，亦俾亚五饮，安定佢心。亚五服事父亲，几有孝心，搣自己嘅面，整热父亲嘅面，而且扶住佢。

我回头睇见西班牙人时，已经跌落地，唔起得身，就急的番转头睇。佢手拗[3]被绑处，十分肿胀。亦搣的酒俾佢饮，又俾饼干，共葡萄干佢食。我因服事呢个白人，唔得打理佢父亲，独亚五尽心服事佢父亲。后来佢又抱白人到船上，但已经有好耐时候。嚟个只船，唔知去边处咯。

[1]偈，本义指突出的地方，这里指枪的扳机。

[2]嘑，还是、或是。

[3]手拗，手肘。

就将个只船驶回，冇耐就到细河。第二日，又将呢只船驶过河，到屋跕。呢日因救亚五嘅父亲，故将追杀嘅事，偶然忘记。但好彩唔去追，因个夜忽然番起大风，成夜至到天光。嚟个的船，仅可行哓四分一[1]路，故知佢是必沉咯。

[1]四分一，四分之一。

第三十七章

再讲救起个两人，疚痑不能起身，就设法共亚五抬佢番去。及到家中，又不能入屋，因冇门入去。而且佢哋又不能上山，就喺墙边开布帐，可以居住帐中。各设一铺床，使两个人喺个处瞓，易得医理。但想吓呢个岛，既然有人，就我做王，佢做百姓，皆要尊敬我。而且后过我嚟嘅三个人，各有各教。亚五系耶稣教，西班牙人系天主教，亚五嘅父亲系异邦教。但佢哋嘅输服，比较做王嘅更好。因佢哋嘅生命，俱系我手救番嘅，故此佢爱我，实系真心嘅咯。

两人嘅伤，已经好番，就预备佢食午餐。吩咐亚五拣一只满一岁大嘅肥山羊，劏嚟煮羹，四个人同食。食完，就吩咐亚五，撑过细河，攞火枪嚟。第二日，再叫佢去葬埋所有嘅尸骸，又抹去血迹。亚五为人，极之伶俐，做事又好快当[1]。现在喺岛中嘅人，共有两个白人，两个黑人，但未会倾谈过。嗰个老人嘅说话，亚五可以传话。西班牙人嘅说话，我虽晓得，但嚟呢个岛，已经二十七年，都忘记咯。但呢的西人，因常时喺黑人处，亦能晓黑人嘅说话，故此亦倚赖亚五传话。噉样亚五居然做翻译官咯。

[1]快当，利索且合适。

我问嗰个老人："喺呢处走角个几个人，去后点样呢？"佢话："佢哋去咗，船必被风打沉。若好彩得免，就必定吹到南边，被个处嘅仇敌所食。照我愚见，佢哋虽然唔遭各灾难，又得番去本乡，共族中人讲论，亦断唔敢嚟报仇。因在打仗时，我已经听见佢哋讲个处实系冇人，必定被雷神诛灭我哋无疑咯。"个老人呢的说话，唔系假嘅。因我离开呢个岛之后，知佢哋四个人，俱系得生，彼此相戒，唔噉再上呢个海岛。自今以后，永远唔行呢处咯。但我因呢的事，常时提防，枉费劳心，佢哋竟然唔嚟呀。

噉就思念想到大洲，就问个老人："我去大洲点样呢？"佢答话："你若去，系至好。因你已经救我性命，我族中人知到，必好欢喜接待，感恩不浅。"后来忽然转意话，若独系去睇吓地方，亦系冇益，必要设法脱离呢个岛，致有生机。因问西班牙人点样到得个处。西班牙人话："我哋俱系生意中人，自南亚美利加洲装牛皮、银钱，到古巴买得刀叉杂货番去。路中遇着遭难嘅葡萄牙人五个，救起之后，自己船亦遭风，得救嘅独系十七人，其余俱沉死。自得救之后，虽住黑人处，亦唔做得乜出样。虽然有火枪，总冇药弹。初到岸时，打雀嚟食，后来火药湿哓，唔使得。今喺个处嘅人，无衣无食，摵黑人嘅嘢嚟食。又不能做工夫，时时闭翳，成日流得满面眼泪。若有人救佢，就必定了不得咁输服咯。"

但我嘅意见，另外有唔同嘅。救佢哋到呢处，有好亦有唔好。好嘅系人多，可以合力做只大船，去到巴西国，得有生命。唔好嘅，系因佢哋唔好心，见我唔同佢嘅种类，必定要攻打我，就点样抵挡佢呢？又或行到西班牙要受坐监[1]嘅苦难，到转唔似喺呢处俾野人食哓重好喇。故此越想越觉得唔妥。西人话："呢的事唔使慌，因佢哋皆系诚实嘅人，必定肯听你教训。你若唔信，我共老人先去。共佢哋讲过，立定合同，尊你为王，独系依从你，亦

[1]坐监，进监狱。

照依摵手摩[1]吓圣书发誓嘅规定，遵依噉嘅例嚟做。若再唔信，我可以先共你立约。因我做你嘅仆，你吩咐我嘅，冇的唔遵依做。我身嘅血虽流啀，重有一滴，亦必属你嘅。”我见佢咁真实，就即时应承。

西人又话：“呢阵怕不能即刻去。因有至紧要嘅事，重未会齐备。古人有话，三军未动，粮草先行。我哋四个人嘅食用，有余有剩。若再添多十六个人嚟，唔止唔够，而且又想动身，亦要预备多的食物，又有地方买便。若接佢哋嚟，设使间唔够食用，反转相争，噉就后来嘅患更多咯。旧时以色列人初出埃及，十分踊跃，倚赖摩西。至到食用唔够，就唔止怨摩西，而且怨神添。故此预备食用，系第一紧要嘅事。”我听闻佢讲，心内忽然明白，欢喜佢咁聪明，而且讲得好着，使我得益，真系好朋友咯。噉就四个人分开耕种，所有撒种嘅，除六个月食用，其余有薏米二十二斗、谷十六瓮，俱撒落田，适值雨水调匀。过五六个月之后，二十二斗嘅，得二百二十斗，谷米亦十倍添。十六个人嚟，亦食唔啀。独箩篮唔够用，冇嘢装载，但西人亦哙做篮，而且做得好添。

[1]摩，同“摸”。

第三十八章

当西班牙人做箩时，佢问我话："你当初独一个人做呢的木墙，实在劳力。照如今讲及，独系用树枝做壁，就用力少，成功多咯，做乜唔做呢？"我答话："个时想唔到，至到嘥去咁多力，至好改过重好。但我喺呢处，亦冇几耐，故此不必改换咯。"呢个海岛，葡萄极多，挂在树上晒干，味道好甜。欧洲葡萄，独系西班牙土产嘅系最好，如今呢的重好过佢。若有十桶搣嚟贩卖，就定赚大钱咯。又有养羊嘅法，栏中常有家羊，间或打死老羊，得佢的羊仔二十只。个的肉可以蜡干，亦可以腌肉嚟食。

箩篮做完，我哋四个人出外，同心合志，见得好闹热。先日独系自己出外，不免心惊，如今就唔使怕咯。但系要预备做船，过个便岸。故此拣择好木，画个圈做记号。吩咐佢父子二人斩树，西班牙人做督工。船身长三十五尺，阔二尺，厚二寸至四寸不等。船已经做成之后，派定西班牙人共亚五父亲，同去接个十六人嚟同住。独系要呢两个人，立约发誓致做得。但系立约，必要笔墨，呢的事几费踌躇。后因冇，亦唔做。

到落船时，俾佢两个人嘅食物，即系面饱、葡萄干之类，又俾十六人八日嘅粮。至到开行嘅时，送到船中，嘱咐一番就离别。个阵时系十月十五日，顺风顺水，船就冇耐去晓咯。过八日，照计系番嚟嘅日期，望佢番嚟。去时预先吩咐佢哋，若系番嚟，要扯旗为号。若唔扯，就当作敌船，预备打仗。但系等佢有好耐，总冇踪迹。

有一日我正瞓稔，忽然亚五嚟报话："主呀！主呀！快的起身，佢哋番嚟咯！"我好欢喜，因想快的去望吓，故此未会带枪，就闖埋树林之中。睇见嚟嘅船，约在十三里咁远，唔似自己嘅船。佢嘅系三角样子，驶得好快。佢嚟亦唔依前时行船嘅路。就上山顶，摵千里镜细睇吓。见系英国嘅大船，湾在口外。当时欢喜到癫，几乎喊到失声，以为自呢阵可以脱角牢笼，破墙飞去咯。再想吓，既系英国船，做乜嚟呢处绝路地方呢？必定有唔好嘅人，做唔应做嘅事。因英国律例，凡有做生意嘅地方，就唔准船湾个处。想过又想，就唔敢见佢哋，仍然要避之为好。因佢哋嘅动静，好似盗贼。若去，怕唫受害，故此要子细算过，唔好乱做。呢阵好似被圣神所感，故此立意唔去。但好在停慢吓，因个只船实系唔守规矩。佢细艇湾在河之外面，若上岸必定见我。

又睇见艇中共有十一人，先睇见五个人上岸，好似水手噉样，手揸刀枪。后见三个人亦上岸，独系冇军器，两只手好似被绑住噉。其中两个好似德国人，睇真俱系英国人。见三个人之中，第一个有求救之情形，好似求得好恳切。个两个人亦有求佢容情，但唔似第一个咁关系。个时亚五喺傍边话："主呀，佢哋亦系想食人嚿。"我喝佢话："唔好乱咁讲。佢哋系有教化嘅人，断唔做呢的事。"亚五就唔敢出声，细睇佢意思，好似唔多信我所讲，以为人虽唔食，杀就难免。我再睇真，见水手之中，有带大刀嘅，好似想杀人嘅样子。我就大惊起嚟，即时出一身冷汗。可惜打发呢两个新嚟嘅人去咗，唔系呢，就四个人喺呢处，大众帮手救呢三个人喇。

行冇几多步，五个人各有各散开。呢三个人亦可以游行，独系手无寸铁，好似软弱冇力嘅，坐地处。睇佢唔多清楚，想佢处又冇树林遮身。见佢嘅苦楚，忽记起当时初到呢个岛嘅苦楚，头一晚瞓倒树尾，唔知喺边处栖身。想佢哋亦系噉商量唔定，但已经有我哋先喺处，或可救佢。独系唔知乜缘故，同我一样呢？想天父待人冇偏心，今日嘅苦，点知将来唔系快乐处呢？若一味自揾闭翳，就今生嘅苦，不独唔免得，就系来世嘅苦，亦断不能免咯。

又睇细艇初嚟时，适值水大，留番两个人管船，佢哋饮到大醉。至到一个醉醒时，见已经水退。船不能移嘞，就叫水手帮助，亦唔推得嘞。后来大众讲明，等到潮水再大，再开行未迟，免致嘥力。就各人散开，去到树林，大众哈眼瞓[1]。但我自己想吓，等潮水大嚟，要等十点钟。个时将近挨晚，重要好耐。

我番到屋中，预备打仗。呢嘅交战，唔同黑人咁冇本事，个个都系强敌，故此要小心。但我嘅屋好坚固，而且亚五又哙烧枪，一打就中。故将三枝枪交过佢，自己带两枝。头戴皮帽，身着皮衫，腰挂利剑，装束奇怪。见三个人虽然软弱瞓倒，但各心中有事，故似不能瞓着。我共亚五静静到佢处，搣西班牙说话，问佢喺边处嚟。佢哋睇见十分诧异，即刻就想走。我就搣英国说话对佢话："众位唔使惊慌，若有难事，我哋可能帮助打理，众位可以放心。"

[1]哈眼瞓，打瞌睡。

第三十九章

佢哋答话："你愿帮助我，你必定系飞将军，喺天落嚟，系奉天父所打发嘅无疑咯。"我话："世上但凡有善事，必定喺天父处出嘅。若由人处嘅，个的善未必善。虽系你共我初相识，唔知心事。你哋亦唔怕讲明，若有难调处嘅事，自然可以分忧。因你哋初到时，我已经见你有求佢嘅情形呀。"佢哋虽然听闻呢的说话，但见我嘅装束奇怪，到底觉得心慌。大家相讲话，是必系天上嘅使者。我答话："既系天上嘅使者，必定有华美嘅衣服。睇我的衣服，唔系好嘅，所以亦系人，共你哋同类，而且亦系英国人。但呢阵唔使讲咁多，怕俾佢哋听闻，请行去远的倾谈。"噉就同埋到僻静个处。

个头人[1]对我话："我系船主，因船中水手，共我有仇起嚟，悖逆。初时就想杀我，后来因我恳切求佢，故赶我喺呢个荒岛。"我问佢哋有枪冇，佢哋话有两枝，喺细船处。我话："噉样我可用计捉佢。"船主说："佢哋之中，有两个人系至凶恶嘅。除哓呢两个之外，就唔做得乜嘢嘅咯。"又指两个人话："佢系大副，呢个系人客。"我话："我救你，你要依从我。"佢答话："若唔听你

[1]头人，领头人。

人三國英見得蘇辜

话，有太阳为证。”我话：“我救你脱离呢的灾难，自后人共船，都系属我嘅。若我想到英国，你唔要我水脚银，做得唔呢？”众人都应话做得。就将呢三枝枪，分派呢三个人。

又问船主话：“呢的水手，点样处置佢呢？”佢答话：“任从你嘅主意。若有事使我，虽死不辞。”我就对佢话：“水手之好丑[1]，我点知到呢？独系杀嗮佢，其余冇别个法子。”但系船主有不忍嘅心，代佢恳求。我就揻法子吓佢。船主话：“至凶恶个两个，必要先捉住佢。若俾佢走到大船，带埋成船嘅人嚟，我哋就冇一个人剩

[1]好丑，好坏。

咯。”噉就一齐上前，见两个人已经起身。我问话：“呢两个就系凶恶嘅咩？”答话：“唔系。”个两人就起身行去，我哋跟住佢。又有一个见我哋，就大声叫。大副共搭客，各人烧一口枪，个人即时死哓。又一个人伤得好重，起身叫喊。船主将枪柄打佢个头话：“你喊得迟咯，应该求天父赦你罪。”话完，个人亦死哓。另外三个人，一个伤得好轻，两个冇伤。船主对佢话：“你哋肯改过，可以免死。”佢即时乞求，就叫人绑住佢。后来又有三个人嚟，又有两个即系至先起行嘅，见我哋个个都有刀枪，唔奈得何。我亦绑埋佢。

又吩咐亚五到海边，将个只细船嘅篷哩共桨橹，各样嘢攞番嚟，等佢细艇亦唔使得。呢的系斩草除根嘅计。计过上岸嘅水手八个人，除哓死咽[1]两个，其余六个人，都归服我。噉就叫佢哋到屋跶食饭。在路上时，将我所经历嘅事，样样讲佢哋知。佢哋见我所做各样事，个个都伸吓条脷[2]。船主话：“睇驾上[3]嘅志气，真系大有作为嘅。即系起墙，共所有布置各样法子，唔止话坚固，可以保护自己，而且好合行兵结营嘅法子。虽有危险，亦能保全。因个幅墙都系大树做嘅，重兼地系极热，生长好易。而且有细路可以藏身，故此遇难嘅人，想保全自己，除呢的之外，冇法子可以保护。”众人都大为称赞。我就答话：“唔敢当咯。”

[1]咽，语气词，了，表示动作已完成。

[2]伸吓条脷，表示惊讶的神情。脷，舌头。

[3]驾上，对人的敬称。

第四十章

食饭时，我话："喺僻静处亦有一所歇息嘅地方。大概做王，必定有王家花园嚟解闷。我冇本事，做一个海岛嘅主，所以起一间别墅，清山绿水，几好景致。等到得闲时，同各位到个处倾谈吓。"食完饭，共佢哋商量紧要嘅事，应该用乜嘢法，可以抢番个只大船。呢件事实在唔系易，因为船中重有二十六人，同埋一心嚟做仇敌，实在系难。独系有一条法子，设计引佢上岸，使佢入我网中，呢的系调虎离山嘅计。

所剩落细船嘅食物，已经搬嗮去。其中有两樽酒。五六磅糖，结成一大块，好似石咁硬，十分好味道，因好耐冇得食呀。又有刀枪。各样嘢所有攞嗮，就搣细艇拉倒高处，潮水大到，亦不能嘟动。船底又要凿一个大窟，等佢哋要好耐致修补得好。倘若后来冇哓仇敌，亦可以修整好，得嚟离开呢个岛。

个时船中嘅人，见岸上嘅人，好耐冇番嚟，就烧枪做记号。唔见动静，又搣旗扯上扯落，亦唔见人嚟。歇冇耐，又将旗扯上扯落，几次亦唔见人影，就放一只细艇。见其中有十个人，俱带刀枪。我哋急速斟酌，用乜嘢法子𠺝[1]佢。个阵艇已经近岸。船主睇真就话："十个人之中，有三个系好人，要设法救佢。但呢的事好难，因为大仇敌喺处，我哋冇几多个人，不能对敌，点算好呢？个六个新投降嘅人，又唔知佢心点样。"我话唔怕，我自然哙处置。就大声话："你哋既然降服我，若有唔依从我嘅，就照军法定佢死罪。我辜苏嚟到呢处，唔止受过千百样苦难。如今望脱离个苦境，所谓至大至要嘅事，冇关系过呢的嘅。如今共你哋同埋一心，勉力嚟望有回国嘅日子。"众人听闻，个个都有胆色，愿遵依命令。

就将六个人之中，有两个性情凶恶嘅，吩咐亚五带佢到山洞，即系前时遇着病山羊个处，个啲路系好弯曲嘅。入个处，又黑又暗。山谷口树林好密，唔识呢条路嘅，入哓就断唔得出嚟咯。又俾食物灯烛，吩咐佢话："你哋若冇过错，三日就放你出嚟。若想走角，就即时打死你。"吩咐完，佢哋亦欢喜，因为有食物俾佢呀。又怕山谷口有人守住，所以好输服，唔敢走出。又吩咐两个人看住花园，拣两个人做跟随，啱啱打点完。

个只细艇十个人，已经上岸。将船拉到高处，我哋好欢喜，就趁机会抢佢只艇，使佢唔番得去归呀。上岸个十个人，揾倒前时所放个只细艇，唔见船中嘅人，亦唔见有嘢喺处，忽然睇见艇底凿开一个大窍，就慌得好关系，料必有好本事嘅人，出嚟做呢的诡计。噉就十个人围住企处，个个面向外，一齐烧排枪，又叫几声。独唔见个的伙记嚟，十分惊慌，即刻番去细艇。船主见个计唔行得，心里好着紧。冇耐又嚟，不过七个人。个三个就留在艇处，

[1]𠺝，氹原意为小水坑，此处可能意为拖延。

将艇退出，预备去归。七个上山揾人，啱啱喺我起屋嘅山顶上头，独系好远，枪唔打得到。

船主对我话："上先佢哋烧排枪，我哋唔即时上前，做猛雷不及掩耳之计，真系失策咯。"独系望佢再烧枪，谁知总唔听闻声。不过叫几声，就即时落山，到海边大树之下，聚埋斟酌。但唔敢到树林，又唔去远处。故此捉佢嘅法子，不能做得，独有设引仇敌嘅法。见佢哋起身想去。叫亚五共大副嚟，教计过佢话："你哋转过对河，好大树林个处，高声大叫。佢哋正在无聊无赖，听闻叫喊声，冇话唔出嚟嘅。"后来果然系，因有河阻住，故此叫细艇过河。过河之后，艇中又有一个人上嚟，共计八个人。亚五共大副，一边叫，一边退后，故意退到远处，使佢听闻声唔见人，嚟乱佢心。

第四十一章

我哋静静到细艇，见有一个人瞓倒地处，看住个只艇。佢见船主嚟到，就即时起身企处。船主拧棍照头出力打落去，佢晕倒在地。艇中第二个人睇见，就想共佢打。船主见佢系好人，就叫佢放落枪投降，佢就唔郮手。噉就将艇中物件，所有攞嗟，将只艇拉倒岸处。

个八个人被人引佢入深林处，行哓好耐，唔见一个人。个时已经好黑，筋力疚瘁，心中极慌，独喺暗中处摸摸吓。个阵时亚五哋亦番嚟，话行好多路，脚都软嗟。但见佢哋行到船边叫喊，唔见个两个人嘅动静，十分慌忙，估呢处必系妖怪嘅地，两个人被妖怪吞哓咯，拧转身想走。大副想打死佢，我话唔好，因为我哋人数唔系多，而且伤得人命多，亦系逆上天嘅心，若生处置佢系好嘅。

后来听闻佢哋喊得好关系。船主共亚五走前去，起首遇着一个系恶人，就开枪打死佢。第二个人，亦被枪打倒地。噉就使艇中新收个个人，向佢八人之中，叫一个名话："司美司喺处咩？"答话："你系落佩生吗？"话："系呀！"佢话："你重喺处咩？"答话："喺处。呢处嘅岛主，手下共有五十人，喺呢处镇守，待我极好。你哋若挤落枪投降，就可保你唔使死。我亦得岛主赦罪，致得有生命。"船主又话："亚金，你若唔投降，就系呢个岛嘅主，必定有权杀你。你唔见前时咁多个人咩，如今喺边处呢？”呢个亚金，即系喺船中至先起意嚟害船主嘅。噉就我即刻将自己几个人，摆出一长蛇阵。我做第一，亚五第二，船主佢哋三个人，又在后的。收尾系所捉倒个三人，共成有八个人，手揸刀枪，用诡计话，呢处有队兵，共五十人，有能敌嘅，请快的嚟喇。佢哋听闻，慌得好关系。

落佩生对佢话：“你哋目下已经有三个人死伤。若唔快的投降，怕冇一个剩。”佢哋话：“我想即刻投降，又怕佢唔信我呀。”船主话：“我嘅声，你哋听惯喇。若真心投降，噉就我喺岛主面前保你，独系亚金嘅罪不能赦。”亚金话：“我因何唔得赦呢？伙记之中，皆系作恶嘅啫[1]。”船主话：“我实在不能为你设法，若想得赦呢，快的挤枪落地，共埋佢哋投降。或者求呢个岛主，可以赦你罪。”众人听闻呢的说话，就即刻放落枪求降。吩咐将佢哋之中，拣三个人，俾绳绑住，挤落所嚟只细艇处。

个时我想将先得倒个只细艇，即系凿一个大窍嘅，修整好，嚟抢呢只大船嘅法子。独系船主就到细艇详细劝勉话：“你哋如今犯呢的大罪，呢个岛主就想定你哋死罪，因你哋初时想搣我丢弃在呢处。但天不从人愿，呢处亦有人治理，岛主亦系英国人。若系佢如今唔治你死罪，亦必定解[2]你到英国受刑罚。在众人或者得宽恕，独系亚金到底不能免罪。故此我劝亚金哥，你应该趁早预备，免致迟

[1]嘅啫，语气词，表示的确如此。

[2]解，押解。

設得妙計誘敵投降

者不及。”噉就亚金好慌，跪处乞命。船主话：“我有乜嘢权呢？独系睇呢个岛主嘅旨意点样呮。”船主讲呢的说话，实系哙讲，我总唔及佢咯。

个时我已经想倒抢船嘅法子，但要使佢哋用反奸计致得。就企在远的，打发人对船主话：“将军请贵官议事。”船主诈作谦卑嘅样话：“回禀大人，卑职就嚟咯。”冇耐我话：“其中有三个人，要押入大监。”呢三个之中，一个系亚金，个两个亦唔安分嘅。吩咐亚五共船主，押佢去山洞，其余带佢番回家中。

过哓一夜，至到第二日，船主又去劝佢话：“岛主话你哋虽系已经免死，但冇的多功劳，点样令人信得呢？如今共你立约，若系能将大船抢倒，就可以将功补过。若系唔依从，必定要治死罪。或系解去英国，受问吊嘅刑。”众人听闻呢的说话，个个都慌到面如土色，蹼倒处求赦罪，噉话：“我哋有生命，都系岛主所赐嘅。虽系乜嘢艰难，亦唔敢推辞咯。若有两条心，愿上主罚我。我嘅主呀，我好似你嘅仔，你好似我嘅父呀！”船主听闻呢的，欢喜过于所望，以为个的事，必定成就。但我话：“事要想透，免致后来恨错。呢的系离岛嘅大事，犹如捉棋[1]噉。若行差一度，就满盘都错咯。所以要斟酌停妥，就可为万全之计。因今时唔比得初到之时，人数太多，不能同一心，怕有性命之忧。唔系喺外便嚟嘅，系在里边生出嚟嘅呀。故此抢船之事，可以做得嚟就做，若不能做，就个个都打死佢，冇别样法子安置呢的众人。”

就共船主斟酌，将所捉倒嘅人之中，拣五个人去抢船，要洞里个五个人做担保致得。至恶个三个人，仍然困入洞里。对佢话，去抢船呢五个人，若有两样心呢，就将你哋吊起，嚟做不忠嘅警戒。所以呢五个人，亦愿佢哋冇两样心，就可以保全自己嘅性命。

[1]捉棋，下棋。

第四十二章

我哋就拣择众人，派去抢大船。先系船主，第二大副，第三搭客，第四跟随个两个人，共埋绑在家中个两个人，又挑选个五个人，共计十二人。又有五个人困在山洞嚟做案押嘅。我共亚五做厨房工夫，每日两次吩咐亚五送饭过被押嘅犯。另外花园里亦有两个人，做应酬嘅人，吩派已经停妥。等到半夜，坐两只细艇，吩咐搭客四个人做一队，船主大副共五个人做一队，一齐向往大船前去。

船主嘅艇，先到大船头，使洛[1]佩生大声话："船中各位平安叮[2]，我哋嚟咯！"至到船中人嚟问。船主各人一齐走上船，先将二副共木匠打倒。即刻将舱里嘅人，揻舱板搇住，使佢唔上得嚟。个阵时搭客嘅艇，亦已经到，跳过大船嘅厨房，就将厨房三个人绑住。船主就吩咐大副共三个人，急的到中舱。个阵系好夜，舱中已经闩住，新船主亦瞓着。就揻铁棍，出力打烂舱门。新船主惊醒，即刻走出，有两个人共一个细蚊仔跟住。新船主开枪，打伤大副手臂。大副还枪，弹子打入佢喉里，即时蹪

[1]洛佩生，即前文"落佩生"，原文如此。

[2]叮，同"了"，语气词。

約齊眾人攻打叛黨

倒[1]死哓。船主带领众人嚟到，船中人个个都投降，其余冇乜事。

个时我喺海边等候，已经交正丑时。船主吩咐烧枪七次，使我听闻。我知到大事成功，但因精神疚倦，揿住被嚟瞓。至到第二朝，听闻有叫我话："督宪呀，督宪呀，打胜咯！"我听闻起身，见大船已经驶近大河口。船主上岸话："至爱嘅朋友，倚赖你嘅功，得倒平安，实系好彩。"我因此好欢喜，几乎跌倒。船主亦系噉。两个人相抱住，我个时将近蹪倒。船主摅预备嘅酒俾我饮，我就

[1]蹪倒，摔倒。

心定，各人讲出的欢喜。再想吓呢的事，正系倚赖天上嘅神庇佑，所以呢的功德归于神。船主番去船，拣好酒六大箱、烟两磅、牛肉十二块、猪肉六段、小豆饼干各一袋、酸橘一袋、酸橘汁两罂[1]、衬衣六件、领巾六条、鞋袜各一对、大帽一顶、至好衫裤一套送过我。我十分多谢，就将衣服着起。因向来宽袍大袖，落拓[2]已经好耐，如今着呢啲衣服，反见拘束呀。

就共船主哋商酌，有乜法子番回英国。但想吓呢五个犯，点样安置佢。船主话："五个之中，有两个犯系至恶嘅。若想带佢番去，要加手镣脚铐。若唔系，就必定生事。"我就话："应该挤佢在呢个岛处。"船主虑佢唔肯依从。我话，总要噉样噉样。就将上等衣服，装成好似尊贵嘅官，吩咐将五个人带到嚟。对佢话："你哋以为呢个岛冇人，故此出呢的毒手，想将人哋饿死。但祸福系有个主宰管理，凡系害人嘅，是必害倒自己。如今本官宽容你前时嘅事，你哋想番去英国治罪，抑或想留在呢个岛处呢。独有呢两条法，任从你拣择。"众人话："愿留呢个海岛处，得番生命呀。"我话："你哋所欢喜嘅新船主，旧船主已经定佢死罪，个身挂在桅杆之上，冇耐你哋必定睇见。所以呢的事，亦应该求你嘅旧船主，未知佢意思点样。"众人就围住，求旧船主准佢留落呢个岛处。船主准佢，噉就一面打理番归，一面商酌呢五个人嘅事，所以今晚重留在呢个岛处。

[1]罂，古代大腹小口的酒器。

[2]落拓，随意、豪放不羁。

第四十三章

先日所做嘅皮衫，共皮帽皮遮，带番去俾过本国人睇。又有一只鹦鹉，亦带佢去归。就叫五个人嚟到面前话："你哋各人应当爱自己。"噉就起首将自己点样初到呢个海岛，点样起屋，点样种嘢，点样养畜牲，点样收个谷米，兼摘葡萄，烧缸瓦，炕饼食，共埋整奶油各样事，着一着二[1]使佢知到。又摵小豆饼干一袋，送过佢哋做种子。火枪八枝、腰刀三把、火药一桶半，吩咐佢小心使。又话："等我上船时，等船主再俾火药弹子过你哋。"交落清楚，至到天光上船。

过一日，朝早起身。船主吩咐将新船主嘅尸，挂上桅杆，嚟显明刑罚。个时我想写信，可惜好耐冇墨水。船主笑话："兄台于各事冇一样唔精通，独唔想到木炭湿水，就可以做墨咩。"我就认系愚蠢嘅。写信时，对五个人话："我去之后，重有十七个西班牙人嚟呢处，你哋要好看待佢。"就摵封信俾佢哋睇。又吩咐人摵火药弹子共食物送过佢话："若有顺便船，我就托人问候你哋呀。"吩咐完，即时起锚。忽然有两个人离开岛，泅水嚟到船求救话："我哋若唔离岛，必定被佢三个人所害，故此拼死

[1]着一着二，一件一件（说清楚）。

嚟求你收留。”我就可怜佢，劝船主接纳。独要依船中规矩，凡犯事嘅人，要打过佢，然后致收留。

至到潮水大，船就开行。个阵时，系一千六百八十六年二月十九日，回想到海岛时，系一千六百五十九年九月三十日。船向往英国去，唔系顺风，行得好慢。至到第二年六月十一日，致番到本国。屈指计吓，离乡共有三十五年，出外嘅人，可谓去得耐咯。

噉就番到英国，好似外来嘅人一样。见个寡母婆[1]，即系先日船主嘅妻，仍然喺处。从前交好多银过佢，替我收埋。佢估我死哓，搣嚟使嗾。如今见我番嚟，佢好唔安乐。我唔责成佢，重俾的银佢添，记得佢夫妇旧日待我极好呀。后来番回本乡，知咁多兄弟都死哓，独见两个姊妹，共兄弟两个仔。父亲剩落嘅产业，各人已经分清楚。因为我出门咁耐，冇留出一份俾我。但有一件欢喜嘅事，遇着个个船主系我救过佢，佢感我嘅恩，搣我点样救佢哋，共埋船中个的宝物，一一讲过东家知。个时东家听闻，即刻攞银二百磅，当做酬谢我。虽然咁多银，唔使得几耐。

故此我去南美洲揾我个蔗园，好彩揾倒。照呢阵时价，可值五十万元，以后衣食足用有余，唔使挂虑咯。就立意番去英国，我先报答个的人，打理得个园咁好，连埋救我生命个船主，一路经过好多地方，然后回英国。在本乡住哓七年，娶番个妻，生得两仔一女。至到妻死后，心又想出外，再到我个海岛，睇吓个的人嘅情景，噉就个心实在唔禁止得住。个时系一千六百九十四年，我带好多

[1]寡母婆，寡妇。

军器、火药、衣服，与及两个工人，一个系木匠，一个铁匠。呢嘅出外，又过哓十年，所经历嘅事，等将来或者写啲俾人睇吓呀。

辜苏历程终

绝岛漂流记

[英]狄福　撰

钱唐跛少年　笔译

上海图书馆藏版

编校说明

《绝岛漂流记》是目前已知Robinson Crusoe系列小说最早的中译本。“钱唐跛少年”即译者沈祖芬。沈祖芬（1879—1910）乃浙江钱唐人士，字子渊，号诵先，三岁患足疾，故自称钱唐跛少年。沈氏自幼专攻国文，后转读英文，译著甚多，诸如《华盛顿传》《戈登传》《希腊罗马史》等。除译介西书外，沈氏还曾于上海、苏州、扬州等地学堂担当教习，颇得学生尊敬。

沈祖芬沿用高桥雄峰的日译本书名，将中译本取名为《绝岛漂流记》，于1898年冬译就。1902年，该书由上海开明书店发行，杭州兰慧学堂承印。《绝岛漂流记》总二十章，共译介了Robinson Crusoe系列小说的前两部。但沈氏对原著删减较多，缩译严重。该书于上海图书馆、南京图书馆、复旦大学图书馆均有馆藏。

序言

余友沈瓞民[1]以其弟诵先所译《绝岛漂流记》见示，且谓余曰："吾弟三岁得足疾，不良于行，长而益甚，然不以病废学，日夜治英文。今年二十又二矣，所译著正蕃，此特其一耳。书为英人狄福[2]狱中之作，吾弟私喜之，欲借以药吾国人。"越数日又言，此书承同志付梓[3]，因督余序之。余惟狄福忘其縶囚[4]之身，著为文章，激发其国人冒险进取之志气。说者以谓欧人贤于吾亚人矣。今诵先病足之苦，无异于狄福，乃不恤呻楚，勤事此书，以觉吾四万万之众。夫诵先固吾亚人也，固吾亚人之

[1]沈瓞民（1878—1969），名祖绵，字瓞民、迪民，浙江钱塘人，中国近代革命家、学者。沈瓞民早年受康梁思想影响，返国后即在上海创办"时宜学塾"和"识字处"，宣传救亡思想，被清廷列入"乱党"名单予以通缉，遂先后八次遁往日本为逋客，化名"高山独立郎"。客居日本时与孙中山、章太炎、陶成章、黄兴等交往，并参与筹组光复会，又加入同盟会，主编《胡天》。著有《读史方舆纪要校补》《中国外患史》等书。

[2]狄福，今译笛福。丹尼尔·笛福（1660—1731），英国作家。英国启蒙时期现实主义小说的奠基人，被誉为"英国小说之父"，其代表作为《鲁滨逊漂流记》（即沈氏所译《绝岛漂流记》）。

[3]付梓，古时雕版刻书以梓木为上，后因称书籍刊印为"付梓"。明代吴应箕《答陈定生书》："《东林本末》，采录最真，编定最确，即弟议论亦甚平恕，有关世道不小。今以原稿附上，幸即付梓也。"

[4]縶囚，囚犯。宋代苏辙《颍州择胜亭》诗："我嗟世人，谁实与谋；生伏其庐，死安于丘；既成不化，窘若縶囚。"

病废者也。嗟乎，病废如诵先，犹不自暇逸以无负于其群。则凡四体皆备，俨然为完人者所以自处，又当何如也？余对飏民，余愧诵先矣。

光绪二十八年五月二十日 长乐[1]高凤谦[2]梦旦甫

[1]长乐，今福建省福州市长乐市。

[2]高凤谦（1870—1936），号梦旦，福建长乐人，闽学会的主要翻译人员，著名教育家和出版家。曾与张元济合编《最新初小国文教科书》，参与编纂《新字典》《辞源》等工具书。

译者序

英人狄福，小说名家也。因事系狱，抑郁无聊，爰[1]作是以述其不遇之志。原名劳卞生克罗沙[2]，在西书中久已脍炙人口，莫不家置一编。法人庐骚[3]谓教科书中能实施教育者，首推是书。日人译以和文，名《绝岛漂流记》，兹用其名，乃就英文译出，用以激励少年。自愧孤陋无以动阅者之目，就正于疁城[4]夏子弹八[5]斧削[6]。既就，付之手民[7]，以公同好。戊戌仲冬译者志。

---

[1]爰，连词，于是、就。《书·无逸》："作其即位，爰知小人之依，能保惠于庶民。"

[2]劳卞生克罗沙，今译鲁滨孙·克鲁索。

[3]庐骚，今译卢梭。让–雅克·卢梭（Jean–Jacques Rousseau，1712—1778），法国18世纪著名的启蒙思想家、哲学家、教育家、文学家，法国大革命的思想先驱，杰出的民主政论家和浪漫主义文学流派的开创者。主要著作有《论人类不平等的起源和基础》《社会契约论》《爱弥儿》《忏悔录》等。

[4]疁城，今上海市嘉定区。

[5]夏子弹八，人名，应为译者友人。

[6]斧削，请人修改文字的谦辞。清代沈起凤《谐铎·穷士扶乩》："仆有拙稿一卷，愿呈斧削。"

[7]手民，古时仅指木工，后指雕版排字工人。宋代陶谷《清异录·手民》："木匠总号运斤之艺，又曰手民、手货。"

校勘表

页	面	行	正误
三	上	五	二十一字脱一之字
五	下	八	飏误扬 十一行同
五	下	十	二十八字河误阿
六	下	九	木误本
八	上	三	遗误遣
八	上	四	二十八字下脱一日字
九	上	二	颈误头
十	上	三	大误火
十	上	十一	荒岛二字颠倒
十	下	九	以误已
十一	上	四	七字下脱一年字
十五	下	八	携误常
十五	下	九	此误以
十六	下	二	暄误暄
十七	上	七	寄误借
廿一	下	十	四字下脱一中字
廿二	下	六	二十二字下脱一聚字
廿三	下	四	赴误至
廿五	上	十一	月误日
廿七	下	五	回字下脱一骆字
廿七	下	十一	至误知
廿九	下	八	额误颌

目　录

第一章

余于一千六百三十二年生于约克城[1]。吾父伯里门[2]（今德地）人，初经商和，耳后家富，弃旧业，居约克。母劳卞生氏，英之世家女也，生三子，遂籍约克，因姓劳卞生氏。余最幼，初名克鲁受你耶，因英人名此者多，故改克鲁沙。长兄仕至英国参将，进攻西班牙，没于王事[3]。次兄出外游历，久无音信，生死难卜。

余既长，颇有次兄之志，时请于父。父以履险为忧，使习律[4]。余颇不谓然。虽父母诰戒，亲朋规劝，漠如也。然余游历之志，较前更切。一日晨起，父命余至其房，又戒之曰："譬如有人，穷苦异常，不能自存，势必糊口四方。或豪资坐拥，内顾无家室之忧，则出外游历，势所宜也。然余思之天伦间乐事良多，何必惘惘出门耶？今命汝习律，则获益不少。既可免风涛之险，又可得养身之理学。成之，后或为国家出力，或为律会掌教，岂不胜于游历乎？"

---

[1]约克，英国英格兰东北部城市，北约克郡首府。

[2]伯里门，今译不来梅，德国西北部城市，不来梅州的州府。

[3]王事，古时指朝聘、会盟、征伐等王朝大事。《易·坤》："或从王事，无成有终。"此处指英国与西班牙的交战，英西大海战。

[4]律，此处指法律。

然余究不喜，家居虽好言训戒，置若罔闻。自知屡违父命，行将获罪于天。幸余年方富，暂离膝下，罔极[1]之恩，图报将来，犹为未晚。惟亲年垂老，恝置[2]远游，悲从中来，不觉流涕。父亦黯然而行。期迫近，数礼拜后，即拟束装就道，不能聆父母训矣。静言思之，不觉抚膺[3]浩叹。

遂于一千六百五十一年九月一号，买舟至伦敦（时年十九岁）。自思游历之志，无有人如吾之切者。是日，舟出狼拔[4]海口，向伦敦直进。有顷，风涛溯湃，身不自持。俄，头目昏眩，忽染暴疾。生平未受风涛，至此惧甚。凡父母一切训诲，无一不在心中。未几，风浪略平，余心稍安，遂与水手等饮酒压惊，微醉而止。

行六日，至洛威士[5]路，遇大风潮，不能启行。遂泊舟数日，未见浪息。一日风势愈猛，余甚忧之。正忐忑间，陡见船主惶恐从舱中出，向天剌剌作细语。余恻听之，似默祷曰，“天乎，能佑我出此险乎？我船其将覆矣！”惟时，浪如山涌，舟为所簸。薄暮，风仍不息，舟中搭客水手等，皆求船主斩去头桅。船主如其言，见中桅仍摇摇，势将吹折，不得已亦去之。未几，海水涌入，舟遂覆溺，水手等均大声呼救。余与众下小船逃命，向岸撑上，岸上居民亦来施救，始得及岸。虽幸离于厄，然已心

[1]罔极，指父母恩德无穷。《诗经·小雅·蓼莪》：“父兮生我，母兮鞠我……欲报之德，昊天罔极。”朱熹集传：“言父母之恩，如天无穷，不知所以为报也。”

[2]恝置，犹言淡然置之、置之不理。

[3]抚膺，抚摩或捶拍胸口，表示惋惜、哀叹、悲愤等。

[4]狼拔，今译恒比尔河，位于英格兰东部。

[5]洛威士，即英国诺福克郡。原文应指位于英国诺福克郡的港口小镇大雅茅斯。

胆俱碎矣。

所喜彼处居民，款待甚优，地方官及商客等遗资斧[1]于被难诸人，使就和耳[2]。或伦敦各如其愿时，余对船主曰："余之所以出外者，志在游历耳。"船主曰："子为谁？何故贸然航海？"余遂尽述以上情形。船主遽变色曰："缘何而我船遭此厄哉，皆因汝不孝所致耳。昔时若纳在，太息许舟中之事，汝未知乎。今而后，虽与我千金，我亦不汝伴也。"继又严责余曰："汝宜速回家以尽孝道，免致上天震怒。"俄又慰曰："年少人不惯作客，汝不归家，将来必无佳处。倘有意外之虞，将何以报汝父乎？"余不听其言，因由陆至伦敦，意中似不以背父命为罪，惟恐不能偿余之愿也。

[1]资斧，这里指旅费。《古今小说·裴晋公义还原配》："大人往京，老汉愿少助资斧。"

[2]和耳，今译赫尔，英国约克郡所辖城市。

第二章

既至伦敦，居无何，趁舟往阿洲[1]海边一带游历。因囊有余资，尚不至作水手以易食。余欲广携玩具，安置舟中，以便往阿洲哥尼亚[2]等处消售[3]，藉觅蝇头[4]。商诸船主，船主允之。途中无事，船主又授余算学、航海诸艺，余甚感之。既抵阿洲，各物消罄，获利甚厚，以金砂五镑九两寄家，藉慰父母之心。此外，尚余银三百磅。自思前虽遭难，今获此巨资，稍可自慰。及余欲回伦敦，仍趁原船，不意船主已去世，为之慨然。既至伦敦，以一百磅为阿洲贸易之资，其余二百磅存诸船主之妻，因近年余所莫逆[5]者，惟船主而已。其妻亦颇诚实，余故托以收藏。

无何，又结伴由水程向坎那利[6]诸岛进发。一日，黎明大雾，船行失道，为土耳其海贼所见，由舍利[7]口出追。余船奔遁，贼来追赶。及逼近余船，诸人发炮击之，

---

[1]阿洲，全称阿非利加洲，今简称非洲。

[2]哥尼亚，今译几内亚共和国，位于西非西岸。

[3]消售，同“销售”。

[4]蝇头，指小利润。

[5]莫逆，语出《庄子·大宗师》：“（子祀、子舆、子犁、子来）四人相视而笑，莫逆于心，遂相与为友。”后遂以谓彼此志同道合，交谊深厚。

[6]坎那利，今译加那利群岛，位于非洲西北部。

[7]舍利，今译萨里，位于摩洛哥西海岸，在加那利群岛附近。

虽奋力攻击，终难取胜。至午后三点钟时，贼船益近，有二百余贼手持短枪，向余船施放。余等力却，贼率众登舟，将樯桅诸物斩去，搜抄二次，见无余物，遂将余等掳至舍利地方摩洛许[1]海口监禁，后俱售至摩洛哥国为奴。

贼首见余年少敏捷，收为己奴，令管守花园，或工作其家。贼首有时回家，令余至海口，宿船中照料贼船，习以为常。余时思逃遁，因独力难支，不敢冒险而行。然两载之中，未尝一日忘此心也。后因船坏，乏资修葺，无以行驶，劫掠之事，于是少息。其时贼首在家住宿，每一礼拜或二礼拜内，携余乘小艇至滩边捕鱼。有黑童一，时时为贼驾舟，性极敏捷，能得贼首欢。余手法甚巧，获鱼颇多，故亦喜之。余与黑童后渐相投，出入往来，彼亦不之禁也。

一日清晨外出，为大雾所迷，不知方向。船几流入海中，贼首大惧。既出险意，为如此小舟出没海中，恐遭倾覆之患，因将前掳余所乘英船，命匠修造之。船面置一小舱，能容二三卧榻，并可安放椅棹粮食诸物。舱前又造凉棚，一所能容二人，以为施帆之地。自后贼首捕鱼，必乘此船。

一日，命余将船打扫并令多装粮食及鸟枪火药等物，因明日欲与二三黑人出外游行。至晚，贼首拟出探友，令余与黑人（此黑人为贼首仆）黑童乘此舟捕鱼，以供晚膳。余见势可乘，忽然触动旧志，无意捕鱼，颇思逃往他处，脱离此厄。因谓黑人曰：“略备食物清水，置诸船中。余等虽不多食，可备明日主人及客取用。”并令将货

[1]摩洛许，应为摩洛哥，印刷有误。

物装好，所有黄蜡绳索、各色器具及火枪子药等物。

部署已毕，遂往海口进发。捕鱼良久，每有所得，辄纵之去。因佯谓黑人曰："此处无能为也，须驶至远处，或有所获，亦未可知。若株守此地，恐徒劳无功。"黑人不疑余有他志，遂从之。前行数十里，余令黑童居后艄，余伪为曲躬捕鱼状，立黑人后，乘其不备，起抱其腰，挤之入水。但彼善泅，忽由水中浮起，凫泛傍舟，哀求援拯。余情急遽，即至舱中取枪向之曰："今实告汝，余岂甘为贼虏哉。前屈身事贼，亦不得已之举耳。今志已决，断不能受人管束，亦不能再容汝也。汝宜速自为计，毋误我事况。汝善泅，此时海水平静，亟至彼岸，逃生可也，不然余将击碎汝首。"彼无奈遂溯[1]至海边上岸，余固知彼善泅者。回视黑童，依然在后。余呼之曰："阿喀秀蜡（黑童名），汝能诚实助我，日后使汝成人。汝若不摸面发誓，守可默[2]（摩哈熟[3]所著书）之言，将掷汝海中，使与波臣[4]为伍。"黑童视余微笑曰："我亦无辜被虏者，今得离此厄，与君同行，虽天涯地角，亦不辞也。"余察其无他意，坦然放舟而进。

一路海沙扑面，急转舵向东南行。此时清风荡漾，不染纤尘，月影波光，萤然一色，胸甚舒畅。行至明日下午三点钟时，余意此处南距舍利约百数十里矣，料贼人无能追赶，心窃自喜。惟此处未知是摩洛哥所辖，抑系别国

[1]溯，逆水而行。

[2]可默，指《古兰经》。

[3]摩哈熟，今译穆罕默德。

[4]波臣，指水族。古人设想江海的水族也有君臣，其被统治的臣隶称为“波臣”，后亦称被水淹死者为“波臣”。

所辖，因未见一人，无从问询。将近黄昏，遂泊舟止宿。兽声狞狞，时入余耳，未敢贸然上岸。次日，船中清水已罄，遂往岸上取水。阿喀秀蜡持瓮前行，顾谓余曰："前路有野人来，以余供彼腹，君请逃生可也。"余曰："如来，我与汝共杀之，何如？"遂上岸，向溪边汲水。幸途次平静，未遇野人踪迹，乃回舟解维[1]。

南行历十余日，在全浡[2]、先尼葛耳[3]两河之间。余甚望此处有英国船来，不然瓶罍[4]已罄，将饿毙。正郁郁忧思间，忽闻阿喀秀蜡连声呼曰："麦思得[5]！麦思得！（译言主人）有船来矣！"余惊喜从舱中跃出，见一船在哥尼亚海边行驶，细审之，悬葡萄牙国旗，非英船也。余船极力驶上，以示求救之意。彼以远镜瞭望，船亦驶近。船主及水手等来迎，意极殷勤，询余系何国人民，何故至此。众皆操葡萄牙语、西班牙语及法兰西语，殊难领会。中一水手系英国苏格兰省人，言语可通。因历道，昔被海贼掳去，今从舍利口逃出情形。彼闻余言，即扶余至伊船，并运余船货物载之俱归。

[1]解维，解开缆索，指开船。

[2]全浡，今译冈比亚河，非洲西部河流。

[3]先尼葛耳，今译塞内加尔河，非洲西部河流。

[4]罍，古代一种盛酒的容器。小口，广肩，深腹，圈足，有盖，多用青铜或陶制成。

[5]麦思得，Master的音译，主人。

第三章

余在葡萄牙商船，船主遇我颇厚。后船赴勃腊西尔（又名巴西），余亦随之。途中因乏资斧，将余所乘之船及黑童售与船主。船价得英金八十八辦士[1]（英银名），黑童身价得六十辦士。余售黑童与船主为奴，心甚不安，因彼恳诚待我。今不得已被余所卖，为之恻然，惟求船主日后令伊自主。船主允之，谓彼能信复原教[2]，十年后准伊自主。询之阿喀秀蜡，亦颇愿意。余遂交付船主。事后，余深悔之。

不数日，舟至勃腊西尔。余居住数年。初合伙种甘蔗，虽能获利，自思执业如此，一身已流入下等矣。若安居家中，岂作此微贱之事。回念父训，不觉怅然。余作书寄伦敦与前船主之妻，将余所存之银，以半购英国货物，寄至力士本[3]（葡萄牙京城），交葡萄牙船主，畀[4]余至。第二次船到勃腊西尔，货物由船主交下售竣[5]，获利

[1]辦士，今译便士，英国货币辅币单位，类似于中国的“分”。

[2]复原教，即基督教新教，相对于天主教的繁复礼节，新教的删繁就简更为接近初代教会的信仰传统，故也称为复原教。

[3]力士本，今译里斯本，葡萄牙首都。

[4]畀，原意为给予、付与，此处指等待。

[5]售竣，售完。

甚丰，因购田地种烟叶。虽较种甘蔗稍胜一筹，而心为利役，几忘初志。

居勃腊西尔四年，交友甚广。而左近[1]圣舍而佛图埠[2]经商者，亦颇熟悉。余时谓众曰："余前在哥尼亚处贸易，知该处土人于戏玩等具，极所钟爱，甚易获利。至彼处物产，可贩运他国者，不仅金沙象牙而已，兼有黑奴可贩。时黑奴在勃腊西尔作工者，亦不少。勃腊西尔开辟未久，地旷人稀，农事操作，端赖人工，故蓄奴甚众。时由阿洲购往，售价甚巨。"一日，有许多商人至余处密商。思欲预备船只往阿洲贸易，延余经理其事，回时贩奴而归，分派诸人以偿田中工作之劳。因思余之至，此本为游历耳，久居此地非计也，遂欣然从之。于是与诸人订立合同，一纸内云，"如余不在烟园，不可荒废。倘能获利，余亦须分派。"

料理已毕，于一千六百五十九年九月一号（时年廿七岁）登舟启行。是日适值八年前，在和耳叩别膝下之日。回念及此，心殊歉然。连日天气清明，惟甚热。向东行十二日，船过赤道。遽飓风大作，浪卷如山，舵不应手。众甚惶急，内有一人发热而死，又有一人及一童因热，赴水浴身，被溺焉。船主因地太热，知已失道，细心测算，已近北纬十一度，将至长经线之处矣。知离阿洲甚远，急转舵向哥尼亚及勃腊西尔、俄里诺可河[3]等处进发。

俄，船又渗漏，不能远行。欲至西印度诸岛停泊修

[1]左近，邻近。

[2]圣舍而佛图埠，今译圣萨尔多港，巴西北部重要港口。

[3]俄里诺可河，今译奥里诺科河，南美洲重要河流，流经哥伦比亚和委内瑞拉。

葺，而飓风又起，将余船飘至野蛮之处。若遽登岸，势将饱野人之腹，只得任其漂流至天明。忽一人大声呼曰："兰特[1]！（译言岸也）兰特！"众皆从舱中奔出，见船触浅滩，水涌入舟，淋漓尽致，自揣必葬鱼腹。盖此处是海岛是大洲，有无人迹，俱未知也。于是大副令众人乘舢板逃险，又令诸人向天祷祝，以祈获免于难。众如其言，将小船极力撑上。离岸不远矣，忽巨浪直涌，卷入汪洋，载沉载浮，随波上下。此际情形，不堪设想。幸怒浪稍平，余鼓气向前，又被浪打下。如是者数次，自问万无生理，必与波臣为伍。

无何，飘至岸边，即从石岩援上，坐草中憩息。自思身得保全，其乐固有出诸意料外者。回视诸同人均漂泊无遗，影只形单，彷徨彼岸，不知此时驻足何地。定睛细视，乃荒岛苍凉，杳无人迹，不觉转喜为悲。自顾湿衣未换，又无饮食可充饥腹，如此光景，必成饿莩[2]。又手无寸铁可卫余身，天将晚，恐恶兽来攫[3]。拟栖身荆棘中，以度一宵。旁见清水一泓，略啜数口，以充残喘。于是攀树猱升[4]，蹲踞其上，疲乏已甚，不觉熟睡。

天明始醒，见旭日高升，光照树际，身尚无恙，心窃自喜。而昨夜忧思，半已解散。回顾余船，尚兀然搁滩上，为浪所漂。离岸益近，余思如泅水至船，尚有货物可取，以保残命。近午，海水荡漾，待潮退，见余处离船不满半英里，遂放胆前行至船板，绳而上。水浸满舟而货物

[1]兰特，Land的音译，陆地。

[2]饿莩，亦作"饿殍"，饿死的人。

[3]攫，鸟兽以爪抓取。见《公羊传·庄公十二年》："乳犬攫虎。"

[4]猱升，比喻像猿猴般轻捷攀登。见《诗经·小雅·角弓》："毋教猱升木。"

尚在，因思昨日若众人在船守望，尚可得生，况船中所畜犬猫均尚无恙。检点食物，尚有面粉、饼干、香酒等物。余因将船板作一木排，又取箱子三只，装满各种物件及军器等。然无橹楫风帆，不能行至彼岸。踌躇良久，潮已微涨，因乘潮向海湾驶进。湾旁有涨沙一方，将木排停泊，待潮退将各物运置滩上。余拟于此住宿一夜，取箱板等料，作一小屋以避恶兽。部署稍定，即至邻近山上瞭察，见所居之处确系海岛，杳无居人，仅有草木鸟兽而已。

次日，余又泅水上船，仍作一木排，比前略薄。并在木匠房内寻获锯斧等物，又见各色军器及衣服床椅，俱载至岸上。自后如遇天气清明，余必至船取物。凡十一日，将船上诸物，搬运一空。于是，余处为一大栈房矣，所装货物已足供余一世之用。后因寻觅刀叉等物，在抽屉内又得银钱一堆，约值三十六磅。余遂笑而弃之曰："阿堵物[1]，安用汝为哉？寒不可以为衣，饥不可以为食。"拟掷之海中，既而以布帆裹之，留待异日或有用处。比[2]登岸，大风又作，明日视之，船已不知去向矣。

---

[1]阿堵物，指钱。阿堵，六朝常用语"这个"的意思。时人王夷甫因雅癖从不言"钱"，其妻故将铜钱堆绕床前。夷甫晨起，呼婢"举却阿堵物"（搬走这个东西），仍不言钱。

[2]比，待到、等到。《史记·殷本纪》："比九世乱，于是诸侯莫朝。"

第四章

余独居荒岛，欲择一地以安余身。一须地势高燥，旁有清泉可汲；二须少受日光，免触瘴气；三须可避猛兽野人来攫之险；四须望见海中，或天命未绝，有船只经过，或来拯余。设想如此，未知奢愿可偿否。无何，得一小平原，在山坡之下。前有峭壁，危然高耸，虽禽兽不能越，而有一洞可通如曲径。然余喜其幽闲，爱不忍去，遂于此地搭帐为室。帐前又留隙地一片，约十码左右，亦如之。洞口高竖两木，出地五尺半，头作尖状，相距七寸。余以粗绳缚之，自下而上，密密无缝。内又衬之以木，坚固异常。虽环堵萧然，不蔽风日，然藉此可隔绝野人猛兽。经营斯栅数礼拜后，始竣工。

室中无门，每出必置梯从山顶而下，进则移去之。余在栅内，工作不息，日将货物运入。又搭大帐于旁上，盖帆布，覆以油布，以御寒暑。内有石洞，长宽各丈余，藉作庖厨[1]。又以一木，作十字形立于初次至岸之处，以刀凿成数字于上，云劳卞生克罗沙于一千六百五十九年九月三十号至此，以志踪迹。每日至柱上削一三角形，以为山中历日。至安息日，则所削比前略大。所居之处，货虽山

[1]庖厨，厨房。

积，而需用之物，尚嫌阙如[1]。有斧一柄，每出必佩之。一日伐大树一章[2]，经之营之，以作棹椅诸器。既而屋中规模粗备，居然有家室气象矣。

暇时必携枪出猎，以野鸟山羊佐食。或射得野猫，则寝处其皮。每获一物，必察其皮肉如何，不敢妄食，使无碍于卫生。此地多小山羊，往往在荒涧觅食。有一羊以枪击之，适中小腿，遂携回家，絷之维之。后渐驯熟，虽手与之物，亦敢来接。后又获一羊，牵至家豢，诸栅内未几成群。至是，虽不出猎，而食物绰乎有余矣。

一日，阴云四起，天将大雨。余恐火药触电为患，因将总包分置小包，藏于各处。又有小袋，前盛大麦，为船鼠所啖，欲以此袋盛药。遂将啖余麦壳，弃之帐前石下。天久雨不霁，不克出门。数礼拜后，大放晴光，晨起散步，庭际见所弃麦壳尽发芽矣。又十余日，结实累累，与英国所产无异。收成时，极意留心。后遗子播种，所植大麦，青葱盈亩。虽非藉此为活，然亦可作馒头以充饥腹。

时至八月，暑雨连绵，身忽发冷。至次日，病卧在床，寒热交作，头痛异常，变为疟疾，无医无药，自揣必死。数日内未尝食物，略饮水而已。如是者数日后，寒热稍减，但困乏已甚，不能携枪出猎。休养数日，病又加剧，奄奄一息，不克支持。夜得一恶梦，如坐在危墙外，电光一闪，见一人从黑云而下，以手推地，地即动若地震。然忽持剑向余，大声呼喝。余心中惴惴，不知彼作何

[1]阙如，缺少。三国时期嵇康《明胆论》：“夫元气陶铄，众生禀焉。赋受有多少，故才性有昏明。唯至人特钟纯美，兼周外内，无不必备。降此已往，盖阙如也。”

[2]章，指大木材。《汉书·百官公卿表》：“东园主章。”

语，遂惊醒。自思如此幻景，恐难久在人世。

平生素不信天道，犹溯八年前，余父时以天道示余，昧然罔觉。今在疾痡[1]惨怛之中，惟思彼苍眷佑，向天默祷，病日告痊。回思前在勃腊西尔时，人言雪茄烟吸之，可避瘴疠。急起取烟，见盒上《圣经》一册，展而诵之，津津有味。自是，每日必披诵数次。所有雪茄烟，其味甚猛，吸至一半，已微醉，遂抱衾而卧。约睡三点余钟，及醒，病若失。腹已馁[2]，思欲取食。次日，疟亦不至。余疾虽愈，软弱无力，日诵《圣经》以祈上天赦罪。

至秋，室中众物增加。一日，忽失所畜之猫，寻觅数日，未见踪迹，心甚惜之。未几，率三小猫入室。又获一鹦鹉，余教以语言，亦甚领悟，兼能鸣他鸟声。从此，乐意相关，无愁寂寞矣。平居无事，以树皮编篮，又以泥土烧成釜铝诸器。家中日用之物，一应俱备。虽孑然独处，而猫狗鹦鹉等日侍左右，优游自得，俨若有天伦之乐矣。

[1]痡，疲劳致病。

[2]馁，饥饿。

第五章

光阴忽忽，转瞬间已数年矣，从未见帆影人迹，心殊闷闷。幸所需之物，无一不备，尚堪自适。余思天之爱人，必能济人于危急之时，所谓穷窘乃百计之父母者，非耶？余之居此，无一人相助，而悉心研究，始得制成各物，虽粗劣，不甚雅观，而颇合于用。兹将余所制造者，略记于下。

余以羊皮制冠一具，状尖且高，后形拖长，俾烈日猛雨，不致透入颈内。因此地淫雨为患，故作此以蔽之。又制衣一袭，亦以羊皮为之，如蓑衣。然复以羊皮制牛头裤一件、皮带二条。其一稍粗，时围腰间，可以挂铁钯小斧。其一稍细，挂左肩上，系二袋，内装药弹背缚大篮，肩荷洋枪，手持羊皮伞遮日。鞋袜皆未备制，成一物如瓦形，可覆足背，难以名状，取其蔽足而已。所制诸物，其状皆丑，服之几如野人。又将余须修短，如牛山濯濯[1]。唇带回人八字假须，以壮威猛。此须前在舍利，见土耳其人用之，黑人则未之见也。形状可怪，如在英境，必令人

[1]牛山濯濯，形容寸草不生的荒山。濯濯，光秃、无草木的样子。语出《孟子·告子上》：“牛山之木尝美矣，以其郊于大国也，斧斤伐之，可以为美乎？是其日夜之所息，雨露之所润，非无萌蘖之生焉，牛羊又从而牧之，是以若彼濯濯也。”

望而生怖。此余近日情形也。所最奇者，曾历一奇境，可长平生识见。

一日逡巡岛上，抚景流连，赏玩不置。行及远处，至沙滩上，见足印迷离，余深讶之。伫立良久，因思此处岂亦有居人耶？既凝听之，复回顾之，一无所闻，亦无所见。于是登高远望，往来沙畔数次，仍未遇一人，仅此足印而已。余疑信参半，恐误认，复往视之，知系足印，确实无疑。视余足略小，心惧甚，急回家中。自后，时置于心，不能遽释。每见树影及己足印，亦惊疑不止，几有草木皆兵之概。是夜，卧不安席，细思此印是人耶？是鬼耶？抑别物耶？如以为人，余居此已久，何以并未一遇，岂近日有船载之来乎？如以为鬼，则此地独居寡偶，或来祟余，余之命悬于彼矣。如以为别物，而其迹颇似人迹，或野人出而寻食，亦未可知。再三凝思，凶多吉少，终宵转辗，未得其理。

明日，至岛眺望，见对面时现火光，始知彼处必系大洲。前所见之迹，其为野人无疑。余因取空心树，缚为船形。如澳洲野人所乘者，每日乘此，沿海行驶，至足印处，察其形迹。如是者月余，仍无所见。一日晨起，持《圣经》祷告。开卷云，“如天赐汝以福，则汝一切作为，必能随吾所欲。”读毕，心甚泰然，所思诸事，尽置度外。惟时恐野人来攫，将各处要地，削木为栅，上覆以竹枝树叶等物，务使无隙。可乘每处放羊六七只，以为如野人来扰，此处若失，尚有他处可住。经营数礼拜，各栅皆竣工。

复欲择要处，更造一栅。因至山顶探望，忽见海边隐约有红光，相距甚远，不能指定何物。细细凝视，莫能窥见，苦无远镜可测。自誓此后出门，必携远镜，以便瞭望。遂循山而下，至红光处，见尸骨累累，一胫[1]一肘，零星抛散，心甚惨恻。旁有薪火，尚未燃烬。又有一物，俨如火釜，因思此处必有野蛮杀人为食。一念及此，惊惶无状，立即上山，奔回家中，流涕不止，惟默祷苍天，不令来食余体而已。

[1]胫，小腿骨。

第六章

余自见尸骨以后，约年余不敢出门，终岁在家默坐。虽打钉斫柴，亦不敢哄[1]然高声。手枪不敢时时施放，惟恐为野人所闻。又恐炊烟为彼所见。心益惴惴，屡欲移居，苦无佳处。忽思烧木为炊多烟，使彼易见，不如炭火无烟。

一日，往深林烧炭，斩去树木，寻得一穴，在大石下。余喜不自禁，遂将荆棘锄尽，入内观望。见洞口甚黑，内有二睛，闪闪如明星。惧而出，不知何兽，疑为鬼，惊骇欲绝。既而自言曰："何不达至此耶？如畏鬼，断不能独居荒岛至二十年之久，其中究系何物，余必探之。"因持火把，放胆前行。不过三步，忽又中止，心甚战战，趦趄不前[2]。忽闻大声，如病人叹息。既又作断续之声，似语未全而遽止者。后长叹一声，音动山谷。余心惧甚，匍匐而出，毛发悚然，汗流浃背。

少憩片时，此心始定，自思明明上天，权衡有主，余既以天道为依归，必不至无辜被害。复将火把提高而入，见牡羊卧地，病已垂危，仅能呼吸。余立视之，思牵之使

[1]哄，喧闹。

[2]趦趄不前，想前进又不敢前进，形容疑惧不决、犹豫观望。趦趄，又作趑趄。

出。然已不能行动，只得留在洞内，听其自毙。彼见余至，惧甚，几若以余为野人者。余周围四视，见洞仅十二方尺，形甚参差。左近又有一洞口甚低，不能直行。今日为时已晚，姑俟明日，携余所制之烛，再来探望，知必有异景也。

及明日携烛及火绒[1]前往，至洞，遂扳援[2]而进。约行十码，洞忽宽敞，高二十尺许。复行数十步，豁然开朗，光辉灿烂，万象皆春。自余居此岛以来，未见有若斯之景象者。且手中烛光为石壁所映，忽变出千百枝。此中幻景，不足为外人道也。余几疑此壁系钻石宝石及金银所成，然终不知其为何物。此洞外面黑暗不见天日，内似沙石铺成，无潮淫瘴疠之气，毒蛇猛兽皆无虑也，适合余意。因将洋枪子药等物藏之，视之如军械库。次日，牡羊已死，余恐染疫气，遂牵至洞外，掘土埋之。

[1]火绒，一种生火工具，是野生“火草”背面的绒棉。
[2]扳援，攀着他物向上或向前。

第七章

余居此已二十三年矣，水土甚合。惟时恐野人所害，甚愿一生安逸，如山羊之安毙洞中，心亦足矣。余所畜鹦鹉，已二十余年，能言数国言语。日侍左右，相对闲谈，雍雍熙熙，藉慰寂寞。前带来之犬，颇有忠爱之情，不图相随十六年而毙。惟猫生长蕃息[1]，心甚厌之，不得已击死数头，割而烹之。然彼亦有知识，见余凶狠，相率逃去，仅留驯熟数头而已。自后，凡生小猫即溺死之。此外，又有山羊一群，或寝或讹[2]，优游自适。对此景象，颇不以独居为忧。

时值十二月，因该处地当赤道，天气酷热，虽严冬亦如盛夏。一日，鹦鹉唤余出外游行，以舒胸襟。早起见晨星寥落，东方微明，野色苍茫，浩无涯际。海边忽现红光，离余处不远。心惧甚，凝思良久，疑有野人来割余麦。彼知系人种，必来攫。余痴立二点钟之久，心益忐忑，遂置梯登石，岩上望之，不甚了了。又以梯拾级而上，至山顶，在高处用远镜窥之。见海边泊有二小艇，红

[1]蕃息，滋生、繁衍。

[2]讹，通“吪”，行动、移动。《诗经·小雅·无羊》：“或降于阿，或饮于池，或寝或讹。”《毛传》：“讹，动也。”

光处隐约有野蛮八九人，裸体团坐火旁。余意彼等必杀人饮酒为乐。移时潮退，彼等急乘小艇往西而去。余即下山至彼处观之，见地上尸革一具，骨肉模糊，腥气流熏，惨不忍睹，惴惴而归。数月之间，连遇二次，惊骇之状有不可以笔述者。于是，日携远镜向海窥之，以察动静。

一日，复见小艇五十余只，泊海边船上之人，谅已上岸。因被林木所遮，不能窥见。遂复至山顶，以远镜窥之。火光焰焰，热气蒸蒸。有野蛮三十余人，口唱蛮歌，在旁跳舞。凝视之下，见众于船上，拖出二黑人，形甚觳觫[1]，似将杀而食之。不一时，果杀一人，投诸釜中。又一人见彼被杀，即跃起向海边狂奔，望余处而来。此时，余心为伊忧者。久之，恐众人追及，众寡不敌，难以逃生。后仅见三人来追，余亦稍为伊慰。思彼若能放胆前行，一点钟必不能追及。无何，至一小溪，黑人跃水而过，回视追者，只有二人。

余此时欲设法相救，因向天祷曰："上帝有灵，其佑余救此无告之穷民。"遂急由山顶奔下，向海边直趋。黑人见余至，瞠目呆立，痴若木鸡，以目视余，又视追者，惊惶无定，不知所从。余挥手而上，将前追者以枪柄痛击，惊而踣，即以枪尖刺之。后追者见余击毙同伴，怒甚，欲张弓射余。余急放枪击之，即毙。黑人闻余放枪，见追伊均被余所杀，似感余救命之恩。余即作喜容，招手使来。彼见余蔼然可亲，即趋而前伏地，以口啜余足，似发誓愿终身作余奴仆。未几，所刺之野人忽然坐起，向黑人怒视。此时，余欲使彼杀之，因言语不通，以手代言，

[1]觳觫，恐惧颤抖的样子。

作杀人状，即授之剑。黑人持剑至野人处，斫[1]其头，向余以手作状，似谓不埋二尸，恐为后追者所见。余会意，令彼掘地约一刻时，将二尸掩埋。

遂携黑人回山，因彼初至，不能测其性情，故不令至帐内，使先至洞中。即食以馒头清水，并与葡萄干一串。复以稻草及洋毡，为伊寝处。伊闲疲已极，安枕而睡。细视之，其人极文雅，身体既长且壮，楚楚可观。年约二十余岁，容色温婉，似非凶恶，与欧洲人无异。发长黑不拳，如羊毛，唇薄而齿白，肤微黄非黑，如勃腊西尔人者。虽目前未知底蕴，而人尚可亲。既醒，即至余处，作状多端，似感激拜谢者。余即与之同往海边，探野人踪迹。其党已散，未遇一人。欲将黑人警戒一番，教以不可为一切恶事及食人诸事。无如言语不通，只得微示以意，谓汝日后如作此等事，将汝立即格杀。彼似会意。

携归同入帐中取衣，衣之，名之曰勿赖代（西人谓礼拜五谓勿赖代，因伊系礼拜五至，故以勿赖代名之）。令伊谓余为麦思得（译言主人），又教以英语如“咸史”[2]（译言是也）、“拿”[3]（译言非也）之类。彼土语虽清越，余不能解。因余闻此种声音，仅伊一人，从前并未听过。自此，余多一同伴矣。半载之内，勿赖代学语甚敏，凡日用器具之名，彼已俱解。为人诚实可喜，待余亦极忠心，故甚爱之。

后与勿赖代探看对岸大地，知亦海岛。闻此岛系即

[1]斫，用刀斧等砍或削。

[2]咸史，Yes的音译，是的。

[3]拿，No的音译，不是。

剔林达尼岛[1]（在南美洲），水源不一，景象颇嘉。余所居之岛发源在俄里诺可河[2]，积沙而成。勿赖代诣余曰："彼处土人自相开衅，几成一大战场矣。得胜者时取俘囚，杀而食之，以逞凶狠，习以为常。"余因勿赖代性虽驯熟，惜无学问，于是教以文字，彼亦勤习之。余二人同居二年，彼此相依，此间之人，当无有若余与彼之相得也。

[1]剔林达尼岛，今译特里尼达岛，是特立尼达和多巴哥两主岛中较大者，位于西印度群岛最西南部，与委内瑞拉东北部海岸相望。

[2]俄里诺可河，今译奥里诺科河，南美洲重要河流，发源于委内瑞拉与巴西交界的帕里马山脉德尔加多查尔包德山西坡，呈弧形绕行于圭亚那高原西、北部边缘，最后向东注入大西洋。

第八章

一日，余有他事，令勿赖代至海边捕甲鱼。因此鱼之肉与蛋为极等美味，故一礼拜内必往捕一次。勿赖代出后，少顷，惊奔而回，形甚狼狈，不能出声，大喊曰：“哑！（译惊吓声）麦史得哑！麦史得哑！沙罗[1]！（译忧也）哑败特[2]！（译言不好）”余曰：“何故如此？”勿赖代曰：“噫嘻！彼等又来矣！”此时，伊虽操英语，不能脱口而出，又兼惊惶万状，出言更觉吃吃，惟连声呼曰：“有一二小艇！有一二小艇！”余见伊战兢异常，身几不能立地上，又似急欲出门，将彼等杀而烹之，犹不足以消其恨者。余于是安慰数语，戒其不可造次行事，即以鸟枪二枝、大天鹅枪[3]一枝、斧一柄与之。余手持鸟枪四支，肩荷对面笑枪[4]二枝，并刀剑各一柄，又将羊皮袋内装满药子，同至山上。

携远镜窥测，仿佛见小艇三只，野蛮二十一人，囚俘三人。余遂循山而下，分军器与勿赖代，并授以放击诸

[1]沙罗，sorrow的音译，忧愁。

[2]哑败特，bad的音译，坏了、不好。

[3]大天鹅枪，应为误译，是指打天鹅常用的沙弹。原文意为两只装上大号沙弹的鸟弹。

[4]对面笑枪，手枪。

法，向该处进发。过一小溪，前面有深林一座，遂隐伏在内，以备攻击。奈林中只有一角可以眺望，不能周围顾视，乃令勿赖代往探之。移时，即惊回云："众皆坐火旁，噬人肉取乐。旁缚一白人，将待烹焉。"余闻之，怒不可遏，从林中出，至一高阜上，离彼处约八十码。少待，见人已食毕，有二人立起，解白人足上之缚。余遂谓勿赖代曰："余与汝并力开枪以救白人，迟恐不及也。"勿赖代从之。轰然一声，见彼所放之枪，击死二人，伤三人。余仅击死一人，伤二人而已。彼等闻声，几疑自天上飞来，惊窜无路。余遂与勿赖代又放一枪，击死四人，受伤者甚多。众皆东窜西奔，狂呼不已，向之食人气概，不觉索然。余以枪追赶，众皆向海边而去，乘小艇逃命。勿赖代极力追上，已无及矣。

余遂解白人之缚，询其是否葡萄牙人。伊操拉丁（欧洲古国）语云，系复原教中人。但疲困已极，不能言语，又不能起立。余以火酒[1]饮之，并与馒头一块。食顷，少苏。余乃以对面笑枪及剑各一柄畀[2]之，又谓之曰："西拿[3]（英人年长之称），余与汝少顷再谈，我将杀贼去也。倘汝无力，可在此安息片时。"伊受之，感谢不已。此时其力甚大，将受伤诸人斩戮无遗，其余野人各自逃去。海边尚存小艇一只，余见勿赖代登舟至船底，搂一人接吻良久，喜跃不已，作跳舞状，笑喝蛮歌，忽又流涕，复拍手摸面，若不知足之蹈之手之舞之者。余惊讶不已，往前询之，不得间。少顷，勿赖代以情告，乃知船上所拘者非他人，其父也。

[1]火酒，即朗姆酒，古巴传统饮料，以甘蔗和蜜糖为原料酿制而成，甜润芬芳。
[2]畀，给予、付与。
[3]西拿，seignior的音译，封建制度的君主、藩王。

第九章

余于是喜不自胜，急询彼等，如何至此。始知白人系西班牙人，同伴共十七人，因船失事，至勿赖代土人部落中，土人遇之厚。适该处有战事，十七人从征以报其德，后败，与勿赖代之父，为野人所俘。初监禁之，继带至此处，将杀而噬之。幸天命未绝，为勿赖代所见，因得救出。余将数人携回家中，聚谈数礼拜之久。既而，欲令西班牙人及勿赖代之父同至伊处，寻获其余诸同伴至余处居住。适田功未毕，无暇出外。此间既添数人，余乃多种粮食，多畜山羊，为各人饔飧[1]之资。田事既成，乃备小艇，检束行装，向前进发。勿赖代之父生长海滨，熟习沙线风涛，令其驾舟。临行，余嘱之曰："如遇西班牙同伴，载之俱归。不可耽误时日，致余挂怀。"遂别数日，未见踪迹。

一日晨起，见勿赖代从外来，喜谓余曰："彼等来矣！"余惊喜而出，手亦不持军器。时林木蓊蔚[2]，不能远视。趋至海边，见一大船泊焉，离岸甚近，上挂风帆，

[1]饔飧，早饭和晚饭，指饭食。

[2]蓊蔚，草木茂盛貌。《文选·张衡〈南都赋〉》："暗暖蓊蔚，含芬吐芳。"李善注："暗暖蓊蔚，言草木暗暝茂盛也。"

作半扇形。余知此非余船，回至帐中，谓勿赖代曰："汝何冒昧至此，此船未知是西班牙所乘，抑野人所乘。当小心探问，不可造次。"余复携远镜窥之，见船系长形，放锚在东南角停泊，离岸约一英里，知系英国船只。余心大喜，然疑信参半，未知自何处驶来。此时海无风浪，何故飘泊至此。倘果系英国船只，在此必无佳事。若被野人窥见，定必饱葬其腹。

无何，船益驶近。船中诸人有上岸者，共十一人。内三人不穿军衣，其余八人皆军装打扮，默坐海边。后至各处探望，形甚怅怅。少顷，八人忽不见。余与勿赖代至三人处，见昏迷不省人事。余遂呼之曰："君等请无惊怖。今日与君等相见，共作良朋，岂非君意中所不及料哉？"三人闻余言，惊讶而起。回首见余，即免冠而礼，并呼为首[1]（西人尊称），流涕而言曰："君等是上帝耶？抑天使耶？抑人耶？"余曰："无畏，余人也，英人也。君等何事至此，诚能告余，如有患难，或可作将伯之助[2]。"内一人即以船上一切情形告余，始知彼系船主，因船中兵丁谋作乱，将不利于船主。事觉，欲置之死地，谋乱者乃哀求船主可否保全同党性命，愿投荒岛以了余生。船主如其请，故船行至此，使彼等上岸。船主自思约束不严，以致军心散乱，且行路艰难，同伴寡俦[3]，不觉黯然，伤心默坐，作咄咄书空[4]状。

[1]首，sir的音译，先生。

[2]将伯之助，指别人对自己的帮助。《诗经·小雅·正月》："载输尔载，将伯助予。"

[3]寡俦，缺少同伴。《三国志·魏志·董昭传》："曹公愍其守志清恪，离群寡俦，故特遣使江东。"

[4]咄咄书空，形容失志、懊恨之态。宋代王楙《野客丛书·殷浩失望》："浩之出，不惟一事无立，而丧师辱国，殆有甚焉。朝野于是大失所望，削爵贬窜，固其宜也，而咄咄书空，不能自遣。"

余遂极力慰劝，恳其赦彼之罪，使仍上船作事，则途中不至寂寞。倘遇患难，将功赎罪，不亦可乎？船主乃首肯，命八人回船，复以职司，立谈良久。

余自道曰与勿赖代居此情形，并述野人噬人之事，并求船主附舟，重返故乡，不至流落穷岛。船主允之。余又劝其从速开船，免致野人来攫。将行，见乱党彷徨无定，心尚不安，其意以为今虽遇赦，恐回国仍治其罪。闻余居此已二十余年，竟以世外桃源观之，遂不愿归国，欲留此处。余苦劝良久，终难省悟，而船将启行，不能久待，因谓之曰："君等既不愿归，居此亦善。但余同居有西班牙人及一黑人，今适外出，招其同伴。将来至此，君等须善视之，幸无苛待。"并寄语于彼曰："余已回国，不能与之同归，歉甚。数年后，如天假之缘，余当至此处探望君等。"因指点余帐及军械库、田亩、栅内山羊、粮食诸物，一一交代，遂别。

余登舟打扮，英国教士与勿赖代同归。启行时忘携所制羊皮冠、羊皮伞诸物及鹦鹉等，并前所藏之银钱一包，以钱裹藏多年，一无用处，想已生铜锈矣。今不携去，未知天公将来交付谁用也。余离此在一千六百八十六年十二月十四号（时年五十四岁），适前在舍利逃生之日，居此共二十八年二月十九曰矣。岁月如流，为之浩叹。此船启程后，至英国已一千六百八十七年六月十一号。屈指计算，余在外三十五年矣，历尽千辛万苦。今得安抵故乡，非始愿所及料也。

第十章

自离荒岛后，途中无事可纪。至伦敦则风景悬殊，大有今昔之感，审视之下，一若生平未经此处。访得前船主之妻尚存，因时遇艰难之事，处境甚窘，所存之款，已被用尽。然人颇诚实，其夫亦为余生平第一知己。如将来余境稍宽，当周济之，使不失所。于是回约克郡，至则父母均去世。自思前欲图报将来，今则已归泉下。一念及此，不觉流涕满面，抢地呼天，百身莫赎。遂往墓上供献花圈，略展孝忱，以报万一。时家中仅存姊妹二人及二侄而已，余久在外，众疑为已死。及至家觌面[1]之余，几如陌路。虽乡音未改，而鬓毛已衰，亲友中竟无一相识者。余涕泣叙别后情节，相与罗酒，浆庆更生，一室团圞[2]，欢叙数日。

余欲至伦敦一行，未果。后船主感余救其谋反之兵，保全一船性命及船上货物，又在船中一路照料诸事。自船主以下，莫不感激，邀余一叙寒暄。余至其处，款待甚殷，并送银二百镑以为寿[3]。于是，余遂不至伦敦，拟将

[1]觌面，见面。宋代曹勋《松隐集》卷三十五："缘何不觌面，激扬斯事。"

[2]团圞，团聚、团圆。

[3]寿，酬谢。

船主所贻之银作船资，趁舟至力士本，探问前自舍利逃生救余之船主。乃与勿赖代俱行。勿赖代相随已久，余每出，必携之。既至力士本，见船主无恙，余心甚喜。彼年老不复航海，其子在勃腊西尔接伊职。相见之下，两不相识。余自道姓名，彼始恍然，遂述前失事情形。相睽[1]后，思念弥深。伊亦时时置余于怀，见余多年不归，疑已为鱼腹中物矣。今见余返，不觉大喜，遂篝灯语旧，共叙阔衷。

伊告余曰："犹忆九年前，余至勃腊西尔，见种烟叶伙友，均各无恙。惟与君订立合同，经理此事之二人皆物故[2]。彼等以君遭风殒命，将君名下赢余之资，代买国债票。余亦不料君尚在世间，亦将股资三分之一归家，三分之二充圣奥加士廷善堂[3]公款，以济西印度穷黎[4]。倘至该处，索还是款，仍可返璧，惟每年利息须充公款。"又谓余曰："管理国家利息及善堂利息者，皆极郑重，每年俱有细账交君。众伙友可向渠[5]等取阅。园中股份每年进出诸款，亦有细账可询。"余闻获利甚巨，喜不自胜，非意中所及料。

居无何，接该处伙友来信，内云自主人去后，事事照合同办理，园中诸产已值五千余磅[6]，地租每年约值一千余磅。余深喜伙友如此诚实，自幸得人。因将余赢之资，

[1]睽，张大眼睛注视的样子。

[2]物故，亡故、去世。

[3]圣奥加士廷善堂，今译圣奥古斯丁修道院。

[4]穷黎，穷苦百姓。清代梁章钜《归田琐记·楹联剩语》："满眼尽穷黎，奚忍多用一夫，惧他举家生活。"

[5]渠，代词，他。

[6]磅，同前文"镑"。

首报葡萄牙船主之恩。彼拯余于患难之中，待余始终如一，未尝稍异。又思前船主之妻，今已失依，因托力士本商人寄书至伦敦，并赠银一百磅，以作养老之资。书内云："请汝不必忧虑，如余在一日，必尽一日之心，以报前德。"又二姊妹处，亦各寄银一百磅。彼等虽不恃此，而境遇亦未见大佳，一已作寡，一虽有夫，伉俪不谐，亦不甚得意。余决意居住伦敦，克享天年，思欲将勃腊西尔产业一例售去，以后坐老家中，不复作出门想矣。

第十一章

凡人作事，立志不坚，后必改变，至晚年为尤甚。余虽时思自力士本返伦敦，而心辄狐疑不止，恐船上又遇不测之祸，余身终不能归故国矣。心颇转辗，适有二舟至伦敦，先寄货物少许，以试海道平安与否。后果不出所料，闻一船为儿竭兰[1]海盗掳去，一船至英国套排[2]地方失事，人尽遭覆，仅三人生还而已。余闻之，惊讶不已，即至船主处告其故。船主劝余由陆路启行，自力士本过西班牙，至法兰西之开来西[3]地方，仅渡一多法海峡[4]，即至伦敦海面，浅近一苇可航[5]，绝无风涛之险。余不以为意，似不愿行此道。而适逢其会遇一英人，因其子经商力士本，至此游玩，今欲返伦敦，愿与余同行。复有英国二商人及年幼二葡萄牙人欲赴巴黎（法京），于是同伴六人，颇不寂寞。彼等又有随役五人，余仆勿赖代之外，又获一英国水

[1]儿竭兰，今译阿尔及利亚，非洲北部马格里布的一个国家，北临地中海，隔海与西班牙、法国相望。

[2]套排，今译托贝，位于英国英格兰西南区域德文郡，东滨英吉利海峡。

[3]开来西，今译加来。法国北部重要港口，临近多佛尔海峡。

[4]多法海峡，今译多佛尔海峡，又称加来海峡，位于英吉利海峡的东部，介于英国和法国之间，是连接北海与大西洋的通道。

[5]一苇可航，比喻水面相隔很近，不难渡过。《三国志·吴书·贺邵传》：“长江之限，不可久恃，苟我不守，一苇可航也。”

手，亦愿随行。众皆未见欧洲旱地风景，思欲一扩眼界，以长见闻。

余等即别船主，自力士本乘马起行，各带军器，似一小队马兵。彼等待余甚恭，因余年最长，遂尊余为队长。行数日至马德力[1]（西班牙京城），本欲小憩数日，瞻仰该国风俗及各处胜景，无如残年已近，须赶紧就道。遂于十月中离马德力，启行至纳惟米[2]边界处。闻大雪降法兰西界，遍地弥漫，行路者莫辨方向，皆遄[3]回至扳魄罗你城[4]居住，以待雪融。后余等至该处，知所闻果属不虚。

余向居热地，惯以单衣过冬。今遇严风瑟瑟，自魄尼士[5]吹下，手足皆僵。勿赖代更惊惶无措，伊生长热带，从未遇如此严寒。余等亦在扳魄罗你城淹留数日，但见花飞六出，纷纷乱扑滕[6]，六君不知何时返旆[7]。该处居民皆云冬令已近，行路更难，如欲前进，必活埋雪中。居此共十一日，仍未见天霁。余拟走旁路，在方太阿罷[8]海口趁舟至法兰西鲍特葛四海湾[9]，平夷可渡，踌躇未定。有法兰西人至此，问之，亦从此路来。彼等获一乡导，走

[1]马德力，今译马德里，西班牙首都。

[2]纳惟米，今译纳瓦拉，是西班牙北部一个自治区。

[3]遄，疾速。《易·损》：“已事遄往，无咎，酌损之。”孔颖达疏：“遄，速也。”

[4]扳魄罗你城，今译潘普洛纳，西班牙东北部城市。1841年卡尔里斯特战争后，改为纳瓦拉省首府。

[5]魄尼士，今译比利牛斯，是法国南部一个大区的名称，南与西班牙及安道尔接壤。

[6]扑滕，同“扑腾”。

[7]返旆，指返归。冯梦龙《情史·情私·江情》：“既自京师返旆，延名士以训之，学业大进。”

[8]方太阿罷，今译封塔拉比亚，西班牙北部的一座城市，濒临比斯开湾。

[9]鲍特葛四海湾，今译波尔多海湾，法国西南部海湾，濒临比斯开湾。

兰旧铎秃[1]小路，途中经过一山，并未被雪阻止。虽遍地皆雪，然凝结坚硬，人马经过，并无倾跌之虞。余等闻信之下，即将法人所招之乡导，恳其领余等过此山。彼云该处大雪满山，豺狼时出觅食，凶狠悍猛，为患非浅，走此路甚非易易，必须多备军器。余告以不烦君虑，吾等火军充足，谅无大碍。彼即首肯，即日束装，向此道进发。适有十二人亦欲过去，为雪所阻，淹留扳魄罗你城，愿结伴同行。

遂于十一月十五号起程，同伴比前更多。按辔[2]向马德力进发，行二十里，过一山，遂向左边由别道而行。山形峭峻，羊肠鸟道，险阻异常。跬步[3]间，峰回路转，景致极佳，但寒风侵骨，玉楼粟起，耐冷前行，尚未为雪所阻。行数里，隐约见一市肆，询诸乡导，知一为兰旧铎秃省，一为该四康南省[4]。修竹茂林，葱葱一色，颇有春景。但须过尽崎岖小路，始可至伊处也。

[1]兰旧铎秃，今译朗格多克，原是法国南部一省，东南濒利翁湾。

[2]按辔，扣紧马缰使马缓行或停止，这里指缓慢前行。

[3]跬步，指极近的距离。《旧唐书·肃宗纪下》：“忽大风飞沙，跬步之间，不辨人物。”

[4]该四康南省，今译加斯科涅，法国西南部的一个地区，位于今阿基坦大区及南部—比利牛斯大区。

第十二章

余等循山而下，未几，至法兰西界。时已黄昏，积雪未融，寒气逼人。乡导领余等经过一狭地，忽雪窟中骤出豺狼三头，二骤逼其身，一扑其马后。仓猝间不能施枪攻击，大惊无措，狂声疾呼。余令勿赖代追上探问，勿赖代遂鞭马疾驰。余等知有不测，亦策马向前施救。既至，见勿赖代勇往直前，持枪向豺狼头上猛击，其一负痛而逃。马□[1]一头见之，亦惊逸。余胆为之碎，回视同伴，咸惴惴焉。后仅闻勿赖代施枪之声，与路旁豺狼狂嗥之声相应。见乡导受伤甚重，腕中膝上均被咬伤，行将坠马矣。幸勿赖代来救，得免于难。

出险后，路径稍阔，林木清疏，不似前此之险阻。勿赖代即扶乡导自马而下，因彼身受重创，不能支持。俄顷，见一大熊从深林而出，其凶狠之状，为余生平所未及见。熊之为物，呆钝异常，不若豺狼之轻捷，故难与人为敌。虽饥馁已甚，亦不能觅人而食。与人相遇，人若避道前行，彼即帖耳而过，未尝公然害人。倘投石施枪，彼即发性，必欲得而甘心。勿赖代见之，顾余等而言曰：“久不与若辈戏矣，愿暂离此处，将与彼拉手为礼，以博主人

[1]印刷问题，此处缺字。

一笑。”余深讶之，如此蠢兽，岂能与之相戏。倘撄[1]彼之怒，必葬其腹，何必为冒险之事。勿赖代曰：“吾国人民惯为熊戏，彼必不余噬也。主人等在此，略待以观余技如何。”遂下马探手袋中，取出薄底鞋，换去靴子。将马交与英国水手，持枪徒步，如风而去。

熊行步甚迟，勿赖代既近，呼之曰：“唉！余与汝共语。”熊亦不之应伊。遂拾石投之，适中其首。熊未受伤，昧然罔觉。余等见其身体坚固，虽以极重之物推其身上，彼亦安然无恙。少顷，熊知勿赖代之戏彼，乃大步向伊后追赶，飞奔之疾，虽马亦不足以喻之。勿赖代逃往余处，似欲求余等相助，众皆备枪欲击之。余深恶其无识，领此物至余处，未免受祸。岂知勿赖代行走自若，不似余等之危急。忽然向左边行，弃枪地上，至一大橡树，猱升[2]而上。熊亦至，以鼻嗅枪，即弃之，亦猱升而上。不料蠢尔之物，竟轻捷如猫。

余等走近视之，见勿赖代立在枝上，离熊仅数尺。熊随之，枝重垂下。勿赖代谓众曰：“君等快看，余将教彼作跳舞诸戏。”遂在枝头踊跃，摇摇若杨柳临风。熊亦以两爪挂枝上，簸扬不已。后熊瞻顾良久，若自知不能下者，神情恍惚，急迫异常。余等皆大笑不止，腹为之痛。勿赖代立定，谓熊曰：“汝少走远，可乎？”熊似会意，稍远之。

俄而，勿赖代喜跳自如，熊扳[3]树而立。余等见势可

[1]撄，迫近、触犯。

[2]猱升，攀援而上。

[3]扳，攀附。

乘，将施枪远击。勿赖代忽呼曰："请少待片刻，戏尚未毕。"勿赖代又跳跃数次，熊仍扳树，张目怒视。众皆惊诧，不知彼如何收场。细猜之，似欲将熊摇下。无如熊狡猾异常，若已稔[1]勿赖代之意，以巨爪紧扳大枝，立身甚稳。勿赖代见无隙可乘，遂言曰："好！好！汝不远走，我将去矣，无意再与汝玩。汝无至余处，余亦不至汝处。"遂将小枝扳下，及枝垂地，身立地上，持枪而逝。熊见彼去后，即从巨枝而下，步步留心，恐身倾跌，为人所算。及至树根，头即向上，以爪扳树。将至地，勿赖代见势可乘，持枪向耳上痛击，遂毙。回视余等，笑而言曰："吾国中杀熊，惯以长枪，从未有以火枪者。此系吾之长技，故戏弄之。"

复行九里许，闻大熊怒吼，奔走之声，不绝于耳。余等皆惴惴，乡导受创甚重，拟择一要地，以便安歇。约行一点余钟，至一处遂止宿。见该处人民持枪固守，若将有战事者。余等急询之，知此熊狼为患，偶不经心，即被噬死，故日夜防守，以保村落性命。至明日，乡导者病益剧，四肢伤处肿胀异常，药石无灵，不能远行。余等令伊留此养疴[2]，乃另雇乡导。

至吐鲁士[3]，此处天气温和，风景秀美。余在马上，赏玩不已。又无积雪恶兽之患，骑经之处平坦易行。既至吐鲁士，将前所遇诸事告之该处土人。据云，法兰西境内诸地从未有若彼处之险者，彼乡导竟于大雪之际领君辈出

[1]稔，熟悉。

[2]疴，疾病。

[3]吐鲁士，今译图卢兹，位于法国西南部加龙河畔，介乎大西洋和地中海之间，是法国上加龙省、南部—比利牛斯大区首府。

险，实非易事，君等不葬兽腹，幸矣。余思当日若野兽一二百头，成队而来，余等将何法御之。此后不欲再经此山，海中虽有风涛之患，然亦不至如此之险。不数日过法兰西，途中并无奇异之事。洎[1]至巴黎，睹街市宏丽，人物繁华，四方商贾，辐辏[2]相集，然不能与伦敦埒[3]。余等复至开来四[4]，渡多法海峡。及登岸，适正月十四号，余等自马德力至此，屈指计之，已三月矣。

[1]洎，至、到。

[2]辐辏，亦作“辐凑”，集中、聚集。

[3]埒，等同、比并。

[4]开来四，即前文“开来西”，法国加来。

第十三章[1]

余将勃腊西尔产业售去，所得之资，尽可度日，思欲安居伦敦以终天年。然内助乏人，终非善策，抚影自悲，无聊之极。后日方长，将如何破余沈寂[2]乎？言念及此，心殊闷闷。家中经纪皆船主之妻，因余送银与彼，感余不已，故时至余家料理一切，以报余德，心甚感之。所有珍贵之物，皆由彼经理，虽彼始终如一，诚实可靠，然男女有别，心终歉然。彼有时至余处，见余不乐，来相劝勉，余甚德之。明年，余令二侄回家，藉慰寂寞，因教之读，及一切技艺。其一已能自食其力，余遂教以礼貌，使为有礼之人。其一极聪明，年虽幼，有胆力，能冒险，因使之习航海之事。家中虽有二侄及船主之妻时相过从，然入室无人，悲与独旦，不得已遂娶室。

余妻有顺德，鱼水极谐，生三子。相聚已久，向之愤悒无聊者，至此无不如愿矣。乃在备特覆郡[3]稍置田亩，力田耕作，如在岛时无异。妻亦俭，治家有方，所作诸事，井井有条。夫倡妇随，乐何如之。余妻且有智慧，能

[1]自第十三章起，是《鲁滨孙漂流续记》的内容。

[2]沈寂，沉寂。沈，同“沉”。

[3]备特覆郡，今译贝德福德郡，在英国南部乌斯河畔。

缚余游荡之心。虽父母之训诫，师友之箴规，不若也。操作之暇，谈论世故，悉如余意。伉俪之笃，无过于此。不图相聚七载，中道分飞，膝下雏儿尚未成立，苍苍者天，何不使玉镜常圆耶？弥留之际，悲怛几绝，此后独居寡偶，几如作客勃腊西尔无异。家中诸事一若舟之无舵，皆不如意。老境渐至抑郁自悲，思欲遍行天下以抒胸襟，于是又作游历之想。昔时田园之乐，付诸流水。

携仆重往伦敦。既至，一无所事，终日彷徨，形容枯槁。众皆呼余为废物。余闻之愤甚，思欲作一番事业以塞众人之口。居无何，余犹子[1]自外归，即前令操航海业者，现已升至船主。因余在此，特来省余，谓余曰："有商客数人，结一公司，欲由勃腊西尔至支那私贩，以图厚利。叔如有意同行，可顺道至前居岛中，探望众人。"余数日前适念及此，今闻其言，甚合余意。

自妻亡后，凡心中烦虑，除船主之妻外，无人能解。彼闻余又将航海，极力劝阻。大致谓余年已老，当安居家中，不可出门。且三子俱幼，尚须抚育，何必自蹈危险。但余志已决，万难阻止，因谓之曰："人各有志，虽天亦不能强余居家也。"彼知余不可劝，遂为余检束行装。余料理家务已毕，乃持书一纸，内开所有产业及三子读书课程，付与船主之妻，恳伊将书中之言办理。伊亦首肯。另付三子养生及酬劳之费，并谓如余生还，将来相见有日，再厚报也。

---

[1]犹子，侄子。《礼记·檀弓上》："丧服，兄弟之子，犹子也，盖引而进之也。"本指丧服而言，谓为己之子期，兄弟之子亦为期。后因称兄弟之子为犹子。

第十四章

余侄订余于一千六百九十五年启行（时年六十七岁）。余与勿赖代于正月八号登舟，携带各种有用货物，如衣服、木料及家用之物，并携洋枪百余枝，子药等靡不具备，可为新地（指荒岛）数年用度。并携木匠二名，铁匠一名，又有一铜匠，能作各种器具，并一成衣匠。又携猪数十头，母牛二头，小牛数十头。思欲至该处兴工，为众居人民之用。所过之处，一路遇事极多。有一船遭火灾，往救数人而归。有一船为石所撞，搁浅海中，粮食俱尽，众将成饿莩。内有圣弗兰昔四会教士[1]，派往新地[2]传道，劝化叛兵，亦将饿死，一一救出。

驶至纬线十九度二十三分处，离新地不远。寻觅良久，群岛环列，因无标记，不知何处是前所居者。至四月十号，始得将船泊大河边。余令勿赖代立舱上，四围周视，细心窥测。旧迹模糊，定睛久之。忽，勿赖代拍手呼曰："得之矣！"定在该处，手舞足蹈，狂跳不已。余慎防之，恐其失足堕海中。未几，勿赖代转喜为悲，流涕满面。余猜其意，似忽忆其父，触发孝思，因慰之曰："汝

[1]圣弗兰昔四会教士，这里应指法国牧师。

[2]新地，这里指新的殖民地。

欲寻获而父，相见有时矣。”伊摇首不语，应之曰：“否！否！断不能再见父矣。彼春秋[1]高，未必尚在人世。”余此时深不以为然，未得确耗，何以知其父之必死。然视其忧戚之状，惶急万分，虽铁石人，亦为之流涕。

待上岸至该处，伊父果然无恙。相见之下，宛同隔世，欣喜之情，有不可以言语形容者。勿赖代至舟中取物馈其父，依依膝下，共叙离衷。余见之，顿触旧志。犹忆还乡之日，双亲已逝，骨肉永离，反不如勿赖代之尚能聚首也。悲哉！既而西班牙人亦至，聚谈良久。自离岛以来情形，均已闻悉。知前叛徒时时侵陵[2]西班牙人，各不相下，甚形冰炭。后西班牙人怒甚，率同伴固守帐内，与叛徒战，胜之，乃服。喀力比海[3]野人时来滋扰，众同心抵御，无懈可击。厥后，叛徒等至大地寻获男七人女五人而归，以男为奴，以女为妻。至此，已生子二十余人，在岛嬉戏，不似从前之寂寞矣。余等居二十余日，乃行，以所携诸物及众工人馈之，并云：“余等将来勃腊西尔归时，再携有用之物来，并为多买女人以妻。壮者数年之后，瓜绵瓞衍[4]，定卜[5]熙来攘往矣。”

遂别此岛而去，行三日，途遇盗艇无数，约有野人三十余人，来围余舟。余等因欲赶路，故不与多事，只施

[1]春秋，年纪。

[2]侵陵，陵同“凌”，侵犯、凌辱。

[3]喀力比海，今译加勒比海，位于西半球热带大西洋。

[4]瓜绵瓞衍，典出《诗经·大雅·绵》：“绵绵瓜瓞，民之初生，自土沮漆。”朱熹集传：“大曰瓜，小曰瓞。瓜之近本初生者常小，其蔓不绝，至末而后大。以比周人始生于漆沮之上，而古公之时其国甚小，至文王而后大也。”后以“瓜绵”喻子孙昌盛。

[5]定卜，一定。

空枪，保护余船而已。无如盗艇愈驶愈近。余潜视之，见内有数人，即在岛杀人为食者。因饬[1]水手，谨慎防备，并令将炮装好。但不知彼等来意，未敢贸然施放。勿赖代生长此处，能知此处土音，令立舱面询彼等何意。忽盗艇内有六人裸体而出，与勿赖代言。余不能解，但闻勿赖代大声曰彼等放箭。语未毕，流矢射入船中已三百余枝。勿赖代中箭而亡。余见之，即令放炮，向盗船攻击。船中四炮齐开，彼等从未闻如此之声，惊窜无措。

余心悼勿赖代，虽将野人一网打尽，亦不能消此恨。无何，群盗闻声逃命，东奔西窜，杳无踪迹。乃将勿赖代尸盛殓，置诸海中（西例凡人死船上，其尸必掷海中，免染疫气）。众皆恭敬行礼，余令放炮十二门以致敬。呜呼！勿赖代相随已久，今不幸中箭而亡，与余俱出，不与余俱归矣。虽彼在奴仆之列，而能事亲孝，待王忠，人颇憨直，不可多得也。余每一念之，辄为之流涕不止。

[1]饬，命令、告诫。

第十五章

自遭此险至勃腊西尔，途次平静。抵埠后，余为岛中诸事经营数日，妇女六畜及一切物件，均已完备，舟送至岛中。余侄之船不日将赴东印度及支那。余知该处无事，颇不愿道途仆仆[1]。譬如人皆有自主之权，无论至何处，均可自适。乃反自投巴力门议院[2]而监禁之，不亦左乎？是以甚愿此船由勃腊西尔回英国，再经该岛，在岛整顿一番，使岛中诸务兴盛，为英国外府。余得拟可伦布[3]之列，亦不愧为开创之人。

无如人之所愿，天必阻之。一若造物，所付有人力所不能挽回者。余明知印度无事，何以竟登舟而去。从勃腊西尔启行后，由大西洋过好望角（在阿洲），至马达葛士加[4]，又遭不测之事。船既泊，水手等皆上岸游行。内有一人调戏本地妇人，致召众怒，为土人杀毙，枭首[5]树上。众水手见杀其同伴，怒不可遏。有名汤姆全弗来者，

[1]仆仆，行路劳累的样子。

[2]巴力门议院，原著为纽盖特监狱，英国伦敦一所有名的残酷监狱。

[3]可伦布，今译哥伦布，15世纪意大利著名航海家，是第一个发现美洲大陆的人。

[4]马达葛士加，今译马达加斯加，非洲岛国，位于印度洋西部，隔莫桑比克海峡与非洲大陆相望。

[5]枭首，斩首并悬挂示众。《史记·秦始皇本纪》：“卫尉竭、内史肆、佐弋竭、中大夫令齐等二十人皆枭首。”裴骃集解：“悬首于木上曰枭。”

率众上岸，至该处村落放火，逢人即杀，几与野蛮无异。直至田庐居民，尽付一炬，始负气而归。余甚非之，众皆不服。余因谓之曰：“汝等如此无礼，若此处居民杀死汤姆全弗来，亦不为过。前此水手见杀，因调戏妇人而致，该妇并非不贞之女。彼至此处，不过与一老妇携牛乳蔬菜来余船消售，并无不合于理。汝同伴凌辱之，祸由自取。今至其村落杀毙无辜人民，并焚烧房屋，此等作为，形同盗贼。虽目前报应未必昭然，究之天理难容。余恐海中将起风波，使汝等受大灾，莫谓头上无青天也。”奈彼等不可理喻，闻余语，皆大怒，谓余曰：“以后不准再提此事，始能容汝居舟中，否则将不汝顾也。”

自此而后，余在船几与搭客无异。凡有呼唤，众皆置之不理。自思余亦主人，彼等何故视余若此。岂知又有甚者，船抵孟加拉（印度省城），放锚停泊，余遂与船上管货者上岸。此回船途中，遇一水手怒目向余曰：“今后汝不能再至船矣，众水手均已吩咐，无人可保汝上船。”余闻之，惊讶不已，即告知管货者，并恳其至船上示知余侄。去未几，余侄至，愁容满面，谓余曰：“叔上岸未久，船中水手、炮手、木匠及管事者至余处滋扰，势甚汹汹，安慰良久，终不能解。彼等俱曰，若不将船驶开，再容汝叔登舟，余等必离汝而去。”侄犹豫未决，彼等皆向头梳聚，而言曰去去。侄急止之，尚未安静。余此时见余侄事在两难，自思若余上船，此船不能行驶，留在此处，亦属无益。因嘱侄将余货物送至岸上，若多与我银钱，余可由别道而归。侄默坐良久，计无他出，独自上船而去。众知余不至船，乃肯在船作事。

余遂默记归国路径。此地离英已三千利猕[1]矣（每三英里为利猕），较前所居之岛益远。若由陆路而行，须先经蒙古界[2]，及苏拉特[3]渡海，由波斯湾至巴素拉[4]上岸，过阿拉比阿沙漠[5]及哈里比[6]与四监特伦[7]，又渡海至意大利，由法兰西返国，或待英国船只在苏门苔腊[8]阿庆埠[9]往来孟加拉国者，亦可趁。但余与印度诸公司素不相交，并无伊等执照，如何行船。默计久之，余侄令二人与余同伴，一系仆人，一为前船上银库大写[10]。又送上许多货物银钱，辞余开船。

余在孟加拉寓居英妇所开旅店，内居住商客甚多，有法兰西数人、意大利二人、英国一人。居此九月，进退维谷[11]，思欲返家，不敢就道。一日，同寓英人至余处，谓

[1]利猕，今译里格。它是陆地及海洋的一种古老测量单位。在陆地上时，1里格通常被认为等于3英里。

[2]蒙古界，今译莫卧儿，是突厥化的蒙古人帖木儿的后裔巴布尔在印度建立的封建专制王朝。

[3]苏拉特，印度西部古吉拉特邦港口城市，邻近孟买。

[4]巴素拉，今译巴士拉，为伊拉克巴士拉省省会，位于底格里斯河和幼发拉底河交汇的夏台·阿拉伯河西岸，南距波斯湾55公里，是伊拉克第一大港及第二大城市。

[5]阿拉比阿沙漠，今译阿拉伯沙漠，位于北非撒哈拉沙漠的东缘部分。它位于埃及东部，尼罗河谷地、苏伊士运河、红海之间，又称东部沙漠。

[6]哈里比，叙利亚北部城市，阿勒颇省的省会，位于叙利亚西部地中海岸以西，距离叙土边境45公里。

[7]四监特伦，今译伊斯肯德伦，位于伊斯肯德伦湾东岸，在阿马诺斯山麓，是土耳其东南部第二大港。

[8]苏门苔腊，今译苏门答腊，印度尼西亚西部岛屿，东北隔马六甲海峡与马来半岛相望，西濒印度洋，东临南海。

[9]阿庆埠，今译亚齐，位于苏门答腊岛西北部，是马来群岛一带的贸易中心。

[10]银库大写，指管理财务的账房先生。

[11]进退维谷，无论是进是退都处在困境之中，形容处境艰难、进退两难。出自《诗经·大雅·桑柔》：“人亦有言，进退维谷。”

余曰："同乡人，此处有一事可为。在君果出意外，而余思之久矣。邻近有一大国，名支那[1]，人民繁衍，货物山积，如至彼处，贸易可获厚利。倘君出银千磅，余亦出千磅，合租一船，君为船主，余作商客，驶至支那，何如？天下事皆可为，我与君何必死守此土耶？"余闻之，然其言意中不在经商获利，不过藉此游历耳。支那系亚洲大国，不可不至。银两汇齐后，售得一船。但英国水手未易招集，乃用印度土人，惟大副及管船者并一炮手，皆为英人，木匠及管头桅三人为荷兰人，又得西印度数人充作水手。人已齐集，拟即择日启行。

[1]支那，古代印度、希腊和罗马等地人称中国为Cīna、Thin、Sinae等，或以为皆是秦国的"秦"之对音。佛教经籍中作支那。也写作至那、脂那等。近代日本亦曾称中国为支那。

第十六章

余自于同乡英人合租一船，经商数月，获利甚丰。初次，自孟加拉至苏门苔腊，又自苏门苔腊至暹罗[1]而还。第二次由孟加拉至曼尼来[2]（吕宋[3]京城）。第三次由麻六甲海[4]至堪罢代角[5]，及冻昆[6]，沿支那而行。至纬线三十度处，遇一葡萄牙人，年已老，向为领港者，至余船谋业，余等留之。彼悉各国言语，令作舌人[7]。在支那一带，颇获厚利。后欲结伴自旱道至俄罗斯，将船售去，乃询葡萄牙人可否同余等过亚洲，由支那至白海[8]折回，过

[1]暹罗，泰国的旧名。旧分暹与罗斛两国，14世纪中叶两国合并，称暹罗。

[2]曼尼来，今译马尼拉，是菲律宾的首都和最大的港口，位于吕宋岛马尼拉湾的东岸。

[3]吕宋，即今菲律宾吕宋岛，菲律宾古国之一。

[4]麻六甲海，今译马六甲海峡，位于马来半岛与印度尼西亚的苏门答腊岛之间的狭长海峡。

[5]堪罢代角，今译巴达维亚，即雅加达，是印度尼西亚最大的城市和首都，位于爪哇岛的西北海岸。

[6]冻昆，今译东京湾，日本本州岛中东部沿太平洋之海口，因临近东京而得名。

[7]舌人，古代的翻译官。

[8]白海，是北冰洋的巴伦支海伸入欧洲的俄罗斯部分。

木司寇[1]（俄罗斯京城），从窝耳葛河[2]阿土特拉刊[3]游历一周，沿途盘费，均归余等承认，后再当以厚利酬君。因彼能操俄语，故欲挈[4]之同行也。葡萄牙人闻之，甚喜，愿随余游遍天下。

约四月，众商客皆结队来聚。乃即启行，顺道至南京游历。遂购买项上花缎九十匹、丝绸二百余匹，光彩灿烂，间有金绣者。又买生丝茶叶、各色布匹，复有骆驼三头，负带豆蔻丁香等以上诸物，系支那土产。此外，惟骆驼与马二十六匹，皆余等奴仆。所乘商旅，愈聚愈众，约四百余人。内有一百二十人军装打扮，以防鞑靼[5]来攻。复有六十余人系木司寇商客。余同伴中有苏格兰五人，皆老于行旅，才力过人。每日临行，分派数人轮流部勒[6]一切，故所雇支那乡导，俱呼余等为总理。

支那民居比栉[7]，城市繁华，田畴沃衍[8]，车马骆驿。余等所经之处，市上皆罗列磁器求售，光辉夺目，细莫与伦。葡萄牙人谓余曰："此处产一奇物，自支那以外，别国从未见过。"余急询之，据云，有富人住宅一所，皆磁器造成，美丽莫比，内可容三十人。后余至其处见，果如所言，四面屋角及外面围墙，皆以磁为之，白底蓝花，清

[1]木司寇，今译莫斯科，俄罗斯首都。

[2]窝耳葛河，今译伏尔加河，位于俄罗斯的西南部，是欧洲最长的河流，流入里海。

[3]阿土特拉刊，今译阿斯特拉罕，伏尔加河流经的最后一个大城市。

[4]挈，携带、率领。

[5]鞑靼，广义上的鞑靼指中国北方诸少数民族的总称，包括蒙古和突厥。

[6]部勒，部署、约束。

[7]比栉，像梳篦的齿一样紧密相连，形容接连而来或密密排列。语出《诗·周颂·良耜》："其崇如墉，其比如栉。"

[8]沃衍，土地肥美平坦。

净可喜。墙壁砌磁器瓦片，颜色极美，上绘山水人物，莫不毕肖，兼有描金者。地板天花板无一不是磁造。并屋顶瓦片亦磁料烧成，光洁若玻璃，修饰整洁，高耸青云。余等睇盼久之，遂居住数日而去。考磁器一物为支那贵品，彼处人民皆夸赞之，余等亦称赏不已。有一士人向余等言曰："君以此屋为奇物乎？然在敝国，犹未足为奇也。昔有一磁工，制成一船，帆橹舵楫之属，无一非磁，内可容五十人，后驶至日本。"余知其谎语，不与深辩，但笑而不答。

第十七章

复行二日，余至长城。此城系欲蔽鞑靼而筑，形势险要，跨山依水，大莫与京[1]。据云，长一千英里，然以支那边界长短计之，仅五百余英里，因曲折绵亘，绕道而过，故长至一千英里。高约四法晨[2]（一法晨计中国四尺八寸），阔比高数倍，占地甚多。余等伫视良久，见往来行旅，不绝于道。乡导者赞美此城系天下第一奇物第一工程，若以为余等见此，必惊奇不已者。余因谓之曰："此果可以作屏藩，足令鞑靼不致入内矣。"乡导者不喻余意，惊问之。葡萄牙人从旁笑谓余曰："君言过矣。支那人闻之以此城为可御鞑靼，岂不可以御我乎，宜易一辞以应之。曰，美哉，此城足蔽鞑靼矣，然恐不能御他人也。"余答之曰："君言诚然，然亦误会余意。余所谓足蔽鞑靼者，以鞑靼人长于弓矢，以此蔽之而有余。若他人以火炮来攻此城，乌足以御之？吾恐不十日，将尽行决裂如沙土之飞扬矣。"乡导者必欲知余言及葡萄牙人言，固问之。余乃使葡萄牙人操支那语以告。彼等闻之，似

---

[1]大莫与京，指大得无法相比。莫，没有谁；京，大。典出《左传·庄公二十二年》："八世之后，莫之与京。"

[2]法晨，今译英寻，海洋测量中的深度单位。现在，1英寻约等于5尺4寸。

有不豫色者，出关后即辞余等而去。自彼闻余言后，所经之处，皆默默不语。余始知支那人之柔懦无用，不能自强也。

行至迤北[1]之处，土地荒芜，户口甚稀。因鞑靼时来抢劫，故民皆筑堡而居。途中见远处沙土大起，鞑靼成群而来，余令众人不可散漫，须彼此相顾，以防来攻。既近，观其行军毫无纪律。彼此相见之下，来延余等往猎，同伴中十六人赴焉。至围场，余等皆大笑不止。彼所猎者，仅羊而已。场内畜羊五十头，使聚一处。众人竭力狂追，羊即惊窜，众以箭射之。余等正与鞑靼逐羊，忽见远处一队约四十人，相率而至，未知是否亦来猎者。彼见余等惊骇之至，即吹画角[2]，其声令人厌闻。约十分钟后，愈聚愈众，与我相离仅里许。苏格兰人令众人无往与猎，排成队伍，四处分布列阵以待。彼见之，遂拍马而来。众皆迎之。相去不远，见彼等队伍比余尤众，惟毫无次序，张弓乱射。幸箭力不远，兼无准率，不能命中余等。遂驻足将枪装好，向彼攻击，或躬冒矢石[3]，抽刀往刺。众皆各自逃生，相率而去。数分钟后，已惊窜无遗矣。是役也，虽未死伤一人，但途中遇此不幸之事，心殊不乐。射猎者亦闻声远遁，场内之羊均为余等所得。

余等在该处约行一月余，遇无数村堡，均系支那管

[1]迤北，在……的北面。迤，介词，向、往。

[2]画角，亦作划角，古管乐器，传自西羌。形如竹筒，本细末大，以竹木或皮革等制成，因表面有彩绘，故称。发声哀厉高亢，古时军中多用以警昏晓，振士气，肃军容。帝王出巡，亦用以报警戒严。

[3]躬冒矢石，指将帅亲临前线，冒着敌人的箭矢礌石，不怕牺牲自己。同“躬蹈矢石”。

辖。一日，余往堡中售骆驼一头，牵至中途，忽鞑靼三骑将骆驼劫去。余因无军器，不能与敌，身被击倒。旁有葡萄牙人，仓猝间不及防备。后放枪攻击，杀毙一人，二骑皆逸，遂夺回骆驼。事为支那官长所知，令部兵五百名保护余等，一路安然无事。将近俄罗斯界，部兵乃回。众感其德，以一百康印[1]酬之。（康印，英国银名，凡五先令为一康印。）

[1]康印，今译克朗，欧洲的一种货币单位。在英国过去的币制中，1克朗等于5先令。

第十八章

此地虽系俄罗斯属地，然离麦斯可未[1]（古俄罗斯名）本境约有二千余英里。行多日，经过无数大河及沙漠二处。一处竟行十六日之久，遍地沙土，杳无行人。如遇大风，沙土飞扬，多有掩没而毙者。余等幸未遇之。至四月十三号始至阿求纳[2]为俄罗斯第一屯兵之处。阿求纳之河西，商客贸易颇为繁盛，东距支那海[3]一万二千英里，西距波罗的海[4]约二千英里，南距英兰岔[5]约三千余英里，距印度海[6]及波斯海[7]皆五千余英里，北距北冰洋约八百英里。余等过阿求纳，所经之处，途中颇安。因俄罗斯官兵待余等甚厚，随处保护，无意外之事。此地居民俱拜偶像，兼奉日月星辰为神，其风俗之陋，几与野人无异，惟

---

[1]麦斯可未，今译莫斯科公国，古时对俄国的称呼。

[2]阿求纳，今译额尔古纳河。额尔古纳河本为蒙古帝国时期中国的内陆河，清廷于《中俄尼布楚条约》中将额尔古纳河以西划归俄罗斯，该河成为中国与俄罗斯的界河。

[3]支那海，指东支那海，即中国东海海域。

[4]波罗的海，位于斯堪的纳维亚半岛与欧洲大陆之间，北欧内陆海。

[5]英兰岔，原文为英国和法国间的海峡，应指英吉利海峡。

[6]印度海，应指印度洋，位于亚洲、大洋洲、非洲和南极洲之间。

[7]波斯海，应指波斯湾，是阿拉伯海西北伸入亚洲大陆的一个海湾，介于伊朗高原和阿拉伯半岛之间。

不食人而已。余等溯阿求纳河而上，至挪实回[1]，其城为鞑靼与俄罗斯通商之处。此处有一旷地，沙碛纷霏，共行二十日。

过一村落，余将入内采访风俗，询伊等如何谋生。无如该处民人凶狠异常，崇信邪神，名铿契神格。是日，适逢大祭之期，见所奉之神以枯木雕成，形甚獠恶，身披羊皮衣服，毛向外面，项下挂木珠一串，头戴鞑靼冠，上突二角，身高八尺，像无手足，皆塑立村首。见十六七土人俯伏像前，声息俱无，近视之，依然不动，疑皆为木所雕成者。待余直逼其身，众皆惊起，大呼而逸，几如群犬，狂嗥乱窜而去。彼等心滋不悦，若一段佳事被余等撞坏者。复行数步，见一草寮[2]，其门系牛羊皮制成，有僧三人，伫立门首，手执长刀。屋内有死羊三头、死牛一头，始知十七人来祭木偶。祭毕，将礼物赠僧耳。余于是不觉大怒，以该民如此愚昧，拜跪妖物，无理之至。遂拍马至木偶处，挥剑斩之，将像冠劈为两段。随余者又将其身羊皮服扯破，纷纷作蝴蝶飞。村民见之，大声疾呼，步履之声与呼喊之声不绝于耳。聚众二百余人，手持弓矢出追。余恐众寡不敌，不与之校，且像已斩毁，吾事已了，即奔出村外。彼等见余去已远，亦不复追。

余乃往堡中投宿。此处离像约四英里，因久行旷野，马不堪行，在此求售，须宿三日，颇有闲暇之时。每日欲思一良法，将诸像付之一炬，遂将此意告苏格兰人曰：

[1]挪实回，今译尼布楚或涅尔琴斯克市，位于俄罗斯远东重镇赤塔以东305公里处，西伯利亚小城。

[2]草寮，草屋。

“天之生物，惟人为贵。何乃作极贱之事？余必欲将此像火之以泄余恨。”伊称赞不已，俱云余等，明日即行。虽将诸像折毁，地方官亦无如之何也。至黄昏时，余与苏格兰数人携一仆乘马潜至此处，携带火药及引火之物，与吧嘛油[1]调和，置罐头内。至木偶处，时已七下钟。村中默无声息，想已熟睡。余等先以调和之油在木偶上搽抹一周后，以硫磺塞其耳目，口中满装火药，并置火绒于其首，以火燃之。余等在旁潜守一分钟后，见火燃至耳目上，将及口中。轰然一声，烈焰冲天，像即焚烬无余。众皆称快，乃返堡登床而睡。

[1]吧嘛油，今译柏油，其燃烧性强，可产生很大热量且能持久燃烧。

第十九章

明日晨起，见一队百姓至堡中，势甚汹汹，向地方官索取木偶，皆云僧人被客民凌辱，神像亦被拆毁。斯时，堡中流言四起，谓鞑靼预备三万人与官为难。地方官劝慰再三，云实未知此事，倘汝等能指明何人所为，余当按法办理。于是礼拜该像者，大声呼曰："彼外国匪徒信邪教（指罗马复原二教中人）者焚燬。"地方官不欲与余等为难，因俄汗有旨，命国中守土者如遇强国人民经过此处，必小心保护，故待余等甚厚。乃向土民慰之良久，终不能解。复谓之曰："此等旅客已于今晨向俄罗斯进发矣。倘神像果系彼等所毁，余将使人往询，再行惩办，未为晚也。"众势稍杀。

地方官遣使行文至余等处。内云："汝等拆毁木像，今土民尽聚城下闹事，此事究何人所作。"余与苏格兰[1]直认不讳，使者令余等不可声张，在此静候，回去复命，候地方官核夺。未几，使者又至云："君等宜速离此土，否则土民来扰，无计设法，地方官亦不能保护矣。"余等心感不已。至第三日，正欲启行。有无数鞑靼人成群而来，先使三人谓余等曰："速将凌辱僧人、拆毁神像

[1]苏格兰，应为"苏格兰人"，原文如此。

者交出，投诸火中以泄众怒，否则玉石俱焚。”众皆面面相觑，无法可施。彼等张弓乱射，矢如蛸[1]集，只得蔽身货物下，幸未受伤。危急之际，忽有一考实格（俄军士之称）至乡导处，私语曰：“余设一计，能使鞑靼人往泾勃尔[2]界，免罹此祸。”余等颔之。考实格乘马而去。少顷，复至，谓鞑靼人曰：“信邪教诸人业已查出，皆在泾勃尔界游历，彼处神像亦被拆毁矣。”于是鞑靼诸人疾奔而去，约三点钟后，杳无人迹，未知是否至泾勃尔界。余等遂行。

六礼拜后，复过一沙漠，户口益稀，人极凶狠。余意欧洲境内人民文化必优于亚洲，不意反不如也。后过东期四国[3]，此处被俄罗斯人胁服，其风俗之陋，合全球而论，莫有过于此者。村中皆供木偶，衣冠宫室，悉以皮为之。人状奇异，面目可憎。每当冬令，大雪满道，民皆穴地而居，下掘隧道，以便往来。穴口及草寮前，皆供神像。自东期四至俄比[4]，过一旷野，气候极寒，人民寥落，勾萌鲜茁[5]，难以耕种。土人作事甚勤，异于他国。又过数处，间有林木青葱，兼产水果者，知此处系俄罗斯流放犯人之地。其中居民皆获罪，遣戍[6]寄托于此。

[1]蛸，细小的虫子。

[2]泾勃尔，今译西贝利卡，是尼布楚右面的一个城镇。

[3]东期四国，今译通古斯国，指俄罗斯帝国西伯利亚森林通古斯河畔的一些民族政权。

[4]俄比，今译鄂毕，俄罗斯新西伯利亚州的一个城市，位于新西伯利亚以西17公里。

[5]勾萌鲜茁，草苗难以茁壮成长。勾萌，草木芽苗，曲者为勾，直者为萌。

[6]遣戍，放逐罪人至边地、军台戍守。《史记·秦始皇本纪》：“三十三年，发诸尝逋亡人、赘婿、贾人，略取陆梁地，为桂林、象郡、南海，以适遣戍。”

第二十章

余等约行七月余，至西比利亚[1]拖木士克城[2]。岁已云暮，行旅往来甚众，出入皆乘雪车。山陬[3]泽畔，冰雪凝结，大河之中，坚如铁石，故人马经过，无虞覆没。余欲自此返国，不愿至木司寇游历。但此地至英国海道均为冰雪所封，不能远渡。虽有二处可至，一为波罗的海丹泰口[4]，一为阿庆搿耳[5]，然道途辽远，阴寒更甚，恐在半途冻死，未敢尝试。不得已在此过冬，待明年冰解后启行。此处当纬线六十度，去日道渐远，寒冷可知。

余等居此，有三事甚合余心。一系此处所产食物甚佳，大都兽畜之肉，无碍卫生；二系所住暖房[6]能寒威不入；三系同居之人，大半俄罗斯所流军犯，并无扞格[7]，

[1]西比利亚，今译西伯利亚，是俄罗斯境内北亚地区的一片广阔地带，西起乌拉尔山脉，东迄太平洋，北临北冰洋，西南抵哈萨克斯坦中北部山地，南与中国、蒙古和朝鲜等国为邻。

[2]拖木士克城，今译托木斯克，位于托米河的右岸，是现今俄罗斯在西伯利亚地区的科技教育中心。

[3]山陬，山隅。

[4]丹泰口，今译格但斯克，是波兰滨海省的省会城市，位于波罗的海沿岸。

[5]阿庆搿耳，今译阿尔汉格尔斯克，俄罗斯西北部重要港口，位于北德维纳河河口附近，是阿尔汉格尔斯克州首府。

[6]暖房，地下设坑道烧火取暖的房子。

[7]扞格，抵触、格格不入。

颇形莫逆[1]。故余居此尚如意，几与前居海岛时无异。所服之衣，悉以兽皮制成，厚三层，外又罩长褂以蔽两膝。所居之屋亦极广大，内生炉火，甚和暖。城内所居者均系俄罗斯富贵之人，此外惟罹罪被遣之军民耳，其人大都苏格兰人故交。因渠久商木司寇，相识甚多。余因此亦有与之订交者。

居数月，见天气昼夜不明，至冬则明星炯炯，日月不曜。人畜蛰伏，朔风凛冽，刮面裂肌。肃杀之状，于此为极。数日以来，从未凭窗闲眺，每出门必以皮罩蔽面。所乘之马，均藏地中。随从诸人，手足僵冻，若冷将脱节者。余等居此已七八月，其中当有三月，每日仅五六点钟即昏黑。

至五月，冰始泮[2]，拟即就道拖木士克。军犯中内有一俄罗斯贵官，获罪谪此，与余最厚。劝之易服，随余等而遁，以脱此苦。彼闻余言，感谢不已，既而曰："余年已老，不日将归泉下，愿在此了我余生，无意奔走四方也。惟膝下一子，年尚幼，将来或有报效之日。君如有意，随行如何？"余即应允。阅[3]二十日，伊子至余处，携带皮货及各物甚多。余令伊子打扮为余管事人。彼虽年幼，人极诚实，且熟悉西比利亚路径。余等从之，行皆由捷径，并未走过大城。

要后经镇，一城淹留良久，因日行旱道，艰苦异常，在此休息至七月十八号。至阿庆獬耳自拖木士克，至此已

[1]莫逆，指两人意气相投、交往密切友好。语出《庄子·大宗师》："四人相视而笑，莫逆于心，遂相与为友。"

[2]泮，解、散。

[3]阅，经历、过了。

行一年五月三礼拜矣。余等待英国船只，居住阿庆𦒿耳六礼拜之久。至八月二十号，趁舟沿厄耳白河[1]而下。九月十八号，行尽厄耳白河，余与同伴将货物销去，获利比支那尤厚。余名下共派英金三千四百七十五磅十先令六辨士。自孟加拉经商以来，所得之资共值六百磅，铨石[2]不为薄矣。至此，众商客皆散。西伯利亚军犯之子亦别余赴万纳[3]，因该处有一父执[4]，往投焉。余乃至咸堡[5]居四月，由陆过客𦒿四[6]，遂乘快船回伦敦，其时一千七百零五年五月十号。岁月如流，百年一瞬。余春秋已七十有二，历尽无数艰难辛苦，多有骇人听闻者。

绝岛漂流记终

---

[1]厄耳白河，今译易北河，中欧主要航运水道之一，发源于捷克、波兰两国边境附近的克尔科诺谢山南麓。

[2]铨石，金银钱财。

[3]万纳，今译维也纳，奥地利首都，位于多瑙河畔。

[4]父执，父亲的朋友。语出《礼记·曲礼上》：“见父之执，不谓之进，不敢进；不谓之退，不敢退；不问，不敢对。”孔颖达疏：“见父之执，谓执友与父同志者也。”

[5]咸堡，今译汉堡，德国北部城市，也是该国第二大城市。

[6]客𦒿四，今译海牙，荷兰西部城市，也是该国第三大城市。

鲁宾孙漂流记

[英] 德富[1] 著

《大陆报》译本

上海图书馆藏版

[1]德富，今译笛福。

编校说明

《鲁宾孙漂流记》是连载于《大陆报》第1—4期和第7—12期的Robinson Crusoe中译本。该译本每期连载两回，每回有回目，作内容提要。和《大陆报》所有文章一样，该译本也未标明译者。1904年至1905年，该译本曾被《广益丛报》断续转载[1]。《大陆报》主笔是曾在东京主办《国民报》的戢翼（戢元丞）、翼之（杨廷栋）、秦力山等人。

《大陆报》译本《鲁宾孙漂流记》译稿未全，只连载到第二十回（1903年10月第12期），其后便中止连载，被《俄罗斯国事犯》取代。该译本对原著的改动很大，时常插入大段的政治话语，鼓吹中国革命。该译本对《绝岛漂流记》亦有较多借鉴。

[1]《广益丛报》转载《鲁宾孙漂流记》的时间并不连续。由于《广益丛报》已经部分亡佚，目前可考回目为：1904年第44期连载第七、八回，1905年第60、61期合订本连载第十七、十八回。

著者德富Dofoe，英国伦敦人，生于一千六百六十一年。德氏自二十二岁始发愤著书，及其死时，共著书二百五十巨册，其最有大名者，即《鲁宾孙漂流记》也。当一千七百零四年，英国有一水手名Alexander Selkirk 舍尔克，在Juan Fernondez真福兰得海岛[1]为船主所弃，独居孤岛者四年。后乃得乘经过此岛之船以达英伦，此事大动英伦之人心，传为美谭[2]。德氏乃著此书，而假名为鲁宾孙。出版之后，一时纸贵，爱读者至今不衰焉。原书全为鲁宾孙自叙之语，盖日记体例也，与中国小说体例全然不同。若改为中国小说体例，则费事而且无味。中国事事物物皆当革新，小说何独不然，故仍原书日记体例译之。

[1]真福兰得海岛，今译胡安费尔南德斯群岛，南太平洋上的一个火山岛群岛。

[2]美谭，同“美谈”。

目　录

第一回　违慈训少年作远游
遇大风孤岛发虚想

一千六百三十二年，我生于约克城。我父有三子，我其季[1]也。平生不知营生为何事，惟好动的思想装满脑中，常踊踊跃跃，不能自已。我父常教我学合宜的学问。我既受家庭的教育，又常到自由学堂读书。我父时常劝我学法律，但是我的性情，总不相近。平生无他思想，常想孑身航海，乘风破浪。想到这个情景，我便心思顿发。我父见我如此，大不以为然，常把他身所经历的事教训我，说我不要轻易冒险。

有一早晨，他教我入房去。那时他正患脚风[2]，卧在床上，不能行走。我见其颜色，比平时更加慈善，对我说道："你自今后必要改去不好的妄动脾气。若不听老人良言，将来陷于患难，后悔无及。"我父说话之时，眼泪堕下不止。停一会，叹了一口气，又说道："听不听由你，我再没话说的了。任你这种脾气将来陷于患难，那时才想着我的语，已是迟了。且我年纪已老，不久死去，你再想有个人爱你劝你的，也恐怕难得呢！"当时我母亲在旁，

[1]季，兄弟排行次序最小的。

[2]脚风，脚部中风。

也对我说道："鲁宾孙，你父亲的话，皆是他经历过来的，你须记着不可动那冒险的念头了。"我听了二老一番言语，心中自然大为感动。退出房来，便想道我也不想再冒险远游，在家守住我的父母，尽点孝顺罢了。

过了数日之后，渐渐忘却老父的言语。又过了几个礼拜之后，雄心勃勃，远游冒险之志，又一发而不可遏止了。从伦理学上讲来，大凡一个人在世界上，有对自己的义务，有对家庭的义务，有对社会的义务，有对国家的义务。人生幼时，受父母的教育，自然有孝顺感谢的义务。但是对国家上，自己便是一个国民。对社会上，自己便是一部机关。大凡年纪已长的人，便要挺身做国家社会上的公事，要使我的国家，为堂堂正正不受侵害的独立国家，要使我的社会为完完全全不受破坏的自由社会，这才算得个人。若终身守住父母，不出门庭，嚣嚣然以为尽孝道。一任自己的国家被别国侵害，失了独立也不管，一任自己的社会，被别种破坏，失了自由也不管，虽然父母二人说我好，一二无知识的邻里乡党说我能尽孝道，也是无味。这等脾气，是那东方病夫国中人民的脾气，是世界上第一等坏脾气。我盎格鲁萨克逊民族[1]，是以这等脾气为最下流的。这是闲话，不必多赘。

却说我有一天，在吓尔[2]地方（吓尔Hull在伦敦北方）遇着一个旧时朋友。他平素晓得我有远游的志气的，向我说道："我现在乘我父亲的船，要去伦敦。若是你想去，

---

[1]盎格鲁萨克逊民族，原指盎格鲁（Anglo）和撒克逊（Saxon）两个民族结合的民族，是一个集合用语。通常形容5世纪初到11世纪间，生活于大不列颠东部和南部地区，在语言、种族上相近的民族。大不列颠人大多属于这个民族。

[2]吓尔，今译赫尔，英国约克郡所辖城市。

你可即时搭我的船去，我不要你出船费。”我闻此言大喜，便只身下船，也不和我父亲母亲商量，也不送一字的信与他。我岂是这等忍心的吗？盖凡事皆当审度轻重，我的志向在冒险，自以达我的志向为重。我的志向不错，其余小节，就可以不拘了。若要告诉了二老，他必定阻我远游，那时若不听他的言语，心中反觉难过。方寸一乱，尚能干得甚么事来。这沾滞犹豫的毛病，无论干甚么事，都当痛戒，况冒险的事吗？此时一股勇气，也不暇想及去后如何情形、如何结果。

下船之日，正是一千六百五十一年九月初一。我自信少年行事，一性直前，要顾什么后患，怕什么险阻呢。虽然有什么险阻，把我少年的勇气向他一冲，他不破开，也就避退了。下船不多时，遂启掟[1]直向伦敦。行到喊泊[2]Humber地方，忽然海风大起。那波浪左左右右，雪山也似的向船打来。一起一跌，这船便摇荡欲翻，好不可怕。我自出世以来，这回航海是第一次。觉得头大发晕，胸前作逆，欲吐，甚觉难过，不能起身，睡在床上。想起我在家时父亲如何流涕劝我，母亲如何望我做人，屡次谆谆教训，到此时一一想起，心里好不难过，便漱漱眼中吊[3]下泪来。又想起父母不见我，又不得我一字告知行踪，此时不知急成什么样儿呢。

想了片时，那波浪更加大起来，其声飕飕。这只船左右前后乱摇，一切杂物都在舱板上滚来滚去。更有几个

---

[1]启掟，同“启碇”，起锚、开船。

[2]喊泊，今译亨伯，此处指亨伯河口湾，位于英格兰东海岸的北海港湾。

[3]吊，同“掉”。

人把持不定，也就在舱板上反侧打滚的。此时我也无他思想，也不念父母了，专等住一个大浪来，把这船吞没了去。我们这一船的人，一起同死，也就狠[1]快活。凡人莫不有一死，前此无量劫[2]，后此无量劫，谁人能免一死。孟德斯鸠说道："莫向死人哭，但向生人哭。"[3]人死则已矣，何必哭呢。人生则事端正多，可哭的亦正多。有几多人痴生一世，糊糊涂涂不知八星为何物，不知五洲为何状，你道可哭不可哭。

又有一等暴君污吏，压制人民自由，作恶一世，不如早死。若幸而遇着人民革命，被人民杀死，罪刑相抵，也还罢了。有些不幸的人民，偏又愚蠢，不知革命为何物。君吏暴虐一世，死了之时，还有些臣民叫他做什么太祖太宗、仁慈神圣。虽然一时荣幸，后世不知彼几多辱骂。只恐地球虽毁，他的恶名，还跟着那地球的破碎原质，被第二个星球吸入，又传恶臭之气，入第二个星球呢。倒不如大丈夫独往独来，无挂碍，无恐怖，可生则生，以多做国家社会上一些义务。到了当死之时，甘心赴死，干干净净，皎皎洁洁，岂不胜于糊涂偷生，借生行恶的人几千万倍么？

我终夜如此想去，也不觉得头晕了，也不觉得船摇了，安然过了一夜。到了第二天，那波浪渐渐平息，船身尚微微有点摇动，比之昨天已好多了。及至晚上，那天气十分晴爽起来，风也全息了。斜阳欲落，还在海天一

[1]狠，同"很"。

[2]无量劫，佛教谓计数不尽的时节。佛经言天地从生成至毁灭为一劫。

[3]语出孟德斯鸠《波斯人信札》："应该为出生的人哭泣，而不是为死去的人。"

角，被海水反射，其光四映，一角全红了。次日天气清佳，海面平静，习习微风，偶一吹来，时有时无，真是我生长至今从未见过的妙景呢！航海后第六日，到了雅卯司[1]Yarmouth路，那逆风又对面大吹起来了。

欲知后事如何，且听下文分解。

[1]雅卯司，今译大雅茅斯，位于英国诺福克行政郡的港口小镇。

第二回　风起海涌游子遇难
时过境换雄心又生

话说这船到了雅卯司地方，迎头又转起逆风来了。那船上上下下，大摇动起来。再走了一阵，越摇动得利害[1]。不得已，船主吩咐将锚下了，停住不走。这风尚自不息，直停至四五日之久。这四五日之中，有无数的船由西南角纽加司尔[2]Newcastle来的，也停在此地，等风止了然后起行。到了五日之后，那风势来得更加利害。但是我们停船之处，乃一好地方，狠妥当的。况且我门的船缆等物，又极坚固，所以同船的人，皆放心安息，以为断不至遇着危险的。直至第八日早晨，那风势不但不减，更加大起来。于是大家心中才有些畏惧。大家合力做工，将船上家伙一切收拾稳妥。

到了晚上，那海浪打来打去，高到无比。这船所下的小锚，怕不中用了。于是船主又命把大锚放下，再将大缆挽紧。但是此时的海浪，可怕得狠。我此时心中才大慌起来，回视同伴，也各面面相觑，几无人色。船主虽然用心

[1]利害，同“厉害”。

[2]纽加司尔，今译纽卡斯尔，英格兰东北部泰恩河畔城市。

保护其船，但时时走来走去，口中都不绝的细叫道："我主乎，可怜我们，我们的生命，个个都要难保了。"我心中暗想道：我初次遇着的风，何等利害，后来竟安然无恙，难道今朝竟要我的命么？正在思想出神的时候，那船主来对我说道："我们这船难望保全了。"我闻此言，心中一惊，爬上船顶，想看看光景怎样。四围暗黑，那里看得见一件东西。但隐隐觉得那海浪如山的高，每三四分钟时间，这船必打得彭彭的响。四顾无所见，但觉悲惨之气象，绕我四旁。歇了一阵，远远的见有二只船飘来，桅都断了，想必已经了事的，无可疑了。同船人看见，都大喊起来。

到了夜间，船主将船上的前桅砍去，不如此这船一定会沈[1]的。及至前桅砍去，大桅宽松起来。船更易得摇动，不得已又将大桅砍去。这船竟变成个无桅的光船了。（看官须晓得他们所坐的船，是寻常的木舟。因此时火船的制度，尚未发明。若坐火轮船，那有这样遇着风就怕的。）那风浪仍旧不息，更加凶恶起来，这船渐渐为海水吞没去了。船中水夫[2]知这事体不好。大家喊道："这船不久就要沈了。"我长到这样大，尚不知沈船为何事呢。经了多时，海浪之势，一些不减。一船人都慌，船长及水夫长更慌得急，以为不久这船必沈了。

及至夜中，大家忧急的心思，稍微息些。有一人大喊道："不好了！这船破了！这里的水满了！快来快来！"有一人叫道："这水已有四尺，漏水的洞狠大呢！"于是

[1]沈，同"沉"。

[2]水夫，纤夫、船工。

大家惊起，各以抽水筒抽水。我此时急慌了，不知怎样才好，反坐在船上想道：我今天死了。有一人见我痴想，大叫道："到了这样地位，你还不帮助他人一同抽水，还坐在这里做什么？"于是我忽然惊起，也去抽起水来。抽了许久，那水势何曾减少一点，且倒反加增起来呢。船主见势不好，急鸣大炮，告急求救。我也不知鸣炮的意思，甚觉惊异，以为这船已经爆开，魂魄不知飞去那里去了，不觉晕去。此时众人各顾自己，那里有人来理会我，也不管我成了什么样。各人也不抽水了。有一人见我睡倒，以为已经死了，用脚将我踢开。我睡在一边许多时，才醒转回来。我醒来的时候，仍想拿起抽水筒作工，但见水势仍旧有加无减，眼见这船是无救了。此时要想将船移近右岸，令船上的人一齐上岸，又不能了。船主束手无策，惟不断的鸣炮求救而已。

正在无法之时，恰好风浪稍息，遥见有一轻船迎面荡来。大家会意，这必是来救我们的了。那船冒险渐渐来近我们的船，但因风浪甚猛，总不能合在一处。但那船上的人甚是勇敢，用力摇船，渐渐来近。我们船上的人，将一条粗长绳，向那船丢去。丢了几次，那船上的人才接住，于是二船才能接近。我们船上的人都过去他的船上去了，大家心中一齐喜欢起来，一同用力将船摇近陆地，或摇橹，或撑篙，向北方荡去。但见我们从前坐的那船，已是沈下去了。自从我们离那船的时候算起，不过一刻钟呢。若是来救我们的船，迟到一刻钟，我们岂不一总葬在鱼腹中么？我生长这样大，今天才知什么叫做沈船呢！我眼中见那船沈了，心中好不伤悲，也似和他一同沈去一样的，一边伤悲，一边害怕。我起初在家中的时候，思想何等的高，以为死生寻常，是不必怕的。到了这时，也就不能不怕了。所以见的凡一个人平日的空想空论，是靠不住的，一定要到临场才见得真本领呢。

这船行了一阵，也就经了些小艰难，不览拢到岸边来了。众人的足迹，重落到雅卯司的陆地，大家喜欢自不必说。雅卯司的行政官，知我们是遇难来的，待遇甚好。城内的商人船家，也就同气相怜。大家集起盘费送我们，任便我们或者回去伦敦，或者回去哈尔[1]，随各人的意。我的意思，以为不如仍旧回去哈尔。若是回到我家，我的父亲不知何等喜欢。若知我遇难得救，一定要杀肥牛给我吃呢。但是我的冒险的性一起，我身就不能自主了。若果然回去得成，岂不免后来几多危难。但是我的冒险性总不死，况且又有银两在身。想了一阵，归家的意思，不知丢去那里去了，又要从新远游起来。

欲知后事如何，且听下文分解。

[1]哈尔，今译赫尔，英国约克郡所辖城市。

第三回　遇海贼屈身为奴仆
背主人乘势求自由

我当时行囊之中，有银甚多，回家的念头，已经烟消火灭。就由陆路行至伦敦，寻觅远游的机会。我在伦敦朋友狠多，当中有一人，是金拿[1]Ginnea海岸的一个船主，他听得我有环游地球的志气，对我说道："若是你搭我船去，我不要你的船钱。若是你要带些货物，所得的利益也是你的。"我闻得此言，心中甚是喜欢。这船主忠厚可敬，指点我买些玩物等类，大约重四十磅。就由伦敦启行，一路甚是平安。船上无事，蒙船主教我学算学和航海的方法。又学会如何使船、如何认路，一切当水手的法子，都学会了。他也喜欢教，我也喜欢学，甚是得意。

这一回行路，是我头一回做水手，也是我头一回做商人了。此回获利甚多，当时寄了五磅九两金砂回家。到后来我脱险归家的时候，居然生利，共得本利差不多三百磅呢。此是后事，不提。欲说此回，虽是得意，但因天气太热，不久便感起疟疾来。及至到了金拿，船主忽然得病死去，我自然不免一场悲哀。我在金拿住不久，仍旧搭原来

[1]金拿，今译几内亚，位于西非西岸。

的船起行。此时是从来的大副，升做船主。从此以后，就是我的连续不断的不好运气来了。欲说这船离了金拿，由加拿累岛[1]行去，将到非洲口岸，摩洛哥的地方。

有一早晨，天才灰亮，忽然有一群土耳其的海贼，远远向我们的船追去。早被我们船上的人看见，大家呐喊，扯满风蓬[2]逃走。海贼追来渐近，不得已大家豫备[3]开起仗来。我们船上有十二杆枪，船客共十八人。约在午后三点钟的时候，贼船渐渐挨近。贼众大约二百有余，手执短枪，向我们的船放来，看看众寡不敌。贼人一拥进船，将船上的樯桅都砍去了，一切船上的货物都搜括干净，并将我等掳掠到沙黎[4]Sallee地方。

沙黎是摩儿国[5]的一个口岸。我同行的人已经为与贼打仗，死了三人，其余的都带去见摩儿国王为奴。独我一人，被一个贼首留下做他的奴隶，因他见我年轻敏捷的缘故。可怜可怜！我鲁宾孙这时，居然由商人变为做奴隶的地位了。自今以后，受主人的压制，过凄惨的日子，还有什么说话呢！咳！从前父亲同我说的什么话来？他说我轻身远出，将来必有凄惨的日子，没有人来搭救的。这话果不错呢！左思右想，心中十分伤感。呼天天不应，叫父母父母不在。我到此时，还有什么话可说呢！做了人家的奴仆，便是人家的犬马一样，是天下第一受苦的事了。

忽然心中想道，我这一生，果不终于为奴。或者主

[1]加拿累岛，今译加那利群岛，位于非洲西北部。

[2]风蓬，同“风篷”，船帆。

[3]豫备，同“预备”。

[4]沙黎，今译萨里，位于摩洛哥西海岸，在加那利群岛附近。

[5]摩儿国，此处指摩尔人在西非建立的王国。

人同我一起驾船到海面的时候，遇着了葡萄牙和西班牙的人，这海贼被他们打胜了，我那时原旧可以得我的自由呢。但是这事又不能成功，因为我主人到海面的时候，就留我在家看花园作苦工。我主人回家的时候，就留我在船上看守器具。你道晦气不晦气呢？此时我的脑中并有第二个思想，只是想用什么法子，我可以由这做奴隶的地位逃去就是了。但是独自一人在这里做奴隶，未有一人可以商量来相救的。四面望去，同辈做奴隶的，无一个同国同种的人，好不孤单，好不凄凉。

不知不觉，过了二年，但有回故国的虚念，那里实在有法可回去呢？这二年中已饱受奴仆的苦楚，无一日不想复得自由。我的主人每遇天气好的时候，必驾一小艇出海打鱼，一个礼拜内三天四天不定。他去打鱼的时候，必叫我同一个年轻土人，名叫马累司口[1]的去摇桨。到了后来他渐渐可怜我起来，因我帮助他打鱼甚是妙手。又叫他一个亲信的黑童来大家相帮，这黑童是摩耳[2]地方的土人。

有一早天气甚好，我等同去打鱼。离海岸不远，忽然浓雾漫起，四望不见。我等只管摇桨前行，不辨路径，整整走了一天一夜，不知方向。直到第二天早晨，方知我们糊糊涂涂向海摇去，离岸已经太远了。后来勉强摇回去，费了大力，经了大险，方能重复到岸，但是腹中已饿得了不得。主人经过这回危险，甚有戒心，不是带了罗盘同粮食，不敢再出海了。又叫一个掳掠来的英国木匠，把他

[1]马累司口，今译马雷斯科，书中摩尔族少年。

[2]摩耳，今译摩尔，公元7世纪初伊比利亚半岛的一个国家。

从前抢来的那只英国小艇收拾好。又在小艇的中间，起一间小房安息，且豫置[1]大帆索以防使风。小房中安一张食桌，又有我们两个奴仆睡的地方。凡一切酒水面包咖啡米粮之类，无所不备。

每次出去打鱼，我打得最多。以后主人出去打鱼，一定少不得我。主人每次架船[2]出去打鱼，或者玩耍，必有几个摩耳土人同去，船中豫备的食物甚多。后来又叫我带三枝小枪同去，以便打获野鸟充膳。可怜我这样的供奉那强盗主人，岂是我的甘心情愿么？不过想找个机会逃去，复得我的自由就是了。有一日主人叫我把艇中收拾干净，豫备明日有客来会餐。后来主人又说客人不来艇上，已经定在家中了，叫我同一黑人一黑童去打些鱼来。若是已经得鱼，叫我送去他家里去。这个时候，我求自由的念头，忽然触动起来。想起我现在已经有一个小船，是我作主的，如何不豫备逃走，好好还我的自由呢？于是我定意不去打鱼，便打算个远行的计策，不计自由究竟得不得，我一定要逃走了。

欲知后事如何，且听下文分解。

---

[1]豫置，预置。

[2]架船，应为“驾船”。

第四回　借打鱼孤舟泛远洋
　　　　逢荒岛小童求淡水

我当时向这摩耳人说道："我们这回出去打鱼，要多带些粮食才好，不要动我们主人的食物。"摩耳人说正是。他便带了一大篮干饼、三大坛清水，又带了许多黄蜡粗线，是将来做船上的灯用的，又带了一把斧、一把锯、一把锤。我又对这摩耳人说道："我们主人的枪在船上，你晓得这火药和枪弹在什么地方么？拿些来豫备我们在路上打海鸟也好。"他应声是，便去了。果然拿了一皮袋的火药来，约有一磅半重，又拿些枪弹来，约有五六磅重，都放来艇里。当时我又在主人的大房里寻出些火药来，我将一个大坛倒空，装满火药，搬去艇中安放。

一切停妥，我便开艇打鱼去了。出口的时候，那管炮台的人，晓得是我们也不盘问。出口不到一里，我扯起风帆来打鱼。这时我心中甚是惊慌，因为这风由东北吹来，若是我要到西班牙的口岸，必定要南风才好行船。但是此时一心逃走求自由，也不管什么别的，任这船去，冒万险也不推辞了。此时心中痴想，那有心来钓鱼，就有鱼来上钩，我也不钩上来。便对摩儿道："这里无鱼，我们出去远些钓罢。"他答应说是，便上船头使帆，我在后面使舵。

这回我们同行的三人，一个是我，一个是摩儿，一个是黑童名叫秀丽的。我于是把舵交与黑童，悄悄走到摩儿的后面，用力一推，他早已下水。但靡儿[1]是狠会水的，他即刻游水起来极快捷，像水鸟一般，叫我救他起来，哀求不已，渐渐拢近船来。我走进船里拿一枝鸟枪，对他说道："你若安静回去，我断不伤你。这海面平静，你好好游水上岸去罢。我现今只是要求我的自由，你若近船来，你的脑袋必被我的枪打穿了。"他听说如此，甚害怕，便泅向海岸去了。他是狠会泅水的，一定到岸无疑。闲话休提。

我们同行的一共三个人，我所以把这摩儿推落水中，却信这童子叫做秀丽Xary的，是因为什么缘故呢？因为这摩儿不诚实，不如秀丽可靠。我这时对秀丽说道："若是你肯与我同去，你须要去擎手发誓。若不然，我便推你下水似摩儿一样的。"秀丽含笑发誓，愿从我到地球上，任便什么地方。此时这摩儿还在那里不住的泅水，我便将船直驶出海口，好似要向南边去一样的。南方乃是野蛮种族居处的口岸，若是我们的船到了南边，一定遇着些黑奴驾小槎[2]围住我们的船来伤害我们的。到了那些地方，不为野人所害，便为野兽所食，再休想重到海岸了。我所以把船直向南方行去，原是乱人耳目之计。

到了黄昏的时候，我便把船头转向东方。这时候风平浪静，我想明日三点钟的时候，我们这船，一定能拢岸了。这时我们的船，离沙黎的南方，已经有一百五十里之

[1]靡儿，应为"摩儿"，即摩尔，有误。

[2]小槎，木筏。槎，应为"楂"。

远，一定已经出了摩洛万[1]Morocco境地之外了。我因怕摩耳人来追，不敢停泊下锚，直到五日后，那风已转向南吹了。我想果然是船来追我的，必定已经过了头了。于是我在一个小河口岸边停起锚来，那地方我也不知叫做何名，也不见有人民住在这里。我停锚的缘故，但是想找些清水。我想等到晚上，我们便游水上岸，以免遇意外之事。但是到了天黑的时候，耳边只听得各种禽兽的叫声，高低远近不一，也不知是属那一种类。秀丽大怕起来，求我不要上岸，务必等到明日才好。我说你的话甚是，但是我怕日间上岸，会遇着些生番野蛮，他比狮子更可怕呢。秀丽笑道："若是我们遇着他，我们便用枪打他。"到底我从了秀丽的话，一夜停船无话。

但是这晚我们那里睡得着。我在船上往岸上望去，但见不久便有些大兽走来走去，也不知他叫做什么名字，有时跳入水中，吞吐沐浴。沐浴到得意的时候，便大声吼叫起来，好不可怕。那些声音，都是我从前总未曾听见过的。秀丽这时魂都吓落了，我也一样。忽然一大兽游泳，近我们的船边，形状可怕。秀丽道："这是狮子，我们快些移锚，把船开往他处去罢。"我说不不，我便把枪拿在手里。大约那大兽来在二桨远的地方，一枪放去。那大兽也不知伤在何处，他立刻转向海岸去了。但是他的叫声，实在可怕，真可震惊千里。这样声音，我有生以来，只听得第一次。秀丽的话，果然有理。若是我们夜里上岸，一定被这些怪兽食了去呢。但是明天上岸，又怕有别样问题。若落在野蛮人的手里，同落在狮子虎豹的口里，本是

[1]摩洛万，今译摩洛哥，非洲西北部的一个沿海阿拉伯国家。

一样的。所以无论日里夜里，上岸寻水，总是危险的事。

但是总要逼住上岸，因为找淡水狠是要紧。我们船上所剩的淡水，已经不满一升了，断断不敷[1]用的。但不知去那里去找才好呢。秀丽笑道："若是你肯给你一个大瓶与我到海岸上边去找，一定找得些淡水。找得时候，我便带还来与你。"我反问他道："你用什么法子去找淡水，为什么不要我去，你留船上呢？"秀丽做出一种可爱的样子说道："我去若遇着些野人，好把我先食了去，你便逃去，岂不好么？"我应道："好，好。我与你一同去罢。若是遇着些野人走来，我们一同放枪杀死他。"于是我们把船摇摆近岸，找个相宜的地方停了，游水到岸，并未带有他的什物。只带了两枝枪，豫备对付野人野兽，两个瓶，豫备装水。我到岸的时候，总时时看住我们的船，因为怕有些野人，驾些小槎来抢我们的家伙，就不妥了。

秀丽走了不到一里之远，他看见一个稍低的地方，便跑去找水。不到一刻，他便向我跑来。我想他不是为野人所追，便是遇着些野兽害怕的缘故。我便提起洋枪迎着跑去，豫备救他。我跑到他身边的时候，我看见他肩上挂着一个物件。仔细一看，缘来是个生物，被他射得回来的。这生物有些像兔子，但是毛色不同，四脚又比寻常的兔子长些。两人自然欢喜无限，因为兔子的肉甚是可口的。秀丽的笑容可掬道："我已经得些淡水，况且又未遇见野人，真是可喜得狠。"但是我也找得一个淡水的所在，那地方离我们的船不远，易于携带回船。此时正值潮水已退，那水清得可爱，正合船上之用。于是我们两人走去，

[1]敷，应为"彀"，够，印刷错误。

把两个瓶子都装满，又把这兔子的毛拴了去，弄得干干净净，一同回船。自上岸至回船，未遇见一个野人，真是幸事了。

欲知后事如何，且听下文分解。

第五回　苦绝粮忽遇救星　误行舟重遭大劫

我们两人把两个瓶子，并两枝枪，挑着兔子，依旧游水上船。只见秀丽一上了船，慌慌张张跑到船头，伸手解缆，口中说道："侥幸侥幸，早些跑回。"一面把起船舵，咿咿哑哑摇去。那时我肚子饿得很，想欲用过午饭，然后开船。见秀丽如此慌张，心中便疑惑起来，正欲问他什么缘故。只听秀丽大叫曰："快拿枪来，预备迎敌！"那时我也不及详细根问，举起步就跑到舱里，携了枪一跳即至舱面，把药弹装好了。又闻秀丽叫道："这边来罢。"我抢进几步，只见野人成群成队，站在岸边。又有数个跳下水里，直向我船追来，我便催促秀丽竭力摇橹。其奈野人泅水甚速，看看将近船前。我把枪觑定[1]野人头脑，轰的一声，只见水中红的白的，一点一点，随浮随化。野人见死了一个，连忙泅回岸上去了。我便帮着摇船，历三点多钟之久，离岸已远。

秀丽道："想主人翁肚子已饿了，我去把兔子蒸熟，与你吃好么？"我应道："好，好，但我有一句话告诉

[1]觑定，瞄准、看准。

你。我是最好说平等的，我不比那专制国的人民，个个都好自大的，你以后不要叫我做主人翁，只叫我做Mister（先生）便罢。”秀丽闻言，欢欢喜喜去了，不一时将兔肉一盘、干饼数片，端至船上。我二人饱餐一顿。于是把船向南驶去，日夜不息，只望遇着大船，救我两条性命。谁料行了十余日，连帆影儿也没有看见。秀丽道：“船中干饼只有三四片，清水一滴也没有。倘再挨一天，不遇他船相救，免不得白白地饿死了。”说完，一滴一滴吊下泪来，我只得用好语安慰了一番。

至晚，干饼已罄，仍无他船来往。待了二天，那时我们犹得勉强支持，在船上踱来踱去，眼巴巴的望救生船。至第三天，秀丽已饿软了，躺在船上。我便接过舵摇去，不上半勾钟晕起来，四面暗黑，不知不觉跌倒舵边。秀丽见此情景，匍匐而前，欲把我扶起，实在无力，只得坐我身边，束手待毙。那船没有人把舵，凭他流那里去了。我当时想道：若听父母之言，断不至有今日，心中似有自悔之意。便赶速转念道：凡人当有不怕死之心，才能做一点事情。我生平以爱群为志，凡有益于国民之事，即把我这斗大的头颅送他，也是甘愿的。何况今日饿尚未死，还怕甚么。但是我的志趣未达，埋没一生，便有一点儿可惜呢。

正在郁闷无聊，忽听秀丽叫道：“Mister鲁！那边好似有船来！”我闻其言，一跃而起，随着秀丽指处一瞧，果然是船不错。那时肚中也不饿，四肢也有力，同秀丽极力把船驶进。秀丽不绝口的大叫：“救命啊！救命啊！救命啊！！！”幸得那船转舵驶来，不一时间，两船相近。原来桅上悬的，是葡萄牙国旗。船主及水手等，向我说话，竟不解他作何语。内中幸有一个水手，系英国苏格兰省人，代我做个译官，始知船主系是问我们何国人，何故漂流至此。我遂将海贼掳去作奴隶，后来在沙黎口借打鱼脱逃之事，详细述了一遍。船主遂迎我们到他船上，款待殷勤，并将我的船，拴住他的船后拖去。

过了数天，已到巴西地方，登岸。苦无资斧，遂与秀丽商量，将我的船，卖与船主，但估价只值八十八辨士[1]。过了十余天，看看银将用尽，我坐在椅子上纳闷。秀丽看我这样光景，便对我说道："我们束手待毙，总不成功。不如我到船主家中工作，你取我的身价去做些小经纪，尚可养活，岂不好么？"我再三不依。秀丽道："我自愿当苦工，只因你能爱群。若你饿死，便是世界上少一个爱群的人了。"我见伊至诚恳切，不得已遂与秀丽同到船主家中商量。那时我与船主约，价银不论多寡，只求十年以后，许秀丽自立。船主认可，遂拿出六十辨士银，放在桌子上。那时我顿足捶胸，哭道："我自己得脱奴隶之难，反使你做奴隶，我有罪了。"大恸一场，取银别去。这旦按下。

那时我忽忆起前在伦敦时，有二百磅银，寄于金拿船主之妻。此人诚实，一定不误。我可写信托他，取出百磅，辨[2]货寄来力士本贩卖。历了数年，生意颇见起色。又买一区田地，栽种植物。但我想生意虽然得利，皆是自己利益，没有一点儿益人的事。想起来当离这地方，再游历去更好。奈未得其便，怎么好哩。正在思想，门外忽报

[1]辨士，今译便士，英国货币辅币单位，类似于中国的"分"。

[2]辨，应为"辦"，办理。

有客来访。我出来迎接，原来是圣舍而佛图埠富商某甲，便请入座，略叙寒暄套话。用了雪茄，啜了咖啡，富商道："余将往阿洲贸易，但其地风土人情，不甚熟识。闻先生曾经其地，鄙意欲请先生经理其事好么？"我应道："那里不好呢？但是何日动身，曾订过时期没有？"富商道："即在今晚呢。"我闻其言，喜欢欢的，赶速收拾行李，一面与耕作人订了合同，托他们照顾田园。安顿沈妥，我便登舟去了。

是时正值薄暮，四顾苍茫。我忽忆起今天岂不是千六百五十九年九月一日么？屈指轮算，我已离了家八年了。当时若听我父的言，在家苦守，那里有许多阅历、许多见识哩。闲话休表。且说水手起了锚，扯了帆，向东驶去。行了十二日，只见水手及客人，几个几个，围着船上闲谈。有道这回风平浪静，真是难得呢；有道今天过了赤道，不久可以到了；有道天气将渐渐热起来了。谈了半天，忽报舟中热死一人。我闻之，便有许多疑惑，想道莫不是误了海线么？那里有这样的热度哩。便细心测算，原来已近北纬线十一度，将至长经线之处了，便叫水手把舵扭向哥尼亚驶去。

不上一迈[1]多路，忽然密云四布，雨意甚浓，便吩咐水手道："你们须要留心呢。"至夜风声渐紧，忽听澎湃一声，有数十来丈的高浪，打将船面过去。水手竟被这浪卷下去二人，满船面都是海水，吓得一般客人，面如土色，以为船已沉了。也有跪在船上，把头千磕万磕，口道耶和华天使耶稣救主救命啊；也有呆立如木鸡一般，动也

[1]迈，mile的音译，今译英里，英制长度单位。

不动的；也有跑入舱里，将被窝蒙头盖面的盖了。我见此情景，叫水手一齐上前，卷下风篷。奈风力甚大，卷了半晌，尚不能卷下一寸。忽见水手齐打一滚，原来篷索被风吹断，风篷也被裂破，如断线的风筝一般满天飞舞去了。事出无奈，只得任其漂流。至天明，只闻一人大叫道："船沈了！船沈了！"我急起来一看，船已搁在海礁，动也不动。又有一人自舱里跪出，大呼救命。我视之，原来左边，船傍低处，穿了一洞，如斗般大。海水汹汹涌入，霎时间水已盈窗。我急攀上桅杆，适有大浪罩过，将我卷下盘涡里去了。

欲知后事，请看下回。

第六回　居荒岛力运船中物 发疟病闷看旧约书

却说当时我被大浪卷下海里去，自分必死。幸我从前被海贼拿去做奴隶时候，学得泅水法术，用尽一身气力，钻上水面。那边大浪又打过来，恰好将我掏至山脚，急急抱住树根，待浪退后，攀藤上了山腰。坐在石磴[1]上面，望我所坐的船，尚兀的搁在海礁上。定睛一看，船面并无一个人，想是皆与波臣为伍了。不知不觉，有一股酸气从脚底直透顶巅。眼中泪下如注，叹一口气道："我生平是最爱群的。今日一般人皆死了，单单留下我这一条性命。在这荒岛，又无一点儿粮食，想亦不久必死了，最可怜是我的同行许多人霎时间都死了。"思至此大哭起来。那时天色已黑，我倦极，躺在草中睡了一夜。

至天明旭日高升，风浪也平静了。我看这船离岸不上半迈路，只得拼命泅水上船，取些粮食，充我饥腹。主意已定，纵身一跃，跳入水里泅去。不一时已到船旁，攀绳上船。只有猫犬跑来跑去，并不见有一个人影儿。入船中一看，水浸半舱，检点货物，并无遗失。那一大篮的干

[1]石磴，石级、石台阶。

饼，依旧安在舱里，我取数片吃了。跪到船上，将船板取下，费了半日工夫，用绳箍成一个大木排。跑到舱里将饼干、面粉、香酒先搬到木排上，安置沈妥。又取出三只箱子，装满各种物件，带了猫犬，跳下木排。又无橹楫，只得取一条棍子作橹，极力撑上。到了岸边，用绳系住，将一一物件搬到岸上，藏在山窖里头。想欲睡去，忽思起一事来，倘野人恶兽，半夜里突来攫取，必有性命之忧。回思昨夜睡在草上，不至损害，倘是侥幸呢。

一夜不敢睡，到了天明，看是晴霁天气，又撑木排到船边，仍旧攀绳上船。取了衣服床椅，搬置木排上。又走入船舱搜括[1]，见中舱里有五枝枪，旁有二大袋火药。再探柜中，又有四小袋火药、二大盒枪弹。不觉眉开眼笑，喝采道："得了此物，不特可以保身，且可出猎取些野鸟野兽助粮呢。"转身到木匠房内，取了斧锯等物，连忙下木排。那一天风力颇顺，不一刻到了岸边，将物件搬运上岸。我想今夜再不睡，总不成功，最好能得一个小洞窟，便不怕什么野人恶兽了。信步望东行去，不上半里路，见大岩下面，凹深七八丈。喜道："难得如此凑巧，这是天造地设，待我鲁宾孙到此居住的。"连忙跑到木排上，解下木板数块，走到岩穴里，拿绳缚好，俨成两个大门扇。又回来搬衣服食物等件，来来往往，搬了半天，尚有三只箱子未搬。看看天色已晚，便入岩穴里把门拴紧，拿枪来装好药弹，放在床头，以备不虞。

到了第二日，三只箱子也搬到穴里了。依旧撑木排上船搬运，一连搬了十一日。刀叉、杯盘、灯台、黄蜡、挂

[1]搜括，同"搜刮"，搜求、搜索、搜集。

灯、照远镜等，一切俱备。又往船中抽屉内搜寻，见有一大包物件。拿来一看，包面写着“内银三十六磅”等字，亦把他带来，或者他日有用处呢。到了第十二日，看船中物件已空，将船板一块儿折下，连帆布桅杆都搬到岸上。忙了十余天，货物都堆在穴外。我想不找个好地方居住，倘被野人着见，必遭毒害。说着举步就行，攀上山巅一看，原来此岛不甚多大。把照远镜一瞧，见汪洋万顷，邻近并没有岛屿。再看远处，只有一小黑点，不晓得是岛不是岛。只可惜罗盘失了，不知方向，出是找了数天。

忽见山巅左畔，约有四五路之远，有一峭壁，高插天际。大踏步如飞跑去，不上十余分钟，到了峭壁，定睛一看，原来有一块数十来丈的大岩石，危然高耸。又有二丈许的二小石，分列左右。前有一山坡，转过山坡，坡下有一洞。正在观看，忽有白兔跑出，见人又钻入。我喜道：“里间定是兔穴无疑了。”遂举步由右畔入，路径曲折，中间深可十来丈，阔可八九丈。左畔有水蜸，大如斗，深可尺许，掬而饮之，却是甘泉。看毕，转身出来，跑到山下，将一切货物都搬到山洞，一连搬了八九日才完。那时兔子也不晓得跑那里去了。至晚，把三只箱子叠起，当做大门。

只因连日辛苦，夜里又不安睡，今夜很倦，开起铺盖，想欲安睡了一夜，明天再说。恰恰躺在床上，忽闻洞外大吼数声，声音狞恶。静心听之，好似有十来个大兽的蹄声，跑来跑去。吓了一惊，急把手枪装好药弹，预备恶兽来抢，弄了一夜无睡。到天亮时，用过早膳，啜了清水，忙把船上折下的桅杆截做两段，在洞口掘了两窟，相距七寸余。把船桅栽好，上头削做尖式，用粗大绳子，自上而下，缚得密密无缝，中间夹以木板，如石壁一般坚固。又做一梯，以为出入用的。又截许多船板做椽，帆布拿来作瓦，上面覆以油布。布置沉妥，已过了一礼拜。

忽想道，最好有船经过这岛，我求他相救，谅不至老死这山洞里。但外面没有记号，即有船经过，他那里晓得我在这里哩？有了，便拿船上拆下的木板两块，移到岸边，用绳缚做十字形，凿数字云："鲁宾孙于一千六百五十九年九月三十号至此。"凿毕，回洞，又思可惜没有纸笔，恐怕忘了历日。便取一短桅，裁[1]在洞中，每日削一小块。那时我甚安适，过了数月，想起我不幸漂流这岛，一生事业，大抵泯没了。倘有多人同来，结一团体，他日把这岛兴旺起来，成了一个独立国，也未可知呢。这是无望了，我总是枉了此生，越思越苦。

至八月，竟生起病来，卧在床上，忽发冷，忽发热，奄奄一息。过了数天，那夜做一恶梦，自己如坐墙边，那墙似顷刻倒下的一般。忽见电光一闪，有一个人，从黑云里飞下，直扑我身，以手推地，地大摇动，似地震一般。少顷拔剑向我，厉声吆喝。那时我的心中害怕得很，竟不知他作何语。即惊醒，汗下如雨。我想得此恶梦，一定不久于人世了。回忆我父嘱语，不觉吊下泪来。

到了天明，忽忆前在巴西时，曾闻人说雪茄烟可避瘴气，遂勉强下床，揭起箱盖，取烟来吃。见烟盒上有一册书，拿来一阅，却是旧约全书。我平时不信宗教，至此亦无聊之极思，姑且拿来翻阅一番。见他说什么救主，我想或者可救我的病吗？诵了数日，病势更见增重，便把《圣

[1]裁，应为"栽"。

经》丢了。那一天寒热大作，想是死期已到。罢了拿雪茄烟来，猛吃了数条，头晕目眩，抱衾长睡。夜半才醒，肚子很饿。第二日寒热亦不至，遂煎一杯开水，拿数片干饼吃罢，精神颇见壮健。静息数天，取出手枪，带了药弹，缘梯而上，望穴外打猎去了。

毕竟后来如何，且看下回分解。

第七回　荷手枪入山猎诸兽　验足印设栅御野人

却说我这几天病已好了，身体已强健了。好久不曾出猎，今日天气晴霁，可以出猎吗？便携了手枪药弹，望穴外去了。行不上半迈路，昂头一望，那荒涧正在面前。看了一回，想道前番我在这涧，曾猎得一只山羊，枪弹中他腿上，尚是活的，至今豢养洞中，渐渐驯熟了。可惜只有牡[1]的一只，若使牝的再获一只，二三年间，一定成了大牧场呢。正想时，忽见山羊一群，望那山坡如飞的跑去。我举起手枪，瞧定山坡放去。那只羊吃了一惊，跌下山坑里，却被粗藤绊住。我忙跑到坑里，把绳子系了羊头，牵回洞中。那羊却是牝的，我那时欢喜无量。自此一连十数日，猎得山羊十余尾，皆是被枪打死的。

我剥了羊皮，自想一向皆是吃饼干，未曾食过鲜味。这回山羊肉很多，可惜锅炉都没有。又想道大丈夫何事不能为？即是一个世界，也能制造出来。难道区区器具，不能制造吗？便把泥土用水拌匀，捏成两个大锅、一个大炉，把洞傍的枯草割来，烧了半天，已经坚固了。正在烹

[1]牡，雄性的鸟或兽，亦指植物的雄株，与“牝”相对。

羊，忽然有物坠下。回头一瞧，却是鹦鹉在那边食羊肠。我唤道："鹦鹉你会说话么？"鹦鹉应声道："我曾学过英国话一二句。"我道："汝不要去，在这里与我作伴。我把东西给你吃，还要教你说话儿。"鹦鹉道："这是很好，但是你不得束缚我。"

说了半晌，羊烹熟了。我把树皮所编的篮子，将剩的羊肉置在篮内。那时我看洞中器具，颇颇完备。只有椅桌衣服，缺乏些须，不免再有一番制造。便取出斧锯，向穴外去了。伐了一章树木，制造二礼拜，成了一张桌子、两张凳子。我心中便想道：虽然独居荒岛，一切并不倚赖他人。器具没有的，我可以自己制造。粮食没有的，我可以出猎补助。我闷时，又有猫狗鹦鹉等，与我结个朋友。我算是个人独立了。一面想，一面在帐前踱来踱去。忽见岩下累累的数十茎，迫近一瞧，却是麦穗。我喜道前月不过弃些麦壳，在这场地，只因月余日连下了雨，没有出来看看。原来这麦壳便结实了，真是天赐我的呢。倘他日再有人漂流这岛，也不怕没有粮草了。这且按下。

且说过了数礼拜，只见朔风飒飒，雨雪霏霏，想是冬令到了。天气很冷，我赶速把那羊皮制造衣服。不数日造好了，便打扮起来。步到泉壑傍，向那清且涟清且漪的泉中一照。只见头上戴那羊皮制的、尖高向上、长阔拖后、遮雨蔽日的野叟冠，身上穿那羊皮制的、两膊双张、浑身紧束、御风止寒的渔翁蓑，下体着那羊皮制的犊鼻裈[1]，腰间束那羊皮制的豹文带，肩上挂着羊皮带，带端系着药

[1]犊鼻裈，短裤，形如犊鼻，故名。汉代赵晔《吴越春秋·勾践入臣外传》："越王服犊鼻，着樵头。"

弹袋，背上负着竹丝篮，篮内安着斧凿器，手持着不方不圆的羊皮伞，脚穿着不长不短的羊皮鞋，肩荷五响新式铳，唇带八字假胡须。我那时看这奇形怪状，大惊道：我不得了，已成一个野蛮样子了。又转念道：只怕我内心野蛮，何必计较到外面。世界上内心野蛮的人，每每外面假装做文明的样子，戴文明国的帽，穿文明国的鞋，看来倒不如我所穿独一无二的衣服呢。

闲话休提。且说流光迅速，转瞬间已历数年。一日我在沙滩散步，忽见沙上足印，纵横错杂，吃了一惊，想道这荒岛并无居人，那里有足迹哩？一定是野人来了。伫立了一点多钟，静听一回，并无一点声儿。又东张西望，连影儿也没有。跑上山坡，四下里望了一回，又不见有一个人。自思道：这一定是我看错了，或是我自己的足印，也未可知。我不免再走到沙上，看看明白，安我的心便是。说毕，大踏步跑到沙上，揩了目，定睛一看，分明是足印。又看我自己的脚，比那足印又小得多。我便害怕起来，连忙跑回洞中，把一切器物挡住洞门。

是夜在床上翻来覆去，睡总不着。想道这足印定是人迹无疑了，如果这岛有居人，何以我到此数年，没有见过一人哩？或是近日又有什么船，由此经过，停泊这岛，船中人上岸玩耍吗？看起来又不是了。若是过往的船，他们看我十字架的记号，一定来招我同归国去。又想道：这句话也难说呢。恐怕他们招我不到，船又开去了。又想道这又不是。那十字架上，我已经凿了数字，他们一定找到我才去。即是他们疑我死了，亦当寻到我的骸骨，然后去才是呢。看起来定是野人出来寻食了。又想道这岛总是没有人的，若是野人出来寻食，定是由别地方来的，看来附近又有什么岛了。

想到这里，忽听到洞外呜呜作响，吓了一跳。急燃起灯一看，原来有十来个野猫，跟着我的猫回洞。这也罢了，正欲休息灯再睡，忽见帐前有什么影，不住停的摇来摇去。我想定是野人来了，携了枪近前一看。却见天色已亮，洞外高树的影，被风吹了，摇起来的。我便缘梯出了洞外，依旧跑到沙滩，把那枯的空心树推倒，移下海去，折一竿树枝做橹，跃入树中，坐在空心处，沿岸驶去。一连月余日，并没有见一个人。但我心内总是狐疑不定，有时见自己的足印，也害怕起来，胡思乱想。

想到山羊成群成队，倘被野人抢去，便是失了粮草，今当如何打算哩？想来想去，想了数天，想出一个法子来。便向洞中携出斧锯，到山上把树木砍下几株，立一个大栅，上面覆以竹枝树叶，遮得密密无缝，中间放山羊六七只。我喜道总要多构几个栅，纵是失了此栅，彼栅尚存呢。经营了数礼拜，已构好五六个的大棚。歇息了数天，想再往各处，找紧要的地方，再设几个栅。

信步行去，不觉将到山巅。我想再进几步，探望探望也好，即时攀藤上了顶巅。正在东张西望，忽见左畔海边，隐约有一缕浓烟。我喜道："此烟定是火轮船，由这岛经过。"可惜相离甚远，望远镜又忘记带了，看不明白。看了半晌，那烟息了。我想道好了啰，那船一定停泊这岛了。再看一会，忽起红光。我惊道："莫是那船又将驶去吗？若失了这个好机会，甚是可惜呢。"罢了，我走一遭看看，便能分晓。说毕，举步便跑。

欲知端的，请看下回。

第八回　见肘胫痛哭残骸　除荆棘经营新洞

我盘旋山腰，跑了一点多钟，把眼望那余烟。想道如果是轮船在此，这烟定是高的，定是在岸外的。何以这烟只在山坳里平地上，浮来浮去哩？越想越疑，不觉行到红光处。只见薪火尚燃着的，旁有一个大斧，再看那边有一堆残肉剩骨。我想道莫不是野人杀人为食吗？近前细看，见有一个手肘，肘下又有一个脚胫。我那时不知不觉眼眶中涌出爱群的万斛英雄泪，大哭一场，徬徨于累累的尸骨左右，不忍舍去。直至薄暮，始回洞中，又哭了一夜。自此不敢出门，只在洞中纳闷。

忽想起我在这岛很久，好似有十数年光景呢！便到那记历日的木桅上，数了一天，才知道我住这岛已二十三年了。又想我在洞里居住，那野人谅不如道[1]。又看我炊饭的烟，浓浓上喷，有二三来丈的高，便害怕起来。想道我这炊烟，倘被野人看见。彼必晓得这里有人居住，必来攫我。我的性命，恐遭野人手里了。又想道炭火是没有烟的，我不如冒了险出去，把那树木砍下，烧成木炭。不过

[1]如道，应为“知道”。

有一日的大烟，过此以往，便无烟了。拿定主意，带了斧锯，到深林里。我想这树木，若是一个个砍伐下来，废了时日，我一个人怎能做得到。索性就这数百株丛林中，放起火来，把他烧了，岂不省了功夫吗？一面燃起火烧炭，一面砍些树木合凑。砍到二十余株的树木，只见一派都是荆棘。向荆棘里一瞧，里边却有一个穴口。我想道里边的穴口，不是虎穴，也是豹穴。倘恶兽抢出来吃了我，岂不是枉了一生吗？不觉呆了。又想常言道先下手为强，我何不趁此时用火攻哩？只见把火一燃，铛铛爆爆，不一会把一大丛的荆棘，烧个干干净净。

行到大石下，望穴里一瞧，黑魆魆的并无一点漏光。我便行进数步，见洞里有两点明星似的眼睛，在那边闪烁不定。我急退出，想道莫是有鬼吗？转念一思，自笑道我不太通了，世界上那里有鬼哩？又想道我本是不怕死的人，怎么怯懦如此。持起火把，放着胆，入穴里去。才行三步，只听哼的一声，把我的上齿下齿磕起来，战栗不住。又闻长叹一声，山谷震动。我吓了一跌，匍匐出洞，毛发悚然，汗如雨下。站在洞外，喘息不定，想道莫是恶兽在里面作威吗？细忆声音，好似病人的叹息，喜道一定是野人食人肉太补，把脾胃塞了，发起病来，在这洞里静养的。这等人实在可恶。我不免进了洞，一枪结果了他的性命，替那累累的尸骨报仇。

那时胆气雄壮，携了手枪，提高火把，大踏步跑进洞里。却见一个牡羊，卧在地上，已经病将死了。我想逐他出洞，看他只剩呼吸，只得任他自死，遂抛了羊。周围一看，测量了一会，知这洞只有十二方尺。回头一瞧，见左边低处有个穴口。我想时候不早了，当归洞去。若再挨延，恐怕黑夜里碰看野人恶兽，无可逃避呢，便转身出穴。天色已暮，也不能管这炭，烧到怎么样。忙跑回洞中，到那木夹绳箍的洞门，巡视一番。煮了麦饭，胡乱食过，向床上睡了。一宿无话。

到了天明，用过早膳，携一枝手枪，依旧跑到烧炭的场地。只见散散漫漫的，满地都是零星碎炭。看了一回，估量有一吨半的炭。喜道我此后炊饭，可以不怕有烟了。又咋舌道，昨儿烧炭时候，腾腾烈烈的烟焰烘天，彼时野人不曾看见，真是侥幸呢。又喜道这炭零星抛散，若是运回旧洞，我一个人定做不到。昨儿幸觅一个新洞，但是左边那个穴口，内中有多大地段，我尚不大明白，不免冒了险进内探望。

说毕举步进前。才入洞口，觉有一股腥气扑入鼻来。我知道牡羊已死，恐怕疫气传染，忙向口袋里拿出一茎雪茄烟吃了，避这疫气。一面把死羊用藤缚好，拖出洞外，离洞口有十来丈地掘土埋了。又跑入洞中，燃着火绒，向左边穴口一望，内中并无一点儿的光。但这穴口甚低，不能直行，把躬[1]一湾[2]，入穴里去。佝偻的行了几分钟，估量有十码路的远，洞忽宽了，可以直行。我提起火绒一照，只见高有丈余，阔有二丈许。复向前行去，约有数十步，豁然开朗。忽见灿灿烂烂的辉光，扑人眉宇。手中烛光，与那石壁相映，幻出万千百枝的光点。那时我胸中清爽异常，自念居此二十余年，未曾见过此等佳景，真是如入仙界一般。拭目看时，原来石壁上，生得无数钻石宝石

[1]躬，身体。

[2]湾，应为“弯”。

及金银等等。地面平坦，好似沙石铺成的，不燥不湿。我想移到这里居住，不但不怕什么野人、什么毒蛇猛兽。且得此仙境，万象皆春，自无瘴疠的气了。

遂转身出穴，跑回旧洞，将一切器具，迁徙过来。忙了十余天，才觉安置沈妥。但是新洞里，一些儿的漏光也找不到，却似黑暗地狱一般，白天里也要燃灯。我想日后膏油，总是不继，所以留些器具，放在旧洞里，只把新洞当做别墅。又想现在野蛮时常杀人，我不免暂时移住新洞，避他的凶焰。便带了鹦鹉群猫，忽然触起从前带来的犬，与我颇有忠爱的情，不幸随我十六年便死。呆了半晌，眼眶红了。只听鹦鹉道："休伤心，同我到新洞去。"我一面走路，一面想道，我穷居荒岛二十余年，不见一人一船经过此地。再挨了十余年，恐是如山羊一般，安毙洞中了。正想间，已到新洞。歇了数天。

看这野猫数十头，跳跃嗥叫，实在可厌。我想他是蠢然一物，何妨把他杀了。由是烹了数头，那猫一齐窜去。我赞不绝口道，野猫尚晓得爱群的道理，尚知脱这羁绊，求自由去。最可怪的世界上的人类，往往有同类被人压制，被人屠杀。彼不但不伤其类，甚至助纣为虐呢。这等人比禽兽还比不上，想起来郁气填胸。又兼地当赤道，天气酷热。正在无聊，忽听鹦鹉唤我，要我同他出去玩耍。我便把他驮在肩上，走到山坡，四处瞭望。只见野色苍茫，浩无涯际。转眼一看，海岸上，忽又现出红光，吓得一跌。

未知如何，下回分解。

第九回　唱蛮歌人肉下浊酒
习英语异种结良朋
（续第四号）

我站起来一看，红光相隔不远。那时我心忐忑，想道莫是野人来割麦吗？又想道果是割麦，他一定知道有什么人所种的，必来攫我去作下酒物哩。想了半晌，不觉呆了，站了二点多钟。又想道徒徒站在这里，也是无益，总当看得明白，再做区处。由是跑回洞中，拿了梯靠着石岩。缘梯而上，举起望远镜一瞧，不甚分晓。又把梯拖上，靠着更上一层的石岩，攀到山顶，瞭望一回。只见海岸边泊有二个小艇，再看那红光起处，髣髴[1]有八九个野蛮，赤条条的寸丝不挂，围那红光坐着，剐人肉大烹酌酒。少顷潮水渐退，那野蛮一溜烟的跳入小艇，望西去了。

那时我即跑到海岸边，望见地上横着一具尸骸。近前细看，只见皮肉肥的厚的，都挖净尽了。那腥臊的气味，不堪触鼻。那时我思已死的不能复生，代他可怜，也是无

[1]髣髴，仿佛。

益，将来倘有未被杀的，拿到这岛，我当设法救他。又思我自己亦须仔细，因此日日携了望远镜，到海岸边，察其动静。

一日，又见海边停泊有五十余只小艇，但艇上岸上并无一个人影儿。我想这又是野蛮做那杀人的勾当，但是为那树林遮蔽，看不分晓，不免攀上山巅，察视一回。由是攀藤而上，把望远镜一瞧，却见火炉里浮烟缕缕，蒸笼上热气腾腾。旁有野蛮三十余人，口唱蛮歌，忻悦[1]跳舞。再向海边一瞧，见有一阵野蛮，向艇上拖出二个人，拖至岸上，不分好歹，摔倒地上。众野蛮抽起刀乱剁，一块一块的投入锅中。那一人见他同伴已被杀死，一跃而起，如飞的跑去，却向我所站的山顶这边奔来。那时我恨不得变了一阵狂风，把他撮上山来。甚恐被这野蛮赶着，众寡不敌，又是死了。定睛一看，见却追赶的野蛮，只有三个。那时我甚望他脱这劫难，因暗祝道，倘能放胆再行了一点钟，我便可以帮助。

少顷至一小溪，那一人跃入水中，凫水而过，野蛮亦凫水追赶。我看此时，追者只有二人，顷刻间将到我面前。定睛细看，那走的却是一个黑种人。我想倘不设法相救，是枉了我生平的宗旨。于是直自山顶，一轱辘滚将下来，向前狂奔。那黑人见我手持一枪，将近他身，误认做帮助野蛮，截他去路的，慌得战栗不住，把那三十六个牙齿，捉对儿厮打。我见这等情形，急以手挥他上去。忽有一个野蛮，突扑我前，奋拳便打。我也不及开枪，只把枪柄乱刺。那野蛮却被掼倒地上，我举起枪尖一刺，鲜血淋

[1]忻悦，欣喜。

漓。正欲再下一枪，结果他的性命，猛听得飕的一声，一枝箭直向耳边飞过。回头一看，只见那后追的野蛮，手挟弓矢，直抢上来。我急了，把枪照他面门放去，只听哎哟一声，那野蛮往后便倒。近前一看，已经呜呼哀哉了。

那黑人见我挥手遣他逃走，放着胆，大踏步望前直窜。猛听枪声响处，回头一顾，见两个野蛮，皆已击死，望望的手舞足蹈，又作感谢的形状。我以手招他，那黑人拽开脚，两三步跑到面前，伏身地上，把嘴啜我的脚，作发誓的样子，又作降伏的样子。正在弄手弄脚，那被刺未死的野蛮，突然坐起，瞋着两眼，怒视黑人。我因与黑人言语不通，只得以手代言，做了一场哑戏。只见一个作拔剑杀人的形状，一个接了剑，把野蛮的头颅斫了，一个作掘土掩埋的形状，一个掘了土，把野蛮的尸首埋了。收拾沉妥，我便携着黑人，回洞去了，一路无话。

少顷，已到洞中。我想黑人是才来的，他的性情怎么样，我还是不晓的。但是孤居荒岛，总当仔细，遂使黑人在帐外居住。转身入帐内，携了馒头、葡萄干，并清水一盂，给那黑人吃着。又携稻草洋毡，给他作卧具。那黑人食毕就睡了。你道这个人是什么样子？只见那头散着黑黝黝的长发，颏[1]托着红滴滴的薄唇，口钳着白粲粲的嫩齿，体裹着黄蜡蜡的粗皮，举止有些文雅，容色甚是温和，身长八九尺，年约二十余。我想道这个人却有一点儿似我欧洲人，想是良善，不似那凶恶一般的人。又细察其形容，颇似勃腊西尔的人。正在观看，那黑人醒了，爬将起来，口中唧唧哝哝，又作感激状，又作拜谢状。

[1]颏，下巴。

我便携了枪，拉他出去探望。到了海边，那一群野蛮，已散净尽了。我欲把这黑人警戒一番，便以手作状，示以倘作恶事，立即格杀的意思。然后同入帐中，取一套衣服，给他穿了。又代他起个名字，因他是礼拜五来的，因此叫做勿赖代Friday。又教他学英国话，我道Yes，那黑人也随我的声音说道Yes。我又说道No，他也说道No。我喜道："汝的声音很清越哩，学我的话，看来容易了。"他不懂我的话，只得不做声。我笑起来，他也笑了。由是学了半载，学很多了，一切日常应用的话，都能解说。

我察他为人灵敏巧捷，而又诚实可靠，遂与他结做极相得的朋友。但是他无学问，常常请我教他读书。我道："读书原是很好的事，但是现今的人，往往读我英国的书，不上二三年，便想谋一个馆地。谋了一个馆地，他的什么亲戚什么朋友，也不问他是做奴隶，是做牛马，便都称赞他的本事高强了。汝欲读书，切不可做这没脸面的事，辜负我的教育精神。"勿赖代连声不敢。我自此日日教他读书，历了三年，不题。

且说一日我与勿赖代同出散步。我问道："汝是由邻近岛来的，曾知道此间的地理吗？"勿赖代道："略略晓的。"我道："对面海岸是大陆么？"勿赖代道："不是不是。这地方叫做剔林达尼岛。"我道："据你说来，那边是南美洲了。你看水源混混，万里波涛，上映阳光，幻成海气，种种气象，何啻万千，真是令人娱目，又足令人生悲。我与你同居荒岛，抛了一生事业，怎么好呢？咳！天公天公，你何不遣一船到此，运我回国，使我干些功业，无负此生也罢。"勿赖代听这一段话，便呜呜咽咽起来。我道："别要伤心。"

再看地势，由是看了多时。我道："据你所说，对岸是剔林达尼岛。然则我这荒岛，定是发源于俄里诺可河，沙石渐积，成了一岛了。"勿赖代道："不错。彼处土人，现在自相开衅，已成了一个大战场。得胜者，倘生擒得几个仇敌，就当做打猎得了几只山羊野猪，把他杀了，大烹大嚼起来。"谈了半日，我道："前日所食的甲鱼，其肉与蛋，味道极美。你能够把他捕几尾来，与你酌酒散闷何如？"勿赖代应一声诺，拽开步跑回洞中，肩起鱼网，到海边捕鱼去了。

不知捕得多少鱼，且听下回分解。

第十回　救同种海畔战野蛮　追暴徒船中逢老父

少顷勿赖代奔窜而回。我远远的望着，喜道："甲鱼捕得很快，我的口福很好哩。"再为定睛一看，却有惊骇之状。我呼道："勿赖代，鱼捕得多么？"勿赖代不答。又问道："莫是见有什么东西吗？"勿赖代总不答，只顾抱头乱窜。我又问道："莫是野蛮又来了吗？你别要惊慌，快说出来，好预备迎敌哩！"勿赖代战兢兢道："我——我——我怕呀。"少顷又道："先生怕呀！先生怕呀！"少顷又道："不好了！不好了！"我道："有什么缘故？"勿赖代道："他——他——他又来了。"说着把头向丛树里要钻。我道："不要怕不要怕，赶快取枪，与你同出御敌，把这野蛮杀干净了，替汝的同伴报仇。"

勿赖代听我一番的话，一跃而起，抚了心，束着带，把心坎里的胆子壮了一壮，便结束[1]起来。一柄大斧塞着腰间，二枝鸟枪负着背上，左右手排成开弓势，架起天鹅枪，向我笑道："先生看者[2]，我的结束好不好？"又说

[1]结束，装束、打扮。

[2]者，同"着"。

道："你手中持的四枝枪，肩上荷的二枝枪，腰间挂的兵器，羊皮袋里贮的东西，其名字叫做什么？"我应道："手持的叫做鸟枪，肩荷的叫做对面笑枪，腰挂的是一柄刀一合剑，袋贮的便是药弹，兼有粮食而已。现今别要说闲话，快来山顶一望，再作区处。"说着举步便跑。

到了山上，勿赖代东张张，西望望，忽大叫道："小艇啊！"我架起望远镜一瞧，指道："三只哩！"勿赖代又大叫道："野蛮又拿人了！"我又瞧道野蛮有二十一人，已由船上拖出三个人了。便对勿赖代道："汝须仔细。去当如此如此，不可造次。"说着拽开脚步，二个人同由山顶盘旋而下，过了一个小溪，伏在深林里面。我唤道："勿赖代，这里看不清楚，请你出去探望探望，如何？"勿赖代道一声诺，逶迤前进。少顷回报道："野蛮环坐火旁，一碗酒一块肉，大烹大嚼。有跳舞的，有唱歌的。旁边又缚一个白种人，待杀待烹了。"那时我听说同种人也遭此祸，大叫道："我漂流这岛二十七年，想欲梦见一个欧洲人，也是不能。今日野蛮倘把我同胞杀害了，我抵死也要报复这仇，以达我爱群之目的。"

说着转出林中，至一高埠，离野蛮处，约有八十码之远。住了脚，估量道：他有二十余人，我只有二个人，恐怕众寡不敌哩。再想道：这是救我同胞的义务，即是被野蛮夹活吃下肚子里，我也不怕。话犹未了，只见众野蛮把白人足上的缚解了。我急唤勿赖代快放枪，迟则不及救了。只听轰的一声，勿赖代放了一枪。那野蛮死了二个，伤了三个。同时我也放了一枪，击毙一个，伤了二个。两人又各放一枪，又毙四人，伤者不计其数。那时野蛮东张西望，竟不知这枪弹从何处飞来。于是呼的呼，窜的窜，只顾逃命，把这食人的思想，丢在九霄以外去了。

我与勿赖代分头追赶。那野蛮一溜烟的皆向海边，跳下小艇逃生去了。我便转身回来，向那白人问道："你是葡葡牙人么？"那白人口操拉丁语答道："我是复原教会中人。"说了一句不能再说，亦不能起立。我想他已疲困了，便对他说："你身既疲困，可在此处安息，但你肚中可饿么？"说着，手向羊皮袋里拿出馒头一块、火酒一小瓶。那白人吃罢，力气也壮些，向我说一声谢。我道："你当歇息，不必行动。但是无兵器为保卫，断断不可。"一面说，一面由肩上解下一枝对面笑枪，又从腰间解下一柄宝剑。口说："你可以此为保卫。我将追赶野蛮，把他杀个干干净净。"

说着，拽开步跑到海岸边，见一个杀一个。但这野蛮，都是已经受伤，不能逃走的。其余党都漏了网，脱逃去了。由是巡着海岸行去，不上数十码。远远的望见勿赖代跳下小艇，揭起船板，拉着一个人复登岸上。我以为勿赖代又获一个野蛮了。定睛细看，只见勿赖代一张口直吃那人的脸。我想道：这奇怪了，莫是勿赖代亦会吃起人了？一面看，一面跑。跑到近前，只见勿赖代与那个人在那块儿接吻，忽而跳舞，忽而唱歌，忽而高跃大笑，忽而流涕大哭，忽而拍手欢呼，忽而摸面苦诉。那时我见这等情状，不觉也看呆了。

约有半点钟之久，勿赖代尚在那边手舞足蹈。我想道：莫是勿赖代着了什么恶气，得了疯病吗？何以如此这番，做出奇形怪状。不免向前探问探问，说着举步便跑。昂头一望，原来那个人也是黑种人，便问勿赖代道："这个是什么人？"话犹未了，只见背后有人叫道："天幸天幸，我与你共庆重生了。”回头一顾，只见那白人向我说道：“我本是西班牙国人，同伴十七人，航海经商。因海洋遇着飓风，把船吹到那个岛。那时船中粮已欠乏了，众人一齐上岸。”说至此，指着那黑人说道：“却蒙他部落中土人待遇甚厚。居不多时，野蛮与部落中人，大启战争。我同行十七人，看这野蛮无理取闹，挺着豪气，相率从征。自谓一可除恶，一可报德。谁料愿不从心，部落中人，竟战败了。我同行十七人，与这个老人家，同时被那野蛮拘囚在山窖里。到了今日早晨，有一队野蛮把我捆起，拖在船上，运到此处，拿起刀要割，猛听得枪声一响，把那一队野蛮赶散了。原来有善人居这岛，专救人命，这是难得的事哩！请问这岛人居，可是稠密吗？”我应道：“一言难尽，我与你同是患难中人。今请回洞中，细细详述。”说着，正欲唤勿赖代同归，回头一顾，却不知何处去了。

不知端详，下回分解。

第十一回　归旧洞沿途谈保种
驾小舟入海救同胞
（续第七号）

当时我欲唤勿赖代一齐归去，一连唤了数声，不见答应。待回头时，连影儿都不见了，便向那白人说道："他们想是逛去，我们先回旧洞去吗？"说着，携着手，一面走，一面说道："我与你同是白种，今日得救你的性命，我心坎里的志愿，稍稍安慰。但不知何故，今日我心里有无尽的快乐。"那白人道："这是先生素常爱种，今日得尽义务，心里自然不知不觉发起快乐来。"我道："这话亦颇有理。你看勿赖代今日也曾救得一个同种，他便不告诉我们，自己逛去。可见爱种的心，本是天然的，所以人人都有这心。"那白人道："这个话我倒不相信。"我道："怎么说呢？"那白人道："我曾听说，世界上有一种人，专好同种杀同种。遇有战争的事，倘是国中内乱，那政府的人，就像个杀人不眨眼的魔王。倘遇与他国启衅，那政府的人，就变做缩头龟，急急把偌大的权利、要害的土地，奉送他国的人。这也罢了。又有一桩事情，实是我欧洲的人所未有的。听说有一回他的邻国，要求他的土地。那政府慌了，乱了手脚。他的国民，告诉政府要拒绝邻人所求。那政府大怒，要拿这国民去受死罪。你道奇怪不奇怪，是不独不爱种，并且不爱土地哩。”我答道：“这等国必定减亡。我幼时也曾听说，有一个很大的国，后来因国中内乱，把他皇帝杀了。彼时有一个将官，因为他的私事，跑到邻国借兵，打进本国来。那一把皇帝坐的金交椅，便被邻国人坐了。起初时国民亦有不服的，到了后来做惯了，竟不知是异种的人，做他们主人翁。且有一班的人，因贪这功名利禄，不得已把尽忠等字样做借口。有一次他的同种，要想恢复河山。那一班的人，起一队的大兵，替异种剿除同种。战了好几年，也不知杀死的人有多少哩。这叫做同种代异种杀同种。”

说话之间，不觉到了洞口。便见勿赖代汗如雨下，背着那黑人入洞，放下来，哼着说道：“这个老人家，是我的父亲。”我便说道：“原来如此。天幸救了性命，倘迟了一刻，被那野蛮烹了，你那里知道哩。”勿赖代道：“我父身上被绳捆伤了，请先生赐些火酒。”我道：“这个容易，你自去取来。”我便向羊皮袋里，摸出一块面包，又一串葡萄干，递与那黑人。勿赖代又掬了清泉，给其父酌了。我道：“现在我们人口多了，须设法多种大麦，多畜山羊。一面预备防御野蛮，才能保得我们的立脚地。”由是协力经营，约有数日。

我对西班牙人道：“你同伴尚有十余人，未卜生死，实在不能安心。烦先生到该处找寻，请他齐到这里居住，免为野蛮所害。”西班牙人听说这话，欢天喜地，口中只要说去。我吩咐勿赖代收拾行李，预备干粮，一面修理小艇。只见勿赖代的父说道："我是生长海滨，熟习沙线[1]风涛，我愿为驾舟同往。"众人皆喜。到了第二日，我与勿赖代送两人登舟。临行之时，我再三叮嘱道："倘遇同伴的人，尽数载归本岛，不可耽误，免得我们挂怀。"说着，只见勿赖代的父，扯满风帆，摇着橹，向前进发。不一时间，船身渐渐小了，直望到不见船影儿才归洞中。

却说勿赖代自其父动身以后，心中切望其父速归，由是日日跑到海边瞭望。过了数日，忽见勿赖代从洞外跑进，欢欢喜喜的大呼西班牙同伴来了，快去迎接。拉着我的手，要我出去。我那时且惊且喜，也不及持军器，直奔到海边。只见一只大船，泊着海中，离岸甚近。上面挂着半扇形的风帆，船舱面并无一个人。我看这等情形，速速拉着勿赖代奔回洞中，说道："你作事太糊涂了，这只船并非我们的船。汝只顾乱叫，并不说明来的什么船式，我们便慌慌张张，跑到海边。倘是野蛮的船，被他看见，那时手无军器，真是不得了哩。我告诉你，下次作事，总须仔细才好。"

说着，携一个望远镜，跑到远处瞭望。只见船身长式，在东南角抛锚停泊，离岸约有一英里许，想道这明明是英国的船了。但今日天气晴明，风儿浪儿，都没有的，何以漂流至此？这必有什么不佳的事了。又想道：莫是西班牙人，邀着同伴齐来，船太小了。遇着这船，便附搭前来么？话犹未了，只见那船拔锚开驶，愈驶愈近。我对勿赖代道："我们须仔细，恐是野蛮在那里夺得这船，把这船来，乘着，在海中逛哩。"勿赖代道："一定是西班牙

[1]沙线，地图上标明航道上暗滩的虚线，因亦指航线上的暗滩。

人同我父带了一班人来了。”

说着，只见有十一个人上岸。八个人是军装打扮，默默不语，只坐在地上。三个人另坐在一处。少顷那八个人起来，东张西望，踱来踱去，不一时不知跑在那里去了。那时我便与勿赖代同至那三人处问道：“君等请无惊恐。今日与君等相见，请作良朋。君等是西班牙人么？”那三人闻我的一片好言，惊跃而起，免冠握手，流涕说道：“我们是犯难的人，只望君等救我们，我们便是如天之福了。”我答道：“前数日特遣西班牙人，请你们到此居住。而今到了，我那有不救你们的道理哩？”那三人面面相觑，约有数分钟，忽大叫道：“君是上帝下降么？或是救主来临么？”我那时见此情景，不觉笑将起来。那三人当真以为是救主，遂同声大唱曰：“救主来了。救主来了。我们可以无忧了。”我连忙答道：“我不是救主。我是一个英国的人，漂流至此。但不知你的同伴西班牙人，与一个黑种的人，跑那里去？”那三人不能答，面面相觑，少顷答道：“我不是西班牙人。”我又问道：“你们实在由那里来的？请一一告诉我，我定能助你。”只听那三人答一声是。

不知所说何语，下回自解分明。

第十二回　遇大舰脱身归故国
上孤坟洒泪哭双亲

其时我对那三人说道：“你的情形，我们实在不明白，请你一一告诉我，我们自有主张。”只见那三个人中，有一个答道：“我是这船的船主。”又指那二人道：“他亦是上等的人。只因此次航海，船中的兵丁，要想造反，要结果我们三人的性命，把这船占了。此事却被我们发觉，把他们定个死罪，将绞死他们。怎奈他们再三哀求保全他们同党的性命，口称愿投荒岛，以了残生。我们亦不忍杀他，便依允了。恰好望见此处有一荒岛，即时把舵扭转，向这岛驶来，遣这八个乱党上岸。我们亦上了岸。忽然想起彼等谋反，总是我们约束不严，以致军心散乱。又想那八人已被逐了，我们船上，只有三个人，怎能够在此茫茫大海，驶这偌大的船。因此伤心，脚也软了。故堆坐一团，坐在这里发闷。想先生必能代我设法，救我们这桩苦难。”我答道：“兵丁虽然一时起了歹心，想今日定已悔悟前非。况是同种之人，理宜彼此相爱，休教他人笑话。彼此相保，休教他人欺负，这才算是不枉为人了。依我的意思，将他们从前的罪恶赦宥[1]了，仍旧使他们上船作事，君等途中亦不寂寞。倘有遇着患难之时，他们一定出力。那时将功赎罪，还有什么不可以哩。”船主答道：“先生所言有理，我们愿依。”

由是我与勿赖代四处找寻那八个兵丁，半晌都到船上，见过船主，发了誓言，复其职司，安顿沈妥。船主问道：“刚才闻先生说是英国人，敢问先生何故到此居住？”我遂将漂流的事，说了一遍。又把如何救得勿赖代，野蛮如何吃人，后来救得西班牙人与勿赖代的父，一一说了。船主叹息不置，便道说：“先生可以与我同归故国么？”我与勿赖代连忙同声应道：“船主肯许我们附舟归国，便是我们的救主，那有不依之理？但是此处野蛮甚多，时常出没其间，倘被他们遇着，便有性命之忧。请船主从速开船。”话犹未了，只见那八个兵丁，向我说道：“我们造下的罪恶，幸亏先生好意，把我们的职事复了，我们实实感德。但恐归国以后，仍治我们的罪，那时便无人做主了。又闻先生所述这岛的风景，世界上真是罕见，我们愿留此岛，请船主与先生自便。”说着，都由船上跳上岸去。

我那时再三劝导，彼等一定坚执不肯，只得吩咐他道：“我的同居有一个西班牙人，及一个黑人。”又指着勿赖代说道：“即他的父亲。今番入海去寻他的同伴，将来归的时候，君等须善待他们。他们是良善的人，很有爱群的心。他若问我时，请你对他说道，我已遇着一只英国的船，那船即时要开驶去，不能久待，所以不能与他们同

[1]赦宥，宽恕、赦免。

归。他年倘或天假之缘，自有晤面的时候。”说着，向船主借出纸笔，就船面写一封书信，付与他们，说道：“这是辞别书，请你交给他们。”又指着山上说道：“那边是我居住的洞，洞里百物具备。洞侧是我的军械库，洞前是我开垦的田地。山上各处，设有木栅，栅内畜着山羊。”说着，又跌足道：“可惜我的好友，未能同归。”勿赖代问是谁。我又向那兵丁说道：“烦你将我洞中养的鹦鹉，开笼放出对他说道，我已附舟归国，不及带他同行，请他自由去。”

只见船主，催促开船。我便与勿赖代，对那兵了[1]说一声请，登舟去了。只听喇喇一声响，风帆已经扯满。又见那船主把舵头一扭，船已离岸。那时我在船中闷极，只得追忆往事。屈指计道，自我背了老父出行时，至今已三十五年了。今日离岛回国的日期，是一千六百八十六年十二月十四号。计自沙黎脱了海贼的劫难，漂流这荒岛，共有二十八年二月十九日了。又长叹一声道，我今年五十四岁了，也不知从前误了多少时光哩。一路无话。

至一千六百八十七年六月十一号，到了伦敦。我辞了船主，自与勿赖代上岸去。行了数十步，路也异了，人也生了。只得向人问个路线，寻一个客寓。安顿了行李，便转身出门，往访前船主的妻室。见面时，彼此都不相识。问起名字，才认得出。遂入门来，叙了阔别。我又把漂流的事，前前后后，述了一遍。那老婆子也把境遇贫乏，衣食不继等事，叙了一回。又说道：“你所寄存的金，我本不敢用去，但为饥寒所迫，不得已把你的钱借用了。”我

[1]了，应为“丁”。

连忙答道："这是小可的事。况船主生时，是我生平第一知己，如何说到这里。他日我稍充裕，尚当周济你哩。"说了一回，归到客寓。

过了一夜，第二日遂与勿赖代收拾行李，共同回约克郡中，看视父母去了。到了家时，只见静悄悄的双扉空掩。再进一门，只见姐妹二人，携手而出，问道："你是何人？"我道："鲁宾孙归来了。"我姐妹大哭道："我父母去世已久。当时死的时候，不绝口念你。今日你得归家，没了父母，怎不伤心呢？"我那时大哭起来。我姊又指着两个儿童说道："这个长的，是我的儿子。那个是妹妹的儿子。都教过来，与舅舅见礼。"我连忙唤过勿赖代，赶速预备花圈数个，下午要用。那时伤悲之极，午饭也懒吃了。到了午后，勿赖代携着花圈进来。我遂与姊妹同到坟上，献了花圈。却又伤心，眼眶里的泪，一滴一滴吊将下来。又哭了一回，回家去了。

到了第二日，人人都知道鲁宾孙漂流海岛，今日附着本国的船归家。一则欲听听他的故事，二则久未会面，也欲叙叙离情。所以亲戚朋友，都携着酒食，到他家里探问。才有半日，一室已经挤满。我便把前后的详细述了。一时应接不暇，一连谈了五六日。忽报船主请见，我慌忙接将入来，分宾主坐定。船主道："幸蒙先生调停船中反乱，保全一船的性命，与船上的货物，一路照料归来。我同人感激不尽，特地亲身来请先生略叙寒暄，望先生万勿退缩。"我那时便同船主携着手同行，到了他的住处。少不得山珍海错，满列酒筵。我那时开怀畅饮，到夜半始归家去。

到了翌日，在家无聊，便与勿赖代商量道："我想到伦敦一行，只是没了川费。”只见勿赖代笑嘻嘻道：“我正要说呢。”便向耳边，说了数句。我道：“果系如此，也算是凑巧。”说着，只见门外走一人来，捧着一个盒子，说道：“船主奉送先生的，请先生留下。”说着便走。我把来打开一看，却是纹银二百磅，便向勿赖代说道：“你怎么晓得他送银来？”勿赖代道：“昨夜饮酒时，他们几个悄悄地说要送银子，又说今夜醉了，待明日送去较妥。我所以晓得。”我道：“你且代我找个往葡萄牙的船。”勿赖代道：“先生说要往伦敦，如何又欲到葡萄牙呢？”我道：“你只顾代我找来再说。”

未知何故，请看下回。

第十三回　感旧恩买棹访故人
报前德分金赠知己

那时勿赖代想道：怎么不到伦敦，反往葡萄牙去，莫是还要旅行吗？想其中必有原故，也不便再问分明，只得找船去了。话分两头，却说我那时在家，收拾行李，忙了半个时辰。只听有人问道，“你又往那里去？”我那时回头一顾，却是二姊妹，便答道：“我自归国以后，经济部大见支绌[1]。两姊妹家当虽亦不坏，然亦不甚充裕，我所以要想取经济去。”说着，只见勿赖代卿唧哝哝，口中说道：“如花世界的伦敦，偏不往，偏要到甚么葡萄牙。那时再有风乱波，怎么了得？”一面说，一面走，走到面前，说道：“往葡萄牙的船是有的，但是就要扬帆，欲走即时就走，尚来得及。挨了，便不知当等若干日才有哩。”我那时辞了姊妹，背了包裹。勿赖代背了铺盖，急忙跑到码头，登了舟，扬帆去了。一路无话。

数日之间，船到力士本。我与勿赖代登岸，勿赖代道：“我们找个客寓暂住何如？”我道：“天色尚早，我与你再行数里路，访一个故友。”说着，拽开脚，向前便

[1]支绌，谓处境窘促，顾此失彼，穷于应付。

跑。勿赖代随着走，却不认得路径，东张西望。所有家屋路途，比昔时都变换了，只得遇人便问旧船主的住址。有道他家却在这里，但好几日不见，不知那里去了。有道听说往巴西看他儿子去了。话犹未了，只见有一人指道："不要谎[1]，那边来的不是么？"我那时谎忙向前行礼，问了起居。船主也不答应，呆了目看我，少顷说道："你是谁？"我答道："是鲁滨孙。"船主道："当真是鲁滨孙么？"我道是真的。船主大喜，拉我家去。勿赖代随着走。

入了门，分宾主坐定。我道："自从沙黎脱了虎口，又遭大劫，几乎鱼腹葬身。幸得天假之缘，遇见船主相救，得以不死，此恩终不敢忘。今特来访问。"船主道："自千六百五十九年九月一日，与君别后，时挂于怀。后来因隔了二十余年，并无音信，想是海中遭难，没了性命，休想再能与君会面了。今日君等得到我家，我心里的快乐情形，真难比喻哩。"说着，便向枱子上开起灯，把火一燃，那灯亮了。只见童子进来说道："晚餐已备了。"大家吃过饭，不免各各叙了许多经历的苦况，离别的情形。过了十夜，次日船主再三留我们在他家住，我也因数十年的知友，似有无数的话，未经谈叙，只得依了。由是重复烹茶，大家坐定，不免又把往事叙了。

船主道："九年前，余曾到巴西，见田园的生产，畅旺得很，便到村中访旧时与君订合同的二人。那知两个都死了，犹幸村中伙友，皆获平安。遂邀余到各处闲逛，别的不论，只烟叶这一种，已畅旺极了。那时谈及君的股

[1]谎，今作"慌"。

本，及应得的利。他道，已将君名下所得的利息，代买国债票了。”我想也办得是。又自念道：“既是好友葬身鱼腹，何必再营这生产。放在手里，不免睹物怀人，索性断了根。便将我的股资，匀作三份，一份归家使用，二份充作圣奥加士廷善堂的公款。这善堂专为济施西印度的穷民设的。当日我到善堂捐钱时，曾说这款只寄存堂中，惟每年生的利息，当充公欵。如果原人要用，可将此款收回。议每年应纳若干利息，充作堂中公用。”我答道：“难得船主多情，一个朋友不见了，便把自己的生产也折了，真令人感德无既[1]。”

船主接着道：“我那时查察园中细账，各股份上，每年进出诸款，无大无小，皆登记得明明白白。各伙友真是诚实，可敬可佩。”我道：“那一区田地，仅隔了二十余年，就有如许发达，明是付托得人了。可见国欲富强，也须经理人有才干可靠的。”船主道：“你漂流荒岛二十余年，尚未闻世界上的怪事。我曾听说，有一国人，代他国的人经理国事。起初借口什么吊民伐罪[2]，待到年久月深，便道邻国的土地，是他的私产、邻国的人民、是他的奴婢。邻国人倘问他讨，便指为大逆不道。又有那一班人，不顾本国的事，反作他国人的猎犬，也有替他设法保护的，也有替他生财的，也有替他说说几句话招抚百姓的。倘遇疑难的事，便道你万众沐我深恩，受我厚泽，今日如何不代我拼命？”说至此，只听勿赖代接口道：“这

[1]无既，无穷、不尽。

[2]吊民伐罪，慰问受苦的人民，讨伐有罪的统治者。吊，慰问；伐，讨伐。战国时期孟轲《孟子·滕文公下》：“诛其罪，吊其民，如时雨降，民大悦。”

就是我国邻近的野蛮举动了，何不把他杀个干净，免的世界上有这不平的事。”

船主道：“自昨儿至今，忘了一事。并未曾问过，这位是谁？”我便把在荒岛时，如何望见野蛮，如何救了勿赖代，后来与勿赖代如何统毙野蛮，勿赖代如何诚实可靠，数一数二的说了一回。忽报巴西有信来，系寄与鲁先生的。我那时喜出望外，拆开信一看，信云：“自从主人去后，事事照合同办理。园中诸产，现已值银五千余磅，每年所收的地租，约有一千余磅。”我拍案叫绝道：“如此诚实，恐世界的人，无有过于我伙友了。”便对船主道：“自蒙船主救命，无日敢忘深恩。且蒙错爱，厚待我，始终如一。请将赢余的资财，为先生寿，以表微忱。”船主再三不受，让了一回，方才收了。

过了几天，闻有一个力士本的商人，将往伦敦经商。我想道，前船主算是我第一知己，他已死了，只剩他的妻室，年老无依，我若不趁此时报德，更待何时。便叫勿赖代将银秤出一百磅，自己搦[1]起笔写道：“请你不必忧虑，倘余一日在世间，必尽一日之心，以报前德。兹先寄上一百磅银，请收为日用。”写毕，封好，对勿赖代道：“请你将信与银，送于该商人家中，托他带至伦敦，交与前船主之妻亲收。”勿赖代答应着去了。

我又想出一事来，自忖道，船主的妻，当报前德，难道骨肉之亲，便丢了不管么？况且我有许多田园生产，我的银是用不了的。又思商人尚未即行，一转身忙进房

[1]搦，握、持。

中，开起抽屉，取出二大包的银，每包恰恰一百磅。键[1]了门，拽脚便跑。不一刻到了该商人的家中，说道："这二百磅银，是寄与我姊妹的。匆忙之中，我也不及作信。请你到伦敦时，转托诚实的人，带往约克郡，交我姊妹亲收。"该商人答应了，我便回去。一路上想道，我姊已作孀妇，我的妹子，与其夫又不和睦，我倘将巴西的产业，一概售去，回去伦敦，享天寿，叙天伦，岂不好么？说着，忽有一个人跑进来，向我问道："明日有二舟开往伦敦，有甚么人往吗？"

不知如何答应，且看下回分解。

[1]键，关门。

第十四回　屡遭劫惊心走海路
强耐寒冒险过雪山

那时我听说有二舟往伦敦，心中忐忑不定。想道，我屡次航海，皆遇危险。倘此次附舟返国，海上又有不测的祸，将奈之何。又想道，我既具有冒险的性质，怎么害怕起来，难道我年纪老了，便腐败么？又回忆昔年海中遭劫的情形，越想越怕。只见那人又问道："先生要回去么？"我道："不要忙，我想一想再说。"那人道："谁耐烦，你要想，我便回去了。"我道："且慢，我且与你商量。现在我的货物颇多，我尚不能即时就走，先把货物寄些返国。"说着，即唤勿赖代搬运到船去了。有话时长，无话时短。隔了数十日，我欲打算回家，自思道，我若回国，当找个船身坚固，该船主又当精熟于驾驶的船坐着才稳。又想道，那日寄货回国，我的意思，原以为先试试看，此地航海的人，工夫何如，到底平安不平安。如今过了许多时，并无听说甚么凶信。我那日倘亦附载回国，岂不安稳吗？

刚刚想到这里，只见勿赖代回来说道："不好了，我们的货物都送到海底了。"我道："怎么说？"勿赖代道："那日寄货的船，驶至英国套排地方，碰着一个海礁，把船穿一个大窟窿[1]。连人带货，渐渐的沈下海去。只有三个人，攀住舢板，后来遇着他船相救，今日才回国哩。”我道：“还有一个船，怎样呢？”勿赖代道：“听说被竭兰海盗打劫去了。”我那时吓的浑身是汗，说道：“危险极了，我真是不敢再由水路走。”勿赖代道：“不成功，除非老死葡萄牙便罢。若还要回国，这海路总不能飞过的。”我道：“休谎，且到船主家商量，或且有旱路可走，也未可知。”

说着，便同勿赖代跑到船主家。见了船主，说明原因。船主道：“既是害怕，便勿勉强。此处陆路可行。闻说自力士本，过西班牙，至法兰西境界，入开来西地方，即是英法隔界的海峡。渡过海峡，便到英国了。这海峡极狭窄，并无一些儿的风浪。依我看，尚是旱路好。请放心，我当代你寻几个同伴。”那时我也不知由那一路走是好，只得等待船主代寻同伴有多少人再说。

过了二日，船主来说道：“闻有一个英国人，因为他的儿子，在力士本经商，他于去年来看儿子。现欲归国，他说要旱路走。可邀他来，问个明白何如？”说着便走。不一刻，船主同一个英人来了。我迎着进门，分宾主坐。我道：“闻先生此次回乡，拟由旱路走？”那英人道：“我本好游玩山水，故欲由旱路走，庶几领略风光，增些阅历也好。”我道：“先生可许我同行吗？”那英人道：“同伴愈多愈妙，那有不肯之理？现在我们已有九人同路了。”我喜道：“凑巧极了！”忙问是谁。那英人道：“二个是我们英国的商人。二个是葡国人，但其年纪轻

[1]窟竉，今作“窟窿”。

些。又有他们的随役五个人，他们皆要到巴黎的。我们与他同路，过了险要，得到巴黎，就不怕了。然后与你们同归本国，岂不好么？”

由是收拾行李，备了马匹，带了军器，辞别船主。由力士本起程，十一人骑马荷枪。我看时，便道：“这不是一队的马兵吗？”众人道：“先生年最长，即请为队长何如？”我笑道：“虽然说笑，我也依了公论便是。”行了数日，到了一个地方。我道：“此处颇热闹，莫是西班牙京城么？”那英人答道：“是。这京城的名字，叫做马德力。”我道：“兄弟们，我们有一议论，请大众公决何如？我们暂住此处数日，看看他国的山水，领领他国的风俗。况且我们走了好几天，马也乏了，歇歇也好。”众人道：“这事恰合众人的高兴，但是残年已近。加之行路艰难，似乎不能耽搁。依我众人的意思，尚是少驻几天。”议论定了，连忙打点游山水的，采风俗的，各自干各自的事去了。一连忙了数天，看看十月将尽，大众遂离马德力启行。一路无话。

到了纳惟米地方，正在路上行走，只见两个老者在前面走。一个道：“闻说法兰西界，又下大雪了。”一个答道：“年年如是，行路的人，真是苦哩。”说着，向东边转一湾，各自分路去了。大众皆不以为意，只管向前进发。又行了数日，忽见一队人马，迎面而来，大呼道：“前面走路的兄弟们，是到法兰西吗？”匆赖代答道：“是。”那人道：“走不得，走不得。法兰西遍地却似银镶玉嵌的一般，不问什么山，什么水，皆变做雪捏成的，把路径一概蔽住。我等看得怕了，所以折回，要到板魄罗你城[1]暂住，待雪融后再走。”话犹未了，只见那葡萄牙二少年齐答道：“这等腐败的人，我们千艰万险都不怕，还怕什么雪。你们怕死的，请干你们的事去。”我接着道：“休如此说。大雪漫空，手足僵冷。你们固然不怕，但我久居热带，勿赖代生长热带，惯以单衣过冬。乍遇这等寒冷，实在担不起。就是众位，难道都不怕冷吗？依我的意思，也向板魄罗你城中暂住。”说着众人赞成了。

过了几天，那葡萄牙的少年又欲行。我道：“非怕别的，只恐雪山崩裂，被他压住。如果欲行，当打探明白才好。”由是住了十一日，那少年仍是催促。我道：“刚才打探一个旁路，须由方太阿罢[2]海日，渡舟至法兰西鲍特葛四[3]海湾。听说那海湾风浪很平静的，但是路途曲折，不免多费时日。”众人犹豫不决。忽有法兰西人，来赁屋住。我问他由那地方来的。他道：“此行苦极了。我自本国到此，一路皆是积雪坚冰，把路径蔽住。犹幸凝结坚硬，人马经过，尚不怕跌。走了数日，不辨路途，忽见一人在前面走。”说着，向那乡导指道：“即是他。亏他告我，才晓得是兰旧铎秃小路。我便请作乡导，始得到此。”我们一班人，闻信之下，无不欣喜，便向那乡导恳其带领我等，过此险要。那乡导道：“同行的事甚容易，但恶兽甚多，须准备军器，以防不测。”我道：“这是我们随带的。”正说之间，只见那一班折回居住板魄罗你城的十二人，向我们商量同往。众人无不喜欢。

---

[1]板魄罗你城，今译潘普洛纳，西班牙东北部城市。1841年卡尔里斯特战争后，改为纳瓦拉省首府。

[2]方太阿罢，今译封塔拉比亚，是西班牙北部的一座城市，濒临比斯开湾。

[3]鲍特葛四，今译波尔多，法国西南部城市、港口。

至十一月十五号，众人结束行李。乡导在前，二十三匹马随后，却似一队远征军。走了二十多里，过了一个山，又折一湾，转向左边去。只见羊肠鸟道，路途狭隘，百步之间，回旋数四。又走了数里，望见有一市肆。我问道那边什么地方。乡导指道："这边是兰旧铎秃省，那边是该四康南省。"那时候夕照在山，远望一派修竹，真是佳景。一行人驻马赏玩，赞不绝口。正在观看，忽听有人大呼救命，吓得众人面如土色。

欲知何事，请看下回。

第十五回　老乡导遇狼受伤　勇黑人与熊演剧

却说众人忽听有人大呼救救命，吃了一惊。勿赖代听着，猛加一鞭，那马如飞一般跑去。众人齐声道：“速速策马向前，协力施救。”说着齐下一鞭，尘头起处，二十余匹马，向前直奔。才折一湾，只见勿赖代持枪猛击，正中着豺狼头上。那豺狼拼命跑去，其余亦都逃窜。众人惊愕未定，忽听远远的枪声与豺狼狂嗥的声相应。那时众人不见了勿赖代，都代他担忧。

正在惊疑，只听乡导道：“请先生代我扶起。”众人忙问遭难的颠末。乡导喘着道：“我因见路径窄，恐怕狭路中雪块堆积，意欲先望一望，所以策马前行。不料才入狭路，忽见雪窟中，突出三个豺狼，猛扑身上，一时措手不及，不能放枪攻击，只得喊救。所以腕上膝上，均被咬伤，倒撞下马。那三个豺狼，正在弄牙舞爪，欲咬我的臭皮囊。猛听得枪声响处，那豺狼四散走了，回视其人，却是勿赖代。我这一条性命，是由勿赖代来的，我当谢他。”说着，只见勿赖代策马缓行，拖着一个死狼，说道：“不要说谢。同人有难，理合相救，这是我应尽的义务。”说着，扶乡导上马，顺途进发。

出了狭地，路径渐渐宽阔，左右林木清疏，颇有佳景。乡导道："我受伤甚重，实在力不能支，最好少憩半日。"众人齐声道是。勿赖代跳下马来，扶乡导下，坐在路旁。忽听怪声一吼，有一巨兽，自林中钻出。众人吃了一惊。勿赖代道："勿怕。这是巨熊，其形状虽似凶狠，而其为物甚钝，所以不能与人为敌。即是饥饿已极，亦不能够觅人充饥。"众人道："怎么样呢？"勿赖代道："此物极其鲁钝，就是当面遇着人，他好像瞎子一般，总看不见。我们倘与他相遇，不过躲一躲闪，让过他，他便一直走去。若投以石，施以枪，他便知道有人了，四处找寻，必得人而食，而后甘心。又有一妙事，请诸君看。我将与他拉手为礼，以博众人一笑，好么？"我道："不是顽。如此蠢物，岂能与之相戏。倘撄彼之怒，恐有性命之忧哩。且此事不大关系，我们干我们的事，何必冒此不紧要的险呢？"勿赖代道："不怕。吾国人民，最惯与熊为戏，他必不敢噬我。请众人在此，略等一等，观这最奇妙的剧。"

说着，跳下马来，探手于皮袋中，取出薄底鞋，把皮靴脱下，将薄底鞋靸上。带过马，拴在树上。只持一枪，飞也似徒步跑去。那巨熊尚不知有人追赶，犹缓缓的行去。不一刻勿赖代已近熊身，呼熊曰："唉，余与你共语吗？"熊尚不知，依旧走路。勿赖代遂拾一块石子掷之，适中其首。熊犹昧然罔觉，仍旧摇头摆尾的行走。勿赖代乃以巨石投之。熊亦不受损伤，回头一顾，知有一人，遂望勿赖代身上，扑将过来。勿赖代如跃似飞的跑来跑去，那巨熊知是与他戏，遂拽开大步，向勿赖代追赶。飞奔之速，比走马尚不止十倍。

勿赖代直望余等站处奔来，观其情形，似甚危急，且若有欲求余等帮助的样子。那时余深恨他好事，无故惹这顽物，到余等所站处。倘或袭来，众人未免受祸，遂急呼众人备枪。那知勿赖代司空见惯，行走自如，不若众人之惶惧。只见勿赖代忽然向左边跑去，熊亦向左追赶。勿赖代看看那熊将近其身，急忙弃枪地上。原来熊性多疑，见地上有枪，以为枪能击他，而不知枪必藉人，才能施放。故见有枪在地上，便驻了脚，把枪千嗅万嗅，然后再行。此是缓兵的计。那时勿赖代弃枪后，至一大橡树，揉升而上。熊亦跑到树下，一时找不到勿赖代，四处张望，仰头一看，知在树上，亦猱升登树。先前众人见那熊走路，何等钝重。此时攀树，轻捷如猫。

众人皆替勿赖代危，便走到近前，看其情形。只见勿赖代站在枝上，与熊相离，只有数尺。那熊身体肥重，站的枝无不垂下，所以终不相及。勿赖代见众人至，遂呼曰："君等快看，我将教他作跳舞戏。"说着，遂站在枝头，踊跃跳舞，俨若杨柳之随风。那熊亦以两爪挂着枝上，极力簸扬。有顷，那熊左瞻右顾，欲上不能，欲下不得，身不自主，俨然将坠，急迫异常。众人见此形状，无不大笑。那时勿赖代立定枝上，语熊曰："你稍为走远一点儿，好么？"那熊似若会意，便稍走远。勿赖代复跳跃，熊亦攀树起立。那时众人以为有隙可寻，将施枪击他。忽闻勿赖代呼曰："请少待片刻，我的戏尚未演毕哩！"一头说，一头跳跃。那熊仍攀着树枝，张目怒视。众人无不惊诧，相顾说道，如今闹到不开交，不知如何收场哩。说话之间，忽见勿赖代把树枝乱摇。众人说道："或是把熊摇落，跌在地上，我们齐放一枪，结果了他的性命吗？”我道：“你看这熊甚狡猾哩。见了勿赖代把树枝乱摇，他便以巨爪紧抓大树枝上，立身甚稳当哩。”

话犹未了，只听勿赖代向熊说道：“好！好！你不走远，我将行去，不再与你玩耍。你无至我处，我亦不至你处，我与你从此不相干。”一面说，一面攀住小枝坠下，将至地，跳将下来，拾起枪，拽步便跑。那熊见勿赖代去了，遂亦缓缓从大枝走下，步步留心，只怕跌下。到了树根，那树干是直的，若再将首向前，便倒悬了。所以那熊一到树根，便转身将首向上，以两爪抓住树根，徐徐的退将下来。将至地上，只听轰的一声，那巨熊向后便倒。原来勿赖代尚未走远，拾着枪，伏在近旁，见熊将至地，举起枪觑定熊身一放，正中着熊耳，那熊已呜呼哀哉了。勿赖代遂向众人说道：“吾国的人，杀熊惯用长枪，没有人用过火枪的。今日我用火枪，是我所擅长的技艺，故姑为戏弄，请诸君散闷怀。”众人称赞不已，一齐上马，向前进发。一路无话。

约行有九里多路，只听得熊吼狼号，山径蹄声，不绝于耳。众人听了，也不知有多少的怪兽来往，吓得目瞪口呆。这里乡导的创口暴裂，呼天叫地的声音，与那怪兽的声，两两相应，真令人悲从中来，感伤不已。事出无可奈何，只得向前再行。约有一点钟之久，望见一村，便取路投那村去。到了村口，遇着一个老翁，将投宿的事，央告一番。老翁道：“你幸遇着我，不然你们性命休矣！”说着，引到一所大寺，指道：“此处可以安身，但是晚上不可出门外一步，亦不可声张，才能保这性命哩！”不待说完，匆匆跑出户外，将寺门反扃[1]去了。众人听着老翁的话，扪不著头脑。正在猜疑，只听远远的枪声，轰轰烈烈起来了。

不知何故，且看下回。

[1]反扃，从外关闭门户的门闩。

第十六回　听士人言少戒行险
谈他国事代抱不平

话说众人听着老翁的话，惊疑不定，弄着一夜无睡。只见这一个说道："莫是老翁是卖猪仔，把我们卖做苦工，开垦去吗？"那一个答道："不是不是，分明炮声隆隆，定是同那一国开仗哩！"又有一个说道："我看老翁不是好人，怎么把寺门反扃，将我们锁住呢！"话犹未了，只见勿赖代大叫道："不好了！这老翁定是坏东西。当时附近于我国的野蛮人，亦是如此举动。我们当预备御敌。"接着，叩门的声音。勿赖代道："他们来了，我们列成队伍，杀将出去。"正在说话，忽听远远的，喇叭的声音，战鼓的声音。勿赖代急著道："你听听，不是来了吗？速装枪，挨了，来不及哩！"众人慌的七手八脚，忙乱一回。那时叩门的声愈急。我唤勿赖代道："尔休开门，由门缝儿窥去，到底有多少人。"勿赖代道："瞧过了，只有一个老头儿。"我道："一个人怕什么，况且我看这老儿，不是坏人。你且放他进来么。"

勿赖代开了门，老翁进门，吓了一跳，埋怨道："我告诉你们不要出门。怎么这个客人的手足，被恶兽咬到这个田地。"又看了一看道："这里四肢都肿胀了。"众人答道："这是昨儿路上被豺狼咬的，现在药石无灵。请问老先生此处有好医生没有？"老翁道："此处恶兽极多，往往伤人。昨儿再三叮咛你们的一段话，即是怕你们被他咬伤。又因那时候有百余个恶兽，将抢进我村里，我们预备防御，所以慌忙跑去，不及详细告诉你们。我们防守一夜，枪毙了十余个豺狼。现天色已亮了，我才略略放心。然犹虑恶兽未经远窜，所以把喇叭战鼓，大吹大擂起来，恐吓这恶战。我们住在这里，很吃这恶兽的苦哩！家家皆当预备创药，又当鸠钱[1]开了许多的医院，请了无数的医生。"

众人指着乡导说道："他受伤颇重，请先生告我那个是第一等医生。只求得医好，不论银钱。"老翁道："此事交给我，请你们安心，即便起程。"众人又道："这个是我们的乡导官，我们走路，全藉他指引。他病了，请老先生代寻一个乡导，好么？"老翁道："容易，容易。"说着去了。有顷带有一个人来，向众人道："他很熟识路途，可担乡导的责任。"又手向背后，招那随来的几个人道："请你把病人抬到医院去。"众人牵过马匹，与老翁作别，上马去了。

行了数日，到一地方。只觉天气温和，风清日丽，景物秀美，雪聚花浓。众人各驻了马，赏玩不已，因问乡导道："此处是什么地方？"乡导道："这地方叫做吐鲁士。此处地极平坦，既无恶兽，又无大雪。今日已出了险，当为诸君庆贺。"忽有一个土人向前问道："诸位由那里来的？途中有遇著作乡导的人么？"众人道："他因被豺狼咬伤，现今在医院医病。"土人道："诸位真是

[1]鸠钱，筹款。

胆壮。法兰西境内诸地，从未有若彼处的危险。”又向着乡导说道：“你作乡导官，真是不知好歹。那有当大雪漫山之际，敢领多人行于险地？诸君之不葬身兽腹，实是无量的幸福。”说着，那土人脱了帽，说声请，去了。众人听土人的一段话，个个咋舌，因相戒道，此后不可行险侥幸了。

由是复行有几日，到了巴黎。看不尽街市宏丽，说不尽人物繁华，四方商贾，辐辏相集[1]，不愧为兴国首都的气象。众人赞叹不已。勿赖代道：“我看伦敦还好，各国总不及他，终当让他第一。”话犹未了，只听众人齐声说道：“老兄有请了。兄弟们就此告别，愿诸君水陆平安。”余答应了数言，他们去了。回顾同伴，只有一个英人，与勿赖代，还有一个乡导。什么英国的二商人，葡萄牙的二少年，又其同伴五人，又有那怕雪冻的回居板魄罗你城之一班人，皆不见了。

那时我等只有四人，颇形寂寞。一路上，一头走，一头谈。说话之间，不觉已到了开来西地方了。勿赖代道：“我先行，找个稳当的船，给你们渡过。”说着下一鞭，如飞的跑去。我那时因已到了开来西，可以不用乡导了，遂向乡导说道：“请你自便，我们有劳你了。”便向口袋里摸出一锭银子送他，说道：“敬谢你指引之劳。”乡导又说了应酬的套话，策马回头去了。我与那英人向前再行。少顷遇着勿赖代回来，大叫道：“来得好！来得好！

[1]四方商贾，辐辏相集，辐辏形容人或物聚集像车辐集中于车毂一样，也作辐凑。商贾辐辏，此话意思是各地商人像辐条一样聚集与此，多用来形容商业繁荣，集市热闹。

榜人[1]正在催促哩！”勿赖代勒回马首，邀余与那英人到岸边。勿赖代跳下马，我二人亦下了马。勿赖代牵马下船，拴在前舱马槽里，复到岸上，将行李搬到后舱。我二人帮着忙。

忙了一回，三人齐入舱里歇息，忽听豁喇一声，我三人吓了一惊。拽开脚攀到舱梯上，张头一望，原来是二丈余高、丈把阔的前后三扇大风蓬，一齐扯开。勿赖代道：“今曰顺风，船走很快哩！这是什么地方呢？”那英人道：“这叫做多法海峡。”勿赖代道：“果是风浪平静。”我接着道：“我们自马德力至此，不觉之间，途中已行三个月了。”那英人道：“今日已到正月十四号，果行了三个月。犹幸有许多人同伴，也不觉什么郁闷。”由是三人谈了许多途中经历的话。只听人声讧讧[2]，车声隆隆。探头一望，原来已到了岸。那英人与我作别，各自策马去了。

我遂赁得一个屋，一面购置器具，一面作信请前船主的妻，与我的二侄儿来同住。未几，前船主的妻到了，我便将请他同住，报他大恩的意思说了。那老妇道：“也好。你现在家庭的事，也无人管理。我是七十岁的老妇人，世故也阅历许多了，替你料理家事，也好。”自此家中经纪，皆托他。他是一个极诚实极能干的人，所以家中巨细，井井有条。我那时见此景象，想道，我现在把巴西的产业，一概售尽。算来这款项，尽够我一生受用。但是安居此处，并无干一点儿的事业，尽一点儿的国民义务，不过把伦敦做个安乐窝，是不如一只狗儿了。虽然，我总

[1]榜人，船夫、舟子。

[2]讧讧，哄闹声。

不肯放弃责任，因与前船主的妻商量做些公益的事。前船主的妻道："还是教育好。"我接着答道："我们设一个蒙学塾，我自为教师。我虽没有什么学问，然只教蒙学。若把我所学习过的学问，教导学生，谅必有够。而况教育在精神，不在形式。我的精神自问亦有些儿，不比那狗彘不若的一班人。"

前船主的妻接着道："你漂流海岛去，世界上奇奇怪怪的事，你尚不晓得哩！我听说东方有一国，地又大人又多，但是他提纲挈领的人，都是狗把一个。偌大的土地弄到死猪死狗一样，任人割，任人剐。所以各国的人，你占一个港湾，我领一个省分，他也不敢则声[1]。"我道："他的国民怎么样呢？"前船主的妻道："咳！好极好极！有一次，他的邻国要占他的土地，他国中有许多学堂，学堂中的学生，个个愤怒。有的编成义勇队，预备助战。有的递个电信，力请抵抗。"我接着道："此话我倒不相信。据你说来，他国操教育的人，腐败极了，难道还有什么精神？"前船主的妻道："这事偏奇怪，他国操教育的人，不止腐败，并且与他学生反对。他说为人不必有爱国心。那时候有一学堂，堂中总办，不知他是什么官，听说学生打电报请抵抗，赶紧跑进学堂，登坛演说。"勿赖代接着道："不外振发学生的爱国心而已，还有意外的好处么？"前船主的妻摇着头，说道："他道，你们做学生，不要轻举妄动，我国的土地，是皇帝的，与你们不相干。皇帝要把土地送那一个，就是那一个的，你们有什么势力干与他？我劝你们只干你们的事，读读书，写写字。

[1]则声，出口发言、做声。

求了学问，到后日如我的样子，做了大老官，好不体面。这等不干己的事，管他则甚。”我听至此大怒，骂道：“怎么不把这个狗官杀了，世界上也干净些。”

前船主的妻道：“还有可怒的事哩！那一回邻国求地，他政府与邻国交接的事，全是秘密，终不肯露一言半语给他国民知道。有一报馆访事[1]，极有爱国心的，最先察出此事，把他登于报端。由是各国都知道这事，皆不答应他把土地送与别人的事。那政府不能送与他人，大怒起来，甚恨这个访事。后来给他拿住，又没有什么罪名，不能杀他。”勿赖代接着道：“放了便罢。”前船主的妻咬牙道：“残酷极了！你道怎么样。当暑天时候，把竹片捶他的四肢，打了二点多钟，打得肉飞血溅，骨露筋抽。那个人气尚未断，又把一条绳绞死他。”我听着心里的无明业火，不觉直冲上来，推翻了几案，怒叫如雷，大骂道：“这样坏东西，我们曷不把他政府的一班狗，杀个干干净净，替他的国民伸伸气。”

语犹未了，二侄儿适由约克郡到。我那时见侄儿来了，便说道：“我们做文明国的国民，真是如天之福。只望你具一副热心肠，始终爱国，可不枉为人了。”勿赖代接着道：“学塾里一切器具，都预备了。明儿是开课的日期，二位哥儿刚刚到，很凑巧哩！”次日上学开课，从此按照规章办理，自然顺序。过了月余日，忽见勿赖代跑到学塾里说道：“家中有许多亲眷，请你马上家去，说要紧话。”我那时摸不着路影儿，荒忙跑回家去。

欲知所说何话，请看下回。

[1]访事，又称访事人，旧指通讯或报馆派往各地采访新闻的人。

第十七回　得鸳偶中途悲破镜　过驹儿老境再环球

我听勿赖代的话，心中疑惑，连忙跑回家。刚刚进了门，只见姊姊妹妹，围着一围。见我到了，都迎将出来，邀到客堂，各将久别的离情叙了一回。只听我姊姊说道："我今日特地请各亲眷来，即因你已经立业，也当成家，所以要劝劝你，完全这桩大事。"妹妹接着道："哥哥有爱国的精神，也算是我英国的国民一分子。依理而论，当使英国人的种，生息蕃滋[1]起来才是。"前船主的妻接着道："我听说世界上，有什么女王，以国为夫，什么宰相，以国为妻，究竟太好奇了。"

我那时听着他们的一段话，答道："你们不必操心，我胸中已有把握了。"便向前船主的妻说道："以国为妻，这一句话是爱国心达到极点的人，才说得来。况且他们的国受他族管辖，若不谋脱羁绊，即到了世界末日，还是做奴才哩！所以他们自顾牺牲一身，与异种贱族大战，战了许久，才能够把祖宗遗传的国独立起来。你说他好

[1]生息蕃滋，生殖蕃息。蕃滋，繁殖增益。《国语·越语下》："五谷睦熟，民乃蕃滋。"

奇太过了。”又向着来人说道：“我本来也想不娶妻。后来又寻思道，我们的国，何等富强。我何必不娶亲，以博名誉呢？所以我也注意过桩事，但是当求一个有学问的女子。倘是遇着未开化的妇人，生不生，灭不灭，真是不得了哩！”勿赖代接着道：“诸位勿忧，先生胸中已有成竹了。”那时七嘴八舌，谈论了一天，大家各自散了。我那时看准了一个女子，也打算娶亲去了。这且按下。

却说蒙学堂的学生，只有我的二个侄儿，最为聪明伶俐，文字技艺，一切精通，生活一道，可以不倚赖他人，成一个能自立的人了。幼的那一个还好，力又大，胆又壮，又能冒险，所以将他送到海船上，使学航海的事业。有话时长，无话时短。恍惚之间，过了七年。一日余在伦敦，遇着由法国旱路同行的英人，邀到茶馆相叙，各道了阔别的景况。谈了一回，那人又问道：“先生形容怎么枯槁到这个田地？”我道：“自从相别之后，回乡开一个蒙学塾，即因无人帮助。附近适有一个女子，极有学问。他愿嫁我，我愿娶他，由是成了亲，相帮料理，那蒙学塾大兴旺起来。陆续生有三子，谁料相聚七载，中道分飞，吾妻竟瞑目死了。我那时如鸟失巢，无所归依；如舟无舵，不能行动，抑郁无聊。那学堂托友人管理去了，所以终日彷徨，无所事事。众人又呼我为废物，我所以又作游历之想，思欲遍行天下，以广见识。”

话犹未了，只见勿赖代来报道：“侄哥儿到了。”我便迎接进来，只见我侄儿喜欢欢道：“自到海船学习，所有航路沙线，一切皆学习精熟了。又阅历二三年，如今已做了船主。现在船到此处，探知叔叔在此，所以特来省问。”我道：“我自破镜[1]后，日夜忧闷，想欲游历天下，但是无凑巧的机会。”我侄儿接着道：“现有商客数人，组织一个公司，拟由巴西到支那贸易，谋操支那的利权。叔叔倘有意同行，且可顺途到前居的荒岛，探望故人哩！”我道：“我前数日，刚刚念及此事，今日有此机遇，好极！”说着，唤勿赖代道：“请你回约克郡，取行李来。我们在这里等你。”勿赖代答应去了。我侄儿道：“叔叔年纪六十七岁，犹思远行，真是老当益壮。那一班软弱少年，本国中尚怕走，何论游历。”我道：“大凡做一个人，总当具有冒险性质，才能够阅历许多事情。若使要安闲自在，钉住家里，就如死的一般。”由是常常与我侄儿闲谈。

真是光阴似箭，日月如梭。倏忽之间，不觉地球又绕日一周了。那时勿赖代也到了，一连忙了数日，购了许多货物。又请了两个木匠、一个铁匠、一个铜匠、一个裁缝匠，一齐登舟。我同勿赖代照顾搬运货物。只听勿赖代唱道：“猪一百头，母牛二头，小牛五十头，布帛三十箱，家用杂物一百二十箱，手枪一百五十枝，火药二百箱，弹子一百包。”我一一登了簿。我侄儿笑着道：“粮草器械都预备了，我们一班人，可当远征军哩！”我又问勿赖代道：“还有木料呢？”勿赖代道：“现分做两大堆，用藤纠做大绳，把木头箍在两边船旁。”我侄儿接着道：“一切货物都安顿停妥了么？”勿赖代答道：“安顿停妥了。”

[1]破镜，比喻夫妇分离。典出《太平御览》卷七一七引汉代东方朔《神异经》：“昔有夫妇将别，破镜，人执半以为信。”

只见水手七脚八手，扯开帆，摇着橹，开船去了。我在船上散步，看不尽山明水秀，鱼跃鸢飞。天气晴明，真是赏心乐事。玩了一回，便向口袋里，摸出一本日记簿，取出一枝笔，写着一千六百九十五年正月八号启行等事。船行十数日，却是风平浪静。一日忽见远远的浓烟一簇，登时大发火光，船上人簇着一团观望。只见这个说道："莫是火山喷火吗？"那个又答道："火山那里有这样小呢？或是小岛上野草着火哩！"只见勿赖代手拿着望远镜大叫道："海船遭火了！"我忙道："速把船舵扭转，向那边驶去救人。"我侄儿亦自去驶船，不一刻到了那船附近。见那船已烧了一大半，只有跑得快的数人，在舢板上，将沉未沉的，在巨浪里颠簸。我船上的人，忙放下救生圈，把数人的身命救了。

又行了一个多月，亦不见什么风浪，众人皆在船上玩耍。忽听有人大呼救命的声音。回头一顾，只见有一只顶大的船，兀的搁在浅海沙上，进不能进，退不能退。我们船上又放下舢板，把他船的人，一一救出。只见他们个个面有饥色，我便向前问他原因。他道："我们四个人，是圣弗兰昔四会教士。因会中闻新地的兵士造反，所以派我们到那地方传道，劝化叛兵。附搭这船航海，谁料变生不测。船行至此，误撞海礁。船主急把舵扭转时，已为浅沙搁住，动弹不得，已经一个多月。船中粮草已吃尽了。"指着他船的一班人说道："他们皆是饿了四五天的，倘不逢先生的船上人相救，我们不免做饿莩了。想是我救主差遣先生的船，来救我们哩！"这教士为人忠厚，我与他谈论，甚见称心，一连谈了十余天。

忽见勿赖代喜欢欢跑到面前，说道："船已驶至纬线十九度二十三分，想离我们旧居不远了！”我道：“请你在舱上瞭望，不要给他溜过。”次日，教士道：“今日是四月十号，我在海中已半年了。”我道：“今日天气很好，同你到舱上逛去好么？”教士遂拉着余手，行到舱上。只见勿赖代在桅盘上，手舞足蹈，狂跳不已，大叫道：“来了！来了！！”我道：“不要慌，恐怕跌下海去。”勿赖代也不答应。少顷，大哭不止，流涕满面，众人都看呆了。

不知哭得甚事，请看下回。

第十八回　过旧居力张殖民政
涉大海血战野蛮军

却说勿赖代站在桅盘上，不转睛望着旧居的荒岛，一滴一滴吊下泪来，众人见他如此，不知他什么缘故。好像黑夜里走路，摸不着影儿一般，都向我问其原因。我道："列位还不知道哩，他是极有孝心的人。"便把在荒岛时追赶野蛮，恰好船中得救他的老父的事，述了一遍。又把遇本国船，得归故乡以后，勿赖代如何思念老父，及此番行船后，如何切望早到荒岛的情形，描摹了一回。接着道："他现在流泪，定是念他父亲，孝思又触发哩！"说着，行近几步，问勿赖代道："你不要忧愁，与你父相见的日期将近了。"勿赖代呜呜咽咽，不能发言，只是含着泪，摇着头。少顷答道："否否，我父春秋已高，恐难再相见了。"我道："休胡思乱想。你父的身体，何等健康，我忖度定在人世。"话犹未了，船已近岸。

只见勿赖代纵身一跃，跳上岸去，如飞一般，跑到山腰，把一个老人，抱着乱跳。我道："好了，勿赖代父子相见面了。"众人道："我们下了锚，齐到岸上逛逛，看这新地风景好吗？"我道："我愿作乡导。"于是众人将船中事安顿停妥，随着余走到岸上，一路上游山玩水。

只见树木比前也葱郁了，路径比前也平坦了。行有一里多路，折了一湾，忽见有十余个小孩了，也有十来岁的，也有七八岁的，也有五六岁的。在平平坦坦的草场里，击毬打秋千。我那时猛吃一惊，想道，莫是这荒岛被那一国取作殖民地了吗？回头一看，那边又来了四五个女人，各各左手携着三四岁的孩童，右手抱着才出世的婴儿。

我正忖度这是什么人，忽听人叫道："鲁先生，鲁先生。"我回头一顾，却是西班牙人，急忙拉手为礼，各各叙了阔别情由。我且将从前未及告辞即附英国船返国的事，述了一遍，并谢不待同归之过。西班牙人便道："自与黑人往寻同伴，隔了一个月，才寻着他们。迨回岛时，所有居室粮草器械，一切皆被那八个叛徒占了。犹幸同伴人多，他尚有十分害怕。倘那时寻不到同伴，只剩了我与黑人，定遭这叛徒的毒手，也难想再与先生相见了。"我道："他们不过八个人。你们同伴十七个人，又有勿赖代的父，难道不能降服这叛徒吗？"西班牙人道："人数虽多，但是没有器械。他们枪弹如雨一般飞过来，我们只得远远躲闪去。"

我道："这叛徒可恶极了。我叫他们莫难为你们，且有一封书寄与你的，他们有交与你没有？"西班牙人道："后来我与他们理论，把先生救我性命，以及入海寻同伴来此同住的事，前前后后，述了一回。他们还不肯容我同居洞内，只说不害死我们，许我们在此岛中，另寻一个地方居住。我们那时只得露天而宿，怎奈风霜雨露，侵剥肌肤，个个面黄肌瘦。我那时大怒，又不能用强硬手段。后来得了一个大鹿，便生一个计策。分几个人，将鹿携到离洞半里许，埋了锅，大烹起来，其余皆埋伏在洞后。

那叛徒的制度，分作二队，一队巡山，一队守洞。倘巡山的遇有紧要的事，放起号炮，那一队守洞的即来帮助。那时巡山的见有一队人在那边烹鹿，便放起号炮，两队齐出，赶散了我们几个人。那鹿肉正熟，香气腾腾。八个叛徒，便围着大烹大嚼。我这里埋伏的兵，已取了洞。那赶散的几个人，亦抄小路，回到洞中了。至叛徒鹿肉食毕回洞时，我们已守坚固了。所以战了好几天，叛徒大败，才肯降服。后来喀力比海的野人，又来滋扰。犹幸我们同心抵御，杀败野人十余次，那野人才不敢来。越了数个月，八个叛徒想到喀力比海征服野人，途中遇见七个男人、五个女人，均被叛徒拿回。将男的做个奴才，使他耕田，当苦工；将女的做个妻室。现在男女已生了二十余个。”说着，指那女人说道：“这是他们的妻。”指那小孩子说道：“这是他们的儿子。”我道：“现在已经和睦，那是很好。我曾带有货物，请你们到船搬运。且有各种工匠，统送你们。你们好好的经营，后来殖民政策发达了，定能成一个独立国哩。但自治制度，不可不立。我代你们立了案，请你们随时改良。”

由是住了二十余天。我侄儿催促开船，我不得已与众人作别，遂同勿赖代登舟去了。勿赖代流泪不止，口中只说不能与其父再相见了。我再三劝导，他总不相信。这且按下。却说船行了三日，风平浪静，甚见平安。众人正在观看，忽听勿赖代大叫道：“贼船来了！”众人慌忙看时，只见无数贼船，赶将过来，船头立着野蛮三十余人。我侄儿道：“我们系是赶路，不必与他开仗，只放空枪吓他，各自去了便罢。”由是放了空枪数响，那野蛮全不在意，愈驶愈近。我把望远镜一瞧，却原来是前在荒岛杀人为食的五六个人也在内，连忙吩咐水手，速速装炮，预备迎敌。

话犹未了，只见贼船里钻出六个人，赤条条的立在船头，与勿赖代对语。勿赖代大叫道：“他们放箭！”一句话没说完，只见飞蝗的一般，已有三百余枝的箭，都送到我们船上了。忽听扑的一声，一个人向后便倒。定睛一看，却是勿赖代。我那时怒火中烧，速令放炮。号令一发，两旁四炮齐鸣。那贼船沈的沈，窜的窜，顷刻之间，不见踪迹了。贼船已去，我伏着勿赖代的尸，大哭一番。本待把他尸首运回安葬，只因船中有例，凡人死在船上，其尸首必掷海中，以免疫气传染。不得已把勿赖代的尸首，盛殓停妥，置诸海中。那时我也无心看景，只可怜勿赖代惨死，日日流泪伤悲，也不记得什么历日了。

只见我侄儿告我道：“船已过了巴西，由大西洋，绕好望角，至马达加斯加了。现在停泊此处，众人都上岸逛耍去了。”正在谈论，忽见一个慌慌张张跑来报道：“不好了！水手们已被土人杀死一个了，把头挂在树枝上。”话犹未了，只见一人挺身而出，大叫道：“这仇不报，还了得？”众人齐声附和。只见一个个摩拳擦掌，拽开步，飞跑去了。我侄儿见此情形，只怕有失，大呼：“汤姆！汤姆！！事当从长计议，不可造次，恐怕有失哩。”他们那里肯听，已跑远了。我道：“我们快上岸查探消息。”说着，同我侄儿拽开脚便跑。

遇着一个老头儿坐在路旁，哭着，我便向前查探。老头儿道：“不晓得那里来的一群强盗，先前抢了我们村里的一个妇女强奸。我们村里的人大怒，把强奸的人杀了。后来又来了一班人，放火杀人，把我们好好的一个村落，烧得干干净净，杀得尸横遍野，血流成渠。我们的国，虽然弱小，但据公理而论，他们也不应加这等毒手段。”我侄儿道：“他们蛮横的举动，确是他们一班人不是。但是你们的国，若不速速自强，使人人皆练到军国民资格，恐不久必有一国来灭你。倘你们的国，已经能自立了，则此番的事，也不怕他们了。难道他们孤孤单单的船停泊，此地不过几十人，能够杀败你们不成？据我看来，你还是自己求自己，休怪他人哩。”那老头儿听得目瞪口呆，不敢作声。或道：“消息已打探明白了，我们可以回去。”一路无话。

到船时，众水手气倘未息。我道：“你们还气什么？也够了。强奸妇女，以致杀身。你们祸由自取，还不改过，还要放火杀人。这等行为，上帝也不容你。”话犹未了，只见汤姆圆睁豹眼，倒竖虬须，大喝道：“同伴被难，还不报仇吗？你常说爱群爱群，却原来口是心非。”我再三开导，说了无数的话。只见汤姆指着余骂道：“以后不准再提此事，若说半个不字，无论到什么地方，总能够逐你离船。”我想他们蛮横已极，难以理喻。船又在海中驶，难保他们不下毒手，也只得吞声忍气了。却说船行有十余日，到了印度省城，放锚停泊，各自上岸去。我亦与船中管货的，同上岸去。回到船时，只见众水手向余说道：“你休想再上船了，我们这里没有一个人敢保你上船哩。”说着，只听喇的一声，船梯吊上去了。

要知端的，且看下回。

第十九回　趁英船偏遇蛮水夫 论中国痛谈丑官吏

余听水手一番的话，呆了半晌，想道：这等人无理取闹，野蛮极了，我不能同他一般见识。便向管货说道："烦先生到船时，将此等情形，告知我侄。"管货答应了，遂呼水手放梯。水手放了梯，管货登舟去了。那时余在岸上，踱来踱去，自思道：我日前不过开导他们不可凶恶，劝劝他们做一个完善的人，并没有说什么坏话。他们不听我的善言也罢了，怎么反施野蛮手段于我身上，世界上岂有此理？又想道：我曾忆人说，东方有一国，政府中人，都是腐败的，随意把土地送他人。他的国民，说他不应该如此办法。他不听，也罢了，反把他的国民杀了。由此看来，野蛮人的举动，大都如此，实在没有法子开化他。只待有能力的时候，不管他是君是臣，但凡是野蛮的，都杀了。这也算为世界上除腌臜[1]。

正在想着，忽听背后有人呼唤的声音。回头一看，却是侄儿。侄儿道："水手野蛮，实在无法。他说倘叔叔上船，他们便相率上岸去。欲不依他们时，又无人驶船；待

[1]腌臜，方言，意为肮脏、不干净（的东西）。

依他们时，叔叔又须流落异地。进退两难，如何是好？”我道：“不妨事。你可将我的货物银钱交还我，我自能由别道归国。倘能遇好机会，且可到他国游历，也增许多见识。自古道塞翁失马，安知非福。我此时虽然流落，安知非造就我的游历机会。”说着，只听水手大叫道：“船主你尚与你叔叔叨叨絮絮，我们要开船，再不能待你哩！”我侄儿接着道：“来了，来了，你们迫人太甚了。”便向我说道：“我们寡不敌众，事至如此，只得依叔叔的意思了。”说着，便跑到船上，命几个水手，将我的货物银钱，都搬到岸上，零零星星，散布满地。我侄儿尚欲与我说话，只听得一声哄，把我侄儿一拥，拥上船去。那时众水手七脚八手，起锚的起锚，扯帆的扯帆，把舵的把舵，咿咿哑哑，船已离岸远了。

我那时正在无可如何，忽有一人拍我的肩说道：“先生不要怕，有我们做伴侣哩。”我急视其人，唤道：“大写你怎么不登舟去？”大写道：“我因见先生被人欺负，遂与令侄商量，情愿与先生同伴。所以又带一个仆人，前来相帮。”我道：“我们今日先筹一个居住的地方再说。”大写便唤仆人道：“请你雇一二辆车，把东西运到客栈里。”说着，仆人去了。不移时车辆到齐，我对车夫说道：“你们这里有上等有名的客栈么？”车夫道：“多哩。但是头等最有名的，只有一个。”大写道：“他叫做什么名字呢？”车夫道：“除非是孟加拉英妇所开的，他家不能驾乎其上了。”我道：“便到这一家居住也好。”车夫道：“路远哩，车儎[1]要多赏些。”大写道：“我们

[1]车儎，车费。

自然多送钱文，请你们买酒吃。你们当心些，不要把我们的东西撞坏了。”车夫道：“东西都装好了，你们自己巡巡看，还有丢的没有。”大写道：“好开车哩。”

说着，众人随着车夫走。一路上看些灵山秀水，查些风土民情。不觉之间，到了孟加拉。将行李搬入旅店，把零碎银两，分发车夫去了。看看天晚，那日大家都困倦了，睡了一夜。次日，我与大写向店主人问道：“此去英国有多少路？”店主人道：“远得很哩！若由陆路走，先经蒙古界，至苏拉特，渡海，过波斯湾，至巴素拉，上岸，过阿拉比阿沙漠，出哈里比，至四监特伦，又渡海，至意大利，入法兰西，渡海峡，至伦敦，算来已有三千利辩（每三英里为利辩）。若由海路走，须待英国的船只，才能够归国。又有在苏门答腊阿庆埠，与孟加拉往来的船只，亦可趁。但是须与印度诸公司有交好的，才能够乞一执照，附船归国。若使没有执照，便不能了。”

我们三个人，听说他的一片话，个个咋舌。我道：“我们与印度诸公司，素不相交，怎能够得这执照？由海路归国的念头，可罢论了。若由陆路走，有三千利辩的路，较之从前我所漂流的荒岛还远哩。怎么样好呢？”大写道：“再住一时，看看有同国的人来这里没有？若有时，可与他们计议，也好请教他。”由是住了一日。过了一日，并无他事。只见有意大利的人两个，来住这客栈。又有法兰西的人数个，也来居住。后来有一个英国人做客商的，也来居住。大写道：“我们同国的人来一个了。”我答道：“我们住了九个月，只见一个英人，可见路途相隔太远，真是难到这地哩。”

由是与大写齐到那英人处周旋。那英人知道我们也是英国人，便有相见恨晚的情状，说道："我们自众英国到此，一路并未逢着一个同乡人。今日得遇君等，真是天假之缘。"我道："现今君欲何往？"那英人道："邻近有一大国，国名叫做支那，土地广大，人民繁衍，货物山积。但是他国管理政治的人，只知专制，欺负他的百姓，谋自己的快活，其余都不管了。我今日特来与君等相商，倘君等能出银一千磅，我也出银一千磅，合租一船。请先生作船主，这位大写做帮办[1]，我做商客，驶至支那，再用些少银钱，送支那的官场，请他指导我们。"大写接着道："世界那里有如此不肖的人，能够做官呢？"那英人道："支那的官，只顾目前小利益。我们倘把银子送给他，叫他把几省的土地，签了字，统归我们管辖，他也是肯的。纵使他没有权力，他也极力钻营，用些花言巧语，欺骗他的国王。待签了字，他得了银子，便喜喜欢欢的。"

大写道："他独不虑他的国民知觉，把他杀了？"那英人道："否，否。他的国王不出宫门一步，那里晓得世故人情，自然容易瞒了。他的同寮皆是与他一样思想的，所以你不管我，我不管你，各自谋各自的银子。谋得银子来，便算了大本领。所以他国中做官的人相见时，不大相熟的，只叙寒暄。相熟的，你问我，我问你，都是问缺分的优劣，每年有若干银子。且商量用什么工夫，能够多刮几重地皮的法子，并未曾谈及政治。他的国民，也弄惯了，有长睡不醒的，有甘作奴隶的，有的死不敢出头的。此种人不必论了，幸有一班有见识的人，实在可敬。

[1]帮办，指主管人员的助手。

见他政府弄出坏事情，他总要点拨他攻击他。政府拿他杀他，他也不怕，总要说他。但是，他的政府太野蛮了，不识高低。所以爱国的人，反遭杀戮，卖国的人，反可以升官发财。列位想想看，今日我们倘到他国中，谋他的利权，容易不容易？依我看来，不过用些银子送他，请他指导我们，何处可以作商埠，何物可以销售。且请他将我们的税厘刮免了，且请他将政府的利弊、土地的形势，一一告我。”大写急接着道：“这分明是一个奸细了，我不信天下那有此种人？即是一个狗，也晓得卫护主人，难道人不如狗么？”我道：“闲话休提，且到支那看看，便知道了。”

由是请三个英国人，一个做大副，一个管船，一个当炮手，三个荷兰人，二个做木匠，一个管头桅，十余个印度人做水手。第一次，自孟加拉，过苏门答腊，至暹罗，复归孟加拉。第二次，自孟加拉，至曼尼来（吕宋京城）。大写问那英人道：“你说往支那，何以二次行舟，只在各地贸易呢？”那英人道：“你们有所不知，支那本部的人民，是守儒教的，虽然懦弱，尚讲道理。我听说他的国，现在已被鞑子夺去了（其时西历一千六百九十五年，中历清康熙三十四年）。鞑子是最不讲理的，我们须有向导与舌人，才能够到他国里哩！我们现在商业得利甚丰，此次贸易时，当沿途寻向导。”话犹未了，只见水手报道：“货已装完了，明日开船哩！”

未知开往何方，且看下回分解。

第二十回　谈性质评定支那人
遍游历战退鞑靼种

自此次开船以后，约行有十余日。一日那英人忽进来说道："此次行舟，由麻六甲海，过堪罢代角，至冻昆，现今已到纬线三十度了。一路皆沿支那而行，但是无一人能通支那语的，所以不敢上陆与支那人交通。倘再延数日，找不到舌人，恐怕粮食将尽，又当回孟加拉去。还是空走一遭，怎么样好呢？"正在踌躇，忽见大副跑进舱里说道："顷间有一个葡萄牙的人，年纪虽老，而精神尚是矍铄，自称一向在地那一带为领港[1]的，且能通各国的语言。他问我们要请领港否？"那时众人喜出望外，立刻请葡萄牙的人，进舱里计议。由是遍行支那一带港湾，一面贸易，一面游历，一行人在马上闲谈。

大写道："支那民居比栉，城市繁华，田畴沃衍，车马络绎，真是一个好地方。但是路途上臭味难闻，加以土荒地废，他怎么不整顿呢？"我道："这等事还是后论。你看他的人民，个个懦弱，并无军国民的资格。他反借口为文献之邦，应该是斯文的。如今土地被邻国夺去，他也

[1]领港，指引船进出港的人。

情愿做奴隶，动也不动，愿愿的服从他。若要希望他的人民，能弄出如我英国一千六百八十八年的事（英国第二之革命）[1]，就是待到二三百年，尚不能够哩！”葡萄牙人道：“休要轻视他，支那鼎革[2]，也是常见的事。”我道：“支那的鼎革，不过是贪得这一把皇帝坐的金交椅。这是有强力的，便抢夺去。夺不去的，便被他的人民，众口一词骂道，反贼反贼。夺得去的，坐在金交椅安稳了。他的人民，便千拜万拜，万喙同声，称颂道：我的神圣、我的神圣。若论至政治法律，不过是设一个大圈套，系一条大绳索，禁锢人民的思想，束缚人民的自由，使人民千万年做他的奴隶，以保固他的权位，再没有别的了。至于我们国里革命的事，非是我们百姓，要夺皇帝的金交椅坐，是因为我们的皇帝只当一个大总理，代我们理事。他若管理不善，我们便要辞他，换一个能干的人来管理。至于政治法律上，皆是与我们国民公议的，概凭多数决断。所以我们的国民，个个协力同心，断不至有服从异种贱族的事。只就这桩事比较起来，可见支那的人民，与我英国的人民，程度相去，不啻天渊，所已[3]说他振兴的日期难望了。”

话犹未了，只见葡萄牙人指道：“这是支那第一出色的产物。”众人举目一观，却见有一所住宅，皆是磁器制造成的。四面屋角，以及外面围墙，白底蓝花，清净可

[1]此处指1688年，英国资产阶级和新贵族发动的推翻詹姆士二世统治、防止天主教复辟的光荣革命。君主立宪制政体即起源于这次光荣革命。

[2]鼎革，旧时多以“鼎新革故”指朝政变革或改朝换代。后泛指事物的破旧立新。典出《易·杂卦》：“革，去故也；鼎，取新也。”

[3]所已，同“所以”。

喜。阶砌、门户、地板、天花板、屋瓦，无一不是磁制就的。其屋又高又敞，可容三十人。众人赞不绝口，流连数日，观看不厌。其地土人，一群一队，也来观看我们。中有一个土人，扬扬得意，向我们说道："君等以此屋为奇物么？但在我国，尚不足奇哩！我国古时有一个磁工，精巧无匹，曾制成一只磁船，内可容五十人，后来驶日本国去。"我等知他说谎，只是笑，也不答应他。这且按下。

却说我们一行人，想欲遍游亚细亚[1]。由是计议，由支那，至白海，拆回至木司寇（俄罗斯京城），从窝耳葛河、阿土特拉刊，游历一周。众人一齐欣悦，即日起行。一路上人众纷纷，中有一百多人，军装打扮。我问葡萄牙人道："这一队兵丁，往那里去？"葡萄牙人道："不是兵丁，他们是商客。只因支那北方，有一种族，叫做鞑靼，蛮横非常，打家劫舍，无所不为。所以商人要结大队，以防备野蛮来攻。"

大写接着问道："对面什么城？"葡萄牙人道："这是万里长城了。支那人筑此城，即以防鞑靼的，长一千英里，高四法晨（一法晨计中国四尺八寸），阔比高数倍哩！"中有一个支那人，在傍听我们的话，误认做赞美这城的，由是得意扬扬，手舞足蹈，自夸道："这城是天下第一奇物、第一工程，真可以御鞑靼哩！"我等笑道："这城只可御鞑靼，因鞑靼的军器，只用弓矢。若我们西洋各国，皆是火炮，若攻此城，不出十日，恐怕一千英里的长城，皆变做沙土飞扬哩！"大写在旁冷笑道："支那人真是不可思议。他说这城是防鞑靼的，现今支那已被鞑

[1]亚细亚，即亚洲。

靼夺去五十余年了。他还说这城是防鞑靼的，我也不知道他是防什么鞑靼。”

葡萄牙人接着道：“你们要小心些。此处土地荒芜，户口稀少，须防鞑靼抢劫。”那英人指道：“尘头起处，不是兵马来攻么？”众人道：“我们不可散漫，结成一大队，彼此相顾。”不一刻鞑靼成群，飞奔来了。定睛一看，却是散散漫漫的。一簇蛮人，笑嘻嘻向我们说道：“请众人同出围猎好么？”我们队里的人，看他没有什么歹意，遂派十六人同往。其余众人也随他走，看他怎么猎法。到了围场，众人皆笑湾了腰。原来场内只畜羊五十头，使聚一处。众人入场，竭力狂追，羊即惊窜。然后众人以箭射羊，射得着的，只算猎得一野兽了。

正在看猎，忽见仆人呼道：“那边来的数十人，想也是围猎了。”我急回头一看，却见有四五十人相率而至。再看时，他们似有备战的情形。少顷喇叭的声音，一阵风送到众人耳朵里，众人惊讶不已。我道：“我们当预备防敌哩。”中有苏格兰的五个人，皆老于行旅的人，才力甚大，胆识又壮，倡议道：“我们众人不可围猎，当排成队伍，四处分布，不可懈怠。”刚刚列成阵势，彼等已经拍马来袭。众人一见他来，便全队向前，与他相当。只见彼等张弓乱射，箭力又不远，并无一矢能中的。我们这边，每人只放一枪，彼等死的死，窜的窜，顷刻之间，一个人影儿也不见了。由是将围场内的羊，尽数取出，大烹而食，权当庆贺战胜的筵。

一面收拾行囊，取路再进。约行有一月有余，一日突有三个鞑靼人，骑三匹马，将我的骆驼劫去。我因手中未携军器，不能与敌，只得任其所为。忽听轰的一声，有一个鞑靼，望后便倒。尚有二骑，泼风也似，飞奔去了。我急回视其人，原来放枪的却是葡萄牙人。我那时想道，这等蛮人，怎了得？难道这里没有官长？为何无法律呢？话犹未了，只见仆人报道："那边一大队人马，约有数百人，漫山遍野的来了。"众人吓了一跳。

不知来的何人，且看下回分解。

《鲁宾孙漂流记》二十回连载终